イギリス田舎風景

コッツウォルズから湖水地方とイギリスには
美しい田園風景が広がる

古都コトルの夢
(モンテネグロ)

アドリア海の複雑な湾の最奥の山肌に張り付くように広がる古くからの城塞都市。貰ったパンフレットの写真がヒントの絵。

ケベックのシャトーフロンテック
(カナダ)

ケベックのシンボル　フランスの城をイメージしたホテル。1943年ルーズベルトとチャーチルがここで第2次大戦の戦略を打ち合わせをした事でも有名。

スペイン・アンダルシア風景

ゴルトバからマラガへ。
その季節ならひまわりが満開のはずだ。

アドリア海の秋
(クロアチア)

青い海と赤い屋根、アドリア海を挟んだイタリアの対岸クロアチアは何処も美しい。それが秋の夕暮れに染まる。

平山征夫回顧録

終列車 出発す!

しゃべっちょ古稀からの独り言

元新潟県知事
新潟国際情報大学顧問
平山征夫

まえがき

古稀を機にエッセイを書こうと思い立ち、以来月2回くらいのペースでその時々思いついたテーマで書いて友人たちに一方的に送りつけてきた。エッセイを書こうと思った経緯は「晴雨計その後　執筆について」で詳しく述べているのでここでは省くとして、昨年（令和2年）春でほぼ5年が経過し、「晴雨計その後」に続いて書いた「しゃべっちょ古稀からの独り言」も含め一区切りつけようと考え執筆は一旦終了することにした。

然ししばらくしたところで、私が会長を務めている「新潟県生涯学習協会」から「会報に駄洒落の効いた会長のコラムを載せたい」という要請が来た。自分の考えを他の人に伝える場があるということは、社会から忘れ去られそうなこの年齢の人間にとっては、社会とつながっている証しとして嬉しいことだ。そう感じて引き受けることにした。気持ちも新たにエッセイ欄の名称も「ひつじ雲」とした。

60歳で知事を退任した後盛んに海外旅行に出かけたが、それを機会にそれまで持ったこともないカメラを抱え写真を撮りまくった。いずれ水彩でも始めようと思いその題材にと思い撮り始めた写真だったが、雲を撮るのが好きになった。雲にこんなにも色々な表情があるのかと思った。そんな中で何度か美しい〝ひつじ雲〟に出会った。それを思い出したからだ。

はからずも私のエッセイは「ひつじ雲」にバトンが繋がった。コラムとエッセイは違うのであろうが、私としてはどちらでもよい。所詮プロのエッセイストでもない私にとって書くということは、まずは「好きなこと」をテーマに選び言いたいことを文章にすることである。そこにあるのは自分勝手な考えであり、ぼやきであり、自嘲であり、怒りであり、悔いである。時に人生で味わった感動や喜びもある。いずれにしても古稀からの私の独り言だ。テーマは政治・経済から家族のこと、海外などの旅のこと、観た映画の感想など多岐に亘るが、そこには私の想いがあるわけだから、間違いなく70歳台前半の私の生きた証しである。

エッセイは〝寿司〟と同じでネタが新鮮なうちに書いて、新鮮なうちに読んでもらうのが一番だろう。5年に亘るものを並べることには多少抵抗もあったが、敢て本として出版しようと思い立ったのは、やはり私が生きた証しを残したかったからだろう。

コロナ禍に振り回されたこの2年だったが、収まってもいないうちから盛んに「アフターコロナ」議論がされている。しかし、経済面からのアプローチが大半で、最大の原因である〝気候変動と人口爆発〟を本格的に見直す議論は殆ど見られていない。「感染症の爆発の原因には必ず人間の行動がある」と言われている。牧畜の開始に始まって、元の大遠征、十字軍の遠征、コロンブスの大陸発見などどれも爆発原因になった。今回の爆発原因は気候変動（温暖化）と人口増大と言われている。地球が悲鳴を挙げているのに、まだ成長をめざし地球に負荷をかけようとしているホモ・サピエンスの未来に何が待っているのだろう。

人類には第4次産業革命とも言われるＡＩ革命の本格化も迫っている。長い人類の歴史の中でも最も複雑かつ大きな闘いの時代を迎えているように思える。自国第一主義や軍備競争などやっている時ではないはずだが……。

この7月に喜寿を迎えた私には、そんな歴史的課題への対応や時代変化を見届けることは出来ない。その前に〝さよなら〟する世代を生きる私としては、後の世代が少しでも「安心して心豊かに助け合って生きられる」世の中であって欲しいと願うばかりである。それはこのエッセイの底に流れる私の想いである。日々の想いを書き連ねたこのエッセイからそんな事を少しでも感じて頂ければ幸いである。

新潟の方言に「……こき」というのがある。「嘘こき」(嘘つき)「へっこき」(おならばかりする奴）などのほか、おしゃべりのことを「しゃべっちょこき」と言う。相変わらずの親父ギャグだが、この本のタイトルは、「しゃべっちょ古稀からの独り言」とした。

私の人生もそろそろ〝終電車〟に乗るところまできた。旅も終わりに向かって出発だ。終電車が幾つ駅を過ぎて止まるのか分からないが、欲もこだわりももう殆どない。ただ、自分が正しいと思ったことを言いたいだけ、さあ、終電車の旅を楽しもう。出発だ！

まえがき

目次

◆「晴雨計」その後

私の「晴雨計・その後」の執筆について……12
わが社の製品……14
わがバレンタイン考……18
「第九」奮闘記……22
綾子舞の子供たち……26
ある事務所の話……30
同姓・同名……34
品質保証書……38
老後の楽しみ……42
アンの青春……46
いとこ会……50
ユーフォリア……54

祭りの後……60
万歳、単身生活……70
ある過疎地の子供たち……74
事実は小説より……76

◆しゃべっちょ古稀からの独り言！

しゃべっちょ古稀からの独り言！……90
七十歳になってわかったこと……92
スペシャルオリンピックス　新潟大会を終えて……98
アベノミクスのもう一つの問題――日本銀行総裁論……102
ウズベキスタンの青い空を見上げて……106
さざなみ……115
シルクロード・河西回廊の旅考……120
二度目の青春　～グリーOB合唱団コンサートを終えて～……131
北という国……136
デパートは都市文化の担い手！……146
北スペインの街で！……154

入道雲と少年……167
ある爽やかな夫婦のこと……172
挟まれた国・ポーランドの悲劇……180
心穏やかにしてくれる音楽の話……190
平成最後の年明けに思う……197
朱鷺はこうして再び佐渡の空に舞った……205
シルクロードの夢は半ばで……212
すごいトシヨリと一流の老人……228
大学行政への最後のボヤキ?……239
我が思い出の愛唱歌……247
平成から令和に思うこと……255
トリセツの取扱方?……262
女の一生、男の一生……271
カメジローという男……279
一人の少女の訴え……285
家を畳む……293
人類滅亡のシナリオと携帯の電話帳……301

私の将来 ― 繋がるということ …… 308

◆ひつじ雲

終電車を楽しもう ― ウイルスと共生しながら …… 316
奮闘中 ― 孫につなぐ …… 319
ある敬愛すべき人の死 …… 322
ニーバーの祈りに込めるもの ― 令和3年 …… 327
もうひとつの絶滅危惧種 …… 330

あとがき

私のもっともお気に入りのイラスト「僕とお母さん」
（イラスト 平山征夫）

「晴雨計」その後

私の「晴雨計・その後」の執筆について

昨年七月、古稀を迎えた。「他人事と思っていた年齢になったなあ」というのが正直な想いでしたが、秋に叙勲まで頂いて一挙に人生の仕上げモードに入ってしまった。そこで知事退任から一〇年、そのまま引き出しや段ボールに詰め込んだままにしていた書類等の整理に取り組むことにした。頭の隅で「あの世への準備開始」かもしれないと思いながら……。

昨秋、中学生などの保護司として永年子供たちの相談相手となっておられ、私と同じ時に叙勲を受けたYさん（尊敬していた人でしたが、残念ながら年明けて間もなく突然ご逝去）に頼まれた青少年健全育成の講演に「少年老い易くガクッとなり易し」というタイトルをつけたのですが、古稀になって少年より「おっさん」の方がもっとピッタリ（「おばさん」にすると全く逆になるが……）であることを自覚した。

そんな折、片づけていた書類の中から日銀新潟支店長時代、地元新潟日報の夕刊に連載した随想欄「晴雨計」の黄ばんだ切り抜きが出てきた。懐かしくて思わずその場で読み返したら、二十四年前の自分が新鮮なままそこにあった。その時、ふと同じ題で現在を書いて比較したら面白いかもしれない、一人の凡人の人生における二つの時点での心境比較を通じて「老い」を考えてみる良い機会になるかもしれない、と思い至った（これは「私流の比較文学だ！」と秘かに心の中で叫びながら……）。

しかし当時執筆していた折、一週間に一本、八〇〇〇字が結構つらかったことを思い出した。だから「晴雨計・その後」は題名は予め決まっているとはいえ、中身を詰める時間を考えて、月一本のペースでゆっくりやることにした。

時は春、二十四年前の執筆が4月末で終了、馴染みのバーで飲んだ後、「春が来た」でも歌いながらぶらぶらぶら帰ろうというところで終わったので、季節的にはその続きみたいになるが、前回登場した多くの人が鬼籍に入ってしまったことを考えると、「一〇年ひと昔だが、24年は大昔だなあ」とつくづく感じている。これも私にとってのあの世への準備作業なのかもしれないが、もしよければ読者としてお付き合いください。

二〇一五年四月終　若葉がまばゆくなりし頃

平山征夫

わが社の製品

生来の口下手、筆不精者が本欄の執筆を引き受け、今更ながら後悔している。いきなり気のきいた事など書けるはずもないので、スタートは身近なお金の話でお茶を濁すことにしよう。

仕事柄、講演を頼まれることがあるが、「最近の経済動向」といった聞く側にすれば最初から眠たくなりそうな演題が多い。現に、講演の間中、見事に熟睡していた方もいる。そこで、まず初めに興味を引く話をすることだと考えた。演台に上るや「只今ご紹介いただきました日銀の平山です。平素はわが社の製品をご愛用下さりありがとうございます」などと言って、お金の話を少しする。例えばお札の発行量（積み重ねると富士山の約一九〇倍）や、お札の寿命（一万円札二年、千円札一年）、日銀の本店の金庫の広さ（東京ドームのグラウンドぐらい）、コインの裏表の判別法（年銘のある方が裏）など。現金（シャレ？）なもので、お金に興味のない人はいないのか眠る人はまずいない。

一円玉不足という社会情勢をうまくとらえたからか、一円玉の旅烏、という変わった演歌が昨年ヒットした。お金はお足と言われるように、日銀から出た後「明日は湯の町北の町」と転々と流通し、最後にまた日銀に戻ってくる。それを、自動鑑査機という機械にかけて偽札が交じっていないか検査すると同時に、もう一度市中に出すものと、廃棄するもの（損券）とに分ける。こうしたお金の動きは景気動向を素早く反映するので重要な指標にもなっている。

損券を見る度に、どんな旅をして戻ってきたのかと想像してしまう。お年玉にもらった子供が大事にしていたお札だろうか、まさか悲しい男と女の別れに立ち会ったお札じゃないだろうかなどと……。それにしても、資源節約が世界的課題となっているおり、少しでも長生きして戻ってきてくれることを願っている。

今回は日銀の宣伝みたいになってしまったが、今年から金融機関のテレビＣＭが認められたことでもあり、お許しいただくことにしよう。

（平成三年二月七日）

〈その後〉

知事になってすぐに県内に三つの大学が誕生した。大学進学率が全国下から2番目だった本県としては、地元受け皿が増えることは進学率向上にプラスになるので、県も応分の負担をすることにした。知事になって最初の仕事だった。現在その時出来た大学の学長をしているが、これも「天下り」かもしれない。

今でも多くはないが講演を頼まれる。でも冒頭に「わが社の製品……」という〝枕〟は使わない。それは学長なのでわが社の製品がないから。それと頼まれる講演内容がもはや世間が私を経済専門家と見ていないからか（もしくは関心の多くが株価・円相場動向にあり、私の資本主義論のような話は受けないからか）景気関係は殆どない。代わりに地域づくり、教育論、文化論（良寛・鴎外など）、生きがい論などにテーマは広がっている。だから意図して冒頭に雰囲気を和らげる必要がないからだ。

二十四年前、日銀の支店長で「晴雨計」の執筆していた時には、その後待っていた人生の大転換など予想もしていなかった。今読み返すと知らぬが仏かゆったり（ノンビリ？）

した感じで羨ましい。その一年半後日銀を急遽退職、選挙を闘い知事を十二年、そして教授・学長を十年と大学人十年という人生を歩んでいる。昔から政治家と裁判官と教師にはならない（理由は長くなるので控えるが……）と決めていたのだから、人生はわからない。

この人生が良かったかは棺桶に入る際に譲るとして、この歩んだ順番については喜んでいる。経済と行政の経験を踏まえて若者に教育が出来るからだ。アカデミックではないが、実践経験を踏まえた授業はそれなりの意味があると自負している（本当は学生から若さを貰っているのだが……）

そこで、はっと思い当たった。日銀時代のように「わが社の製品」は無いが、知事として行った種々の事業（大地の芸術祭などの地域づくり、ビッグスワンや朱鷺メッセなどの施設等々）、そして教育者として育てた卒業生がいる。これからは講演の冒頭に胸を張って言おう、「私の自慢の作品をご愛用ください」と……。

それにしても、お金の旅も時代で変わってゆくが、「オレオレ詐欺」の受け渡しに使われるような旅だけはさせたくないと強く願っている。

（平成二十七年四月二十八日）

わがバレンタイン考

きょうはバレンタイン。恐怖の日である。「義理」という名前のチョコレートまで売られている昨今、バレンタインは豊かさの中のお遊びと軽く受け止めればよいものであろう。

しかし四十代半ばの中年男にとってはお遊びと簡単に受け止め切れない面がある。年々もらうチョコレートの数が減ってくれば「もてなくなった」と寂しくなるし、ほかの中年男と比べて少なければ「おれって人気ないのかな」と気になる。また、あまりにも明白な義理チョコだと興ざめだし、かと言って思わせぶりなレターなど付いてくるとからかわれているとは思いつつも変にドギマギしてしまう（もっとも、このくだりは想像による）。

さらに問題なのは一カ月後のホワイトデーである。女性名のメモ（それほどの数はないが……）片手にデパートをうろつくのは本当に恥ずかしいし、まして顔見知りに会ったりしたらお互い極めてバツが悪い。隣で若い男性が高そうな品物を堂々とまとめ買いなどしているのをみると、これがかの有名な〝貢ぐ君〟かと感心しつつも、やり過ごさざるを得なくなる。世の女性の皆さん、かように中年男は思いの外ナイーブで、われわれにとってバレンタインは恐怖の日なのでありますぞ！

こんな経験を毎年してきていると、バレンタイン騒動にもその時々の時代がみえるような気がする。最近は結婚しない女と結婚できない男という女性のパワーアップの風潮が反映しているのではと思う。ならば一層のこと、逆に気弱な男性のプロポーズの機会にしてあげてはと考えるのは私だけだろうか。果たして今年はどんなバレンタイン風景がみられるのだろうか。ついでに景気の動向を占う動きもみられるかもしれないと思うのは、当方の職業病か？

本当は書くのはよそうかと思ったのだが、バレンタインを前に東京の男の友人からハートのケース入りチョコが届いた。あいつ何を考えているのかと思いつつ、今年の実績にこの分はもちろんカウントしないことにした。

（平成三年二月十四日）

〈その後〉

五月である。五月のことを「春と夏がデュエットする月」と表現した人がいたが言い得て妙である。もっとも今年は気温の上下動が激しく、デュエットがハモらないので、中古品の我が体のサーモスタットは毀れそうだ。その五月に古稀のバレンタイン考を書くのも妙だが、二十四年前の随想をなぞるルールだから仕方ない。

二十四年の間にバレンタインも変質しているようだ。女性から男性への愛の告白という「本命チョコ」と「義理チョコ」が主体だったのが、「友チョコ」や「自分チョコ」が結構増えているし、気の弱い男性のプロポーズのチャンスにするべきという二十四年前の私の提案である「逆チョコ」も少しはあるようだ。今日、人口減少問題が深刻であるが、知事時代、県で「逆チョコ」運動をやっておけばよかったかと少々悔やんでいる。

全体的にはバレンタインチョコの売上は微減。ここにも客層の中心だった三十代男女の未婚率の上昇が反映しているのだろうか。一方ホワイトディの売り上げは増加傾向で、ついにバレンタインを追い抜いたという。これが成婚に至るコストの増大とすれば、事態は一層深刻だ。

我がことを申し上げれば、知事就任と共にバレンタインは「恐怖の日」では全くなくなってしまった。知名度の一挙上昇で知事公舎前に受付でも用意しなければならないかと一瞬思ったのは大きな見当違い。仕事柄「義理チョコ」を呉れるような女性との接触が殆どないうえ、公選法上金品の授受は控えなければならないからだ。一度、仙台時代通っていたスナックのママからチョコが届いたので、勇んで開けてみたら「これは義理ではありません。情けです」と書いたメモが入っていた。知事退任後は若干の回復は見ているが、当方が軽い糖尿病になったため、貰っても原則すべて我が妻に報告、管理となって仕舞った。これではバレンタインに伴う若干の胸のときめきなど味わう余地なしだ。尤も隠居の身分になれば最後に残る（?）のは妻からのチョコだけだろう。本来の趣旨から一番かけ離れたものので、これでは「腐れ縁チョコ」だ。

今回も書くのは止そうかと思ったが、今年九十二歳の〝おばあちゃま〟からチョコを頂いた。勿論我がバレンタイン歴のギネス更新である。来年は逆の更新を期待しつつ、当然これは今年の実績にカウントした。

（平成二十七年五月十五日）

「第九」奮闘記

やや旧聞に属するが、昨年暮れ二十五年ぶりにベートーベンの「第九」を歌った。新潟交響楽団と一般公募の市民合唱団による手作りの「第九」をという初の試みに参加したのである。転勤族の私の新潟勤務時代の良い思い出にと思ったからである。

学生時代合唱団に所属し、「第九」も二度歌っているので多少自信を持って練習に参加した。ところが、社会人になってからはエコー頼りのカラオケしかやっていないわがのどは、高音は出ないし、低音は響かないし、暗譜というのに年のせいかなかなかドイツ語の歌詞が覚えられない。一時は「フロイデ」は「風呂（風呂）出で」、「ダイネ」は「大寝」などと音訳して覚えようかと思ったほどである。とにかく練習に出ることだと考え、日程をやり繰りして参加した。

いよいよ本番当日、ステージに立つ。意外とよく観客がみえる。「大工（第九）の棟梁（とうりょう）やるんだって」などと冷やかしていた連中の顔もわかる。いよいよ合唱の出番だ。

前日の練習で声をからしてしまった石丸先生の熱意に引っ張られるように皆も燃えた。最後のクライマックスを思い切り歌い終わった。途端に会場割れるような拍手が起こった。その時、予想もしていなかった熱い感動がこみ上げてき、思わず涙が出そうになった。そしてカーテンコールの最後には客席、ステージ一体となって手を振り合ったのだった。音楽的なレベルはともかく、顔も知らなかった市民が集まって練習してきた熱意が客席にも伝わったのだろう。

この日の演奏は後日ラジオ放送され、その最後に演奏直後の感動を伝える私の声が入っていた。恐らくこの放送の録音テープは、その夜飲んだビールの味とともに私の新潟勤務の大切な思い出になることだろう。かくして、わが中年コーラス隊奮戦記は終わったのである。

そして思った。その街の文化は、立派なホールがあるなしより、そこに心の感動を求めて集まる市民がどれだけいるかで決まるのではと……。

頑張れ、音楽都市新潟!

(平成三年二月二十一日)

〈その後〉

初夏のような気候が続く折、年末恒例の「第九」の話を書くのも涼感があって良いだろう。第九はその後続いて昨年末で二十五回を数えた。その間、知事時代歌えなかったこともあるが皆勤に近い出場ぶりだ。良く続いたなと思うが、私は皆に「百回まで続けよう」と言っている（勿論、私は歌えないのだが……）。

私と、この第九の関わりは因縁じみていた。地元第四銀行の頭取に「メセナをやりたいのですが、何か良い案がありますか」と訊かれて、「音の良いホールとコンサートの主催はどうでしょう」と提案、前者は「第四ホール」として実現した。後者については、駄じゃれ好きの習癖でつい「〝第四の第九〟というのも粋ですよ」と進言した。こうして始まったコンサートのチラシには「第九 by 第四」とあった。この第九も十回でスポンサーを第四が降りることになった。慌てたオケと合唱の幹部が知事公舎に押しかけ「どうしよう」となった。そこで私は「自主公演にしよう。毎年合唱に参加する市民が三百人以上いるのだから、皆が出演料を払い、チケットを完売すれば何とかなるだろう」と提案した。「by 市民」になるのはむしろ望ましいと思った。そして自主公演に切り替えて昨年末で十五回になった。
この二十五年間色々な奮戦記があった。初めからの仲間で、当時大学卒業前のピアノ伴奏者Iさんを食事に誘えと私をけしかけたKさんは、病院を抜け出てコンサートに来たが歌えず、最後癌で亡くなった。もっと歌いたかったろう。そのIさんは結婚し二児の母になった今も教員の傍ら素敵な伴奏をしてくれている。

知事の時提案して始まった「にいがた緑百年物語」（新潟県民は二十一世紀百年木を植え続け、二十世紀に失った故郷の緑を取り戻し、二十二世紀の県民に引き渡そうという運動）は、退任後は県のサポートがなくなり、今は細々と続いている状態だが、この二つの百年運動が私の死後も続いてくれることを心から願っている。知事の最後、栃尾での植樹祭で生まれたばかりの赤ちゃんを抱えたお母さんが「知事さん、この子が見届けます」と言ってくれた。そして昨年の第九では小学五年の男の子がお母さんと参加した。「百回目の時、君は八十六歳だ。それまで続けてね」とお願いした。その子の歌っているパートを見たらソプラノだった。おんぼろバスの私はいつまで第九と奮戦出来るのだろう！

（平成二十七年六月三日）

綾子舞の子供たち

前回に引き続き、コーラスの話をもう一つ書こう。と言っても私のことではなく、ある子供たちのことである。

一昨年の十月のある朝、何気なく読んでいて本誌のある記事に目が留まった。それは、私の出身地柏崎の山奥にある鵜川小学校が、初出場の県芸術祭の合唱部門で審査員特別賞を受賞したという記事であった。一～六年生総勢わずか十三人のこの小学校が全員出演で見事なハーモニーを聞かせてくれたとあった。この記事を読んだ途端、心にジーンとくるものを感じた。これだけの学年差のある（声の質が異なる）小学生を一つのハーモニーにまとめあげるのは大変難しい。そんなハンディにめげず、小さな一、二年生が上級生について、一生懸命大きい口をあけて歌っている姿が目に浮かんだからである。

そしてまたこの子供たちは、この地方に五百年前から伝わる〝綾子舞〟を守っている子供たちでもある。年々進む過疎化の下で、この舞を守り伝えていくことがいかに難しいか地元の友人から聞かされていた私は、この受賞に対し心の中で思わず拍手を送ったのである。

その後、県の教育関係の月報への随筆依頼があった時、この子供たちの事を書いた。今思えばやや一人よがりな言い方だったかもしれないが、「現在、教育界に種々の問題がありながら、その解決への努力の大半が現場を預かる教師にゆだねられたままであることも承知している。しかし、それを問題にする前に、子供の心に〝強くて温かい何か〟を残せるのは、毎日教育の現場に立つ教師自身の個性と子供への熱い心しかないことを、もう一度この事例から思い起こしてもらいたい」と……。

まもなくして、この小学校の先生から電話があった。奇遇にも高校時代の親友S君の弟であった。その時彼に「機会があったら一度子供たちのコーラスを聴きに来てください」と言われたがまだ行っていない。そして、この小学校では春には二人の卒業生を送り出す。しかし、新しく入ってくる子供はいない。

（平成三年二月二十八日）

〈その後〉

綾子舞を伝えてきた鵜川の子供たちの小学校は、二十四年前のあの随筆から四年後平成七年春閉校となった。最後は五・六年生合せて四人だけだった。

私は閉校前にその四人の子供たちを県庁に招いた。綾子舞を守ってくれたお礼の積りだった。緊張して知事室に入ってきた子供たちにケーキと紅茶を御馳走して「綾子舞守ってくれてありがとう。新しい学校でも友達と綾子舞頑張ってね」と激励した。山奥の二つの集落だけでは守りきれず、中学校の部活等広域で守ることになっていた。そして閉校前に開かれた閉校記念「綾子舞と合唱演奏会」を覗きに行った。合唱は卒業生も加わった七人で、東日本合唱コンクールで優秀賞を取った「七つの子」や「さくらさくら」などを透き通った歌声で聴かせてくれた。最後は飛び入りで私も一緒に校歌を歌った。渡された楽譜の下のひらがなの歌詞を追いながら歌った。その歌詞の中に「やまざるごとき……」とあったので、唯一の男の子のF君に「山猿が出るのか」と聞いたら、「うん、出るよ」という返事だった。でもそれは私の早とちり、後から送られてきた閉校記念誌にあった縦書きの校歌には「止まざるごとき……」とあった。

それから数年後、高柳・じょんのび村に出かけた私は鵜川小学校に寄ってみた。春先地面が温まり溶け出した雪はあたり一面を靄となって包んでいた。木造の古い校舎はその中にひっそりと建っていた。子供たちの歓声はもう聞こえなかったが、鍵がかけられた玄関から覗いた下駄箱にはあの頃のまま四人の名前が残っていた。この綾子舞の子供たちとは、中学生の時一度鵜川村の催しで逢ったのが最後となった。

その後、この小学校の跡地には「綾子舞会館」が建てられ、秋にはこのステージで綾子舞が演じられるようになった。昨秋晴れた日、私は思い切って見に出かけた。そこで私が社外取締役を務めているB社の部長に遭った。「部下の女子社員が踊るので……」という。それを聞いて過去と現在が一挙に繋がる思いがした。私の出張等の清算事務などをやってくれる女子社員の名字が、あの子供たちの一人と同じだった。そして小五の時以来十九年ぶりに見る彼女の小原木踊は見事なほど優雅だった。聴けば他の三人も鵜川を離れて県内で父親・母親になって家庭を築いているとのこと。月日は確実に過ぎていた。

（平成二十七年六月十七日）

ある事務所の話

単身赴任の私が、夕食がてら飲みに行く店がある。六十歳過ぎ（一見見えない）のおかみさん一人でやっている八人も入ればいっぱいになる小さな店である。座ると目の前の「夜逃間近」の木札が掛かっている。サービスは恐ろしく悪い。のれんをくぐっても「いらっしゃいませ」でもないし、座っても「何にしますか」でもない。当方から頼まない限り何も出てこない。にもかかわらず、気に入って飲みに行く。

料理はうまい。その証拠に新潟を代表する料亭のだんなもよく夕食がてら来ている。カウンターの煮豆は幾ら食っても勘定外、しかもわがおふくろの味とそっくりときている。何よりもおかみさんの気っぷが良い。愛想の悪さを差し引いてもお釣りがくる（それに色気もまだある）。店で名刺交換したり、仕事の話をすると嫌な顔をする。だから、大抵はそこに居ない飲み仲間のうわさ（悪口？）か昔話をしながら飲む。それにしてもここの連中は相当口が悪い。黙っていると損なので、私よりかなり年配の人たちばかりではあるが、負けじとこちらもやる。人見知りのきつい私もすぐに仲間に入れてもらった。

この店の常連客は、この店のことを「事務所」と呼ぶ。例えば昼間会うと「今夜、事務所へ行くかね」という風に……。そこで思った。ここは皆にとってコミュニティセンターなのではないかと……。ここに来れば飲み仲間に会えるし、その日会えなくてもおかみさんを通じて消息が分かる。そう、ここは老人クラブ（失礼）の事務所なのだ。だから、肩書で飲むやつは一人もいない。そう気が付いた途端とてもうらやましく思った。事務所と呼ぶ飲み屋を持てる地方の生活の豊かさをつくづく感じたからである。東京が無くした大切な何かがこの店には残っているのである。

今夜も店には、入れ歯を飲み込んだと勘違いして入院したS氏など、エピソードには事欠かない人間味あふれる連中が集まっていることだろう。さあ、私もこんな文章を書いた謝りがてら事務所へ行くとするか……。

この秋に、事務所は開設三十五周年を迎える。

（平成三年三月七日）

〈その後〉

この事務所はもうない。陽気だった事務所の常連客たちも殆どあの世に旅発った。この事務所には「文士劇」風に新潟の財界人を「忠臣蔵」の芝居にキャスティングした極秘のノートがあった。時折、それを取り出して不在者を肴に配役変更を議論するのだが、それは一番事務所が盛り上がる話題であった。かつて私も「大石力役を！」と要求したこともあった。しかし女将と雲助役のタクシー会社社長を残して、大石内蔵助も力も吉良上野介も堀部安兵衛もやり手婆も花魁役も皆逝った。幸い女将は確かもう米寿だが新潟市内のケアハウスで元気にしている。いつか、あの「夜逃 間近」の木札の裏に、こっそり「あの世 間近」といたずら書きしたが、現実がそれを追い越してしまった。私が知事をやっていた頃は女将も頑張っていた。知事選挙の際など私のポスターを外から見えるところに貼って「選挙違反になりますので見えない処に移してください」と警察に言われても「ポスターというのは見えるところに張るもんだ」と元気一杯だったが、その後、客が一人欠け二人欠けするうちに、女将の方も体調を崩して大学病院に入院しがちとなり、店は開けたり閉じたりを繰り返すようになった。退院したと聞いて出かけると、「いやあ、主治医が若くてハンサムなんで、出てきたくなくて……」などと強がりを言っていたが、道路拡張で小さな飲み屋が半分引っかかるとなって、店仕舞いの覚悟を決めた。事務所を失った常連老人たちは哀れだった。新たな事務所を求めて右往左往、なかなか良い店が見つからず、ぼやきながら情報交換しあう日々が続いた。そのうち、それぞれ何とか落ち着き先を見つけたが、それは単なる行き付けの飲み屋で「事務所」ではなかった。私も同様だったが、知事のためやたらと飲みに出歩けないのでその悲哀は比較的少なかった。

新潟一の料亭の娘として生まれながら、同業者の保証に引っかかり没落、気の毒に思った財界人たちが応援してこの飲み屋を開かせたという。その中心だった傑物、和田閑吉（商工会議所会頭）は「困ったら俺の女だと言え」と保証？　したそう。

忘れられない記憶がある。雨の夜、他に客はいなかった。女将は酔っていた。遠くを見つめるような表情でぽつんと言った。「あの日、好きだった人の出征を見送りに広島まで行ったんだよなあ」。「事務所」にも昭和の歴史がひとつあった。

（平成二十七年七月十三日）

同姓・同名

六年前、中学卒業二十五周年の会でのこと、卒業以来という女友達が私の顔を見るなり言った。「いくおちゃん、おめさんえらなって！　そう言えば中学の時、絵は「5」（通信簿のこと）だったもんね。そんで幾らくらいするの……」。そう、彼女は私を高名な日本画家と間違えたのである。先週の本欄の私の名前が画伯の字になっていたが、時々間違われる。だから初めての人には「征服される夫と書いていくおと読みます」と言っている。

でも、これが幸いしたこともあった。四年前、広報課長をしていたとき、広報誌の巻頭随筆を先生にお願いしたところ、「同姓・同名の方に頼まれては断るわけにはいきませんね……」と笑いながら快諾してくださった。

絵をかきたいと思って数年になる。都心の青山から自然に囲まれた（実は田舎）小田急線の沿線に自宅を建てて移ったのがきっかけである。しかし、思いながらも忙しさにかまけてなかなか描けない。そんな私を子供がひやかす。そこで私は、「描いてもいいけど万一画風が似ていてそそっかしいやつが間違えて買うと悪いからなあ」と答える。それで子供も納得する。

私の場合は、それでも漢字で書けば一字違うからまだ良い。先週書いた「事務所」の常連の中に元総理と全く同姓同名のS氏が居る。S氏は、昔秋田に出張するため電報で旅館を予約したところ、駅に知事の車が差し回されるわの大騒ぎとなった逸話を持っている（その時S氏は慌てず「アイ・アム・ソーリ」と言ったとか……）。有名人と同姓同名というのもここまでくると本人も常に意識しなくてはならず大変だろう。

そう言えば、神戸時代、スナックで知り合いになった山本直純そっくりの画家H氏はどうしているだろう！　昼時、銀行にふらりと来ては、持参のおにぎりを食いながら、「君は銀行員に向いていない。画家になっておれと一緒にやろう。そのままでも名前だけは一流画家なんだから」と妙な誘惑を私にしていたが……。あれからはや十年、その間一度だけ彼からはがきが来た。差出人名はH氏自慢のペンネーム「歯多」とあるべきところ「歯多」となっていたが……。

（平成三年三月十四日）

〈その後〉

二十四年前、このタイトルで随筆を書いたのは、その直前の「晴雨計」で新聞社が私の名前を間違ったからだが、知事になってからも手紙の宛名、会議での名札、名簿など随分間違われた。平山郁夫さんは惜しいことに六年前に亡くなられたが、今でも私に宛名の字間違いの手紙が時折届く。それは、平山さんが有名で皆に尊敬されているからと諦めている。

知事就任と前後して長女が芸大・ピアノ科に入学、憧れだった芸大の入学式に臨席したくて随伴した。しかし、会場の関係か残念ながら父兄は式場に入れず、別室のモニターで平山学長の挨拶を聴いた。その後感心したのは、毎年学長直筆の年賀状が印刷ながら父兄宛てに届いたことだ。今でも大事にとってある。可笑しかったのは二〇〇二年に地元新聞社の記念企画で、「今なぜ天心かバルビゾンか」という対談を平山さんと元東大総長の有馬朗人さんと三人で行った時だ。TVは話している人が映るから良いのだが、新聞への掲載や、翌年本にしようとした際は、どちらが話しているかどう表示すれば分かりやすいかで新聞社ではひともめした。未だ間違われる毎に平山さんの偉大さを感じている。

知事を三期務め、その間は結構ニュース等テレビにも登場したので、少なくとも県内では顔・名前は売れていると思っていたが、それほどでもないことに退任後すぐ気付いた。街で逢う人から「おめさん、どこかで見たような気がするけど……」と尋ねられると、あれだけ県民のため取り組んだのにと少し淋しい気もするけれど、そうなれば気楽で良い。「みっともないからタクシーで行ってね」という妻の注文も無視して好きなバスに乗る。ある日バスに乗ろうとしたら、運転手さんが車椅子のお客さんを降ろすのに悪戦苦闘中、思わず手伝ったら後日地元紙に「助けてくれたのは前知事さん！」という見出しで運転手さんの投書が載り、ばれてしまった。七十歳の運転免許更新時に、元県警の人に「交通事故を起こすと必ず記事になるよ」と言われペーパードライバーを返上した。

えらく警察には喜ばれた。ご褒美に一万円分のバスカードと半割パスというのを頂いた。有効期限があったので一生懸命好きなバスに乗った。その間、妻に内緒でささやかな冒険を楽しんだ。

絵の題材にしようと海外に出かけ随分写真は撮り貯めたが、そろそろ本命のシルクロードに出かけようか、残り人生を睨みながら迷っている。出かけたら、写真だけでなく、シルクロードの絵も描きたいと願っている。

（平成二十七年八月十二日）

品質保証書

「この度は本商品をお買い上げいただき、誠にありがとうございます。日本銀行において厳重なる品質検査を致しましたところ多少古い型ではありますが、十分結婚生活に耐えうることが証明されましたので、ここにその品質を保証いたします。

しかしながら、何分本品は製造後かなりの期間本格使用をいたしておりませんので、故障することもあろうかと存じます。その際は決してたたいたりけったりせず、優しくなでていただくか、お酒の一本も注いでくだされば、必ずやまた、元気よく働きだします。大切にご使用くだされば、一生ご愛用いただけるものと確信いたします。なお、お買い上げ後、本品に重大なる欠陥が判明した場合でも返品には応じかねますので、あらかじめ申し添えます」

これは、先週友人K氏の結婚式での私の祝辞（余興?）である（これを紙に書き書名、なつ印し「品質保証書」として新婦に進呈）。厳粛であるべき結婚式の祝辞としては不穏当だったかもしれないが、四十三歳にして一回りも若い新婦をめとったK氏に対し、限りない祝福とせん望を込めて私なりに贈ったはなむけの言葉である（実は、この年で友人として祝辞を述べるとは思ってもみなかったための困った末の苦肉の策！）。

Ｋ氏のケースは世間常識からすれば、かなりの晩婚である。しかし、年齢もその形態も多様化しきている現代では、結婚した時がその人の適齢期と考えて良いのではないか。早婚で苦労しながら夫婦関係をつくり上げていくもよし、晩婚で初めから大人同士の落ち着いた夫婦関係でいくもよし、人生八十年の長寿時代、現役をリタイアするころを考えれば、両者にあまり大きな差異はないのでは…。

さすがに「前途有望な青年……」とか「未熟な二人にご支援を……」といった決まり文句は全く聞かれなかったし、私以上に不穏当な祝辞（本人の名誉のため省略する）が相次ぐ異例の式ではあったが、妙に考えさせられる式であった。ともかく〝晩婚に幸あれ〟と祈ろう。

なお、この余興を使用なさりたい方は、当方の許可はとくに要しませんので念のため。

（平成三年三月二十一日）

〈その後〉

二十四年前私が品質保証したK氏は、現在は高校一年生から大学四年生までの三人の父親になっている。その点からすれば私の品質保証は正しかったことになる。結婚直後私に「基礎体温計って何ですか。使ったほうがよいですか？」などと頼りないことを言っていた割には立派だ。この間、どの位故障したか聞いていないが、多分保証書通り奥さんが上手に相手されたのだろう。

「ご自由にお使い下さい」と書いたが、結果的にこの品質保証書の使用許可を申し出たのは二人だけだった。同じ結婚式に出ていた人とこの随筆を読んだ人だ。この保証書もここまで晩婚化が進んでしまった現在では、「旧式ですが……」と言って品質保証する面白さはもはや無い。私のこのアイデアも過去のものだ。非婚化が少子化の大きな要因となっている現状は本当に深刻で、かつての実質仲人役を果たした「世話好き」の近所のおばさんが必要と思うこともあるが、良く考えてみるとこのおばさんたちは「お似合いの良い方がいますが……」と品質保証をしていたのだ。

恋愛結婚が主流になってすっかり世話好き（目利き？）おばさんの出番は減ってしまっ

たし、恋愛のチャンスに恵まれない人のためにデータでお似合いの相手を選び出す結婚相談所などもあるが、品質保証の精度はどのくらいなのだろう?人口減少問題については、いずれ私見を述べようと思っているが、我が家に八月下旬に初孫が誕生した。合計特殊出生率ではまだまだ足りないが若干人口問題に貢献出来たと喜んでいる。それ以上に二人の娘に嫌われながら「何時孫の顔を見せてくれるのか。見せてくれないなら自分で孫をつくるぞ?」などと言っていた私は、もう嬉しくてしょうがない。

品質保証のついでに言えば最近の政治を見ていて、政治家の品質保証を望みたい気になっている。今、国会をじっと聴いていて政治の中で最も重要な安保論議のレベルが担当大臣の答弁レベルを含めて余りに低すぎるからだ。

ところで二十四年前には「私以上に不穏当な祝辞が相次ぐ異例の式だった」としか書けなかったがもう時効だろう。この式では友人の祝辞で新郎のかつての彼女の名前が複数暴露されたのだ。皆「エッ」という感じだったが、最前列にいた私には新郎の隣の仲人さんが「白を切り通せ!」と小声で言ったのが聞こえた。その仲人さんは新潟市でも著名な弁護士さんだった。

(平成二十七年九月三十日)

老後の楽しみ

漱石がロンドンに留学したのは十九世紀最後かつヴィクトリア女王の治世の最後の年、一九〇〇年であった。当時のロンドンで市井の話題をさらっていたのが、コナン・ドイルの「シャーロック・ホームズ」であった。ホームズを実在の人物として楽しんでいるシャーロキアン流に言えば、この年、ホームズは「六つのナポレオン」や「ソア橋」事件等を解決、一方ワトソン博士は「ストランド」誌に「バスカアヴィル家の犬」を執筆中ということになる。そしてホームズと漱石がロンドンの街で出会ったのではないかという想像から山田風太郎が「黄色い下宿人」を、島田荘司が「漱石と倫敦ミイラ殺人事件」という作品を書いている。

ＡＢ型人間の特性故か、何事にも手を出すが広く浅くで、音楽、映画、美術、落語、漫画（?）どれも中途半端。だから玄人はだしの人を見ると尊敬してしまう。そんな私が、いずれ現役をリタイアしたら少しは人様に誇れるものをと、〝老後の楽しみ〟にとってあるのが冒頭に例示したシャーロック・ホームズの研究である。夜な夜なパイプをくゆらせ、スコッチを傾け、ガス燈の下、馬車が行き交う当時のロンドンに思いをはせながら、ホームズのなぞ解きに挑戦している初老の私、なかなか、カッコいいでしょう！

この〝老後の楽しみ〟のため、十年くらい前から古本屋を歩き回ってホームズに関する文献を集めている。四年ほど前、ふと立ち寄った六本木の交差点近くの古本屋で長年探していたホームズ研究の洋書を十冊以上も見つけた時には、心臓が止まるほどうれしかった（しかも、聞けば某有名人が売りに出したものとの由）。

しかし、その後帆船作りもロマンがあるなとか、「写楽は誰か」もおもしろいテーマだな、などと浮気の虫が次々と起こってくる。結局、老後も広く浅くのままかもしれない。そして、本当の老後の楽しみは、気の合う友人と、良き思い出を肴（さかな）に一杯やることかもしれないと思い始めているこのごろである。

それにしても、上大川前通の新潟のシャーロキアンが集まる喫茶店がなくなって一年くらいになるが、どうしたのだろう…。

（平成三年四月四日）

〈その後〉

私がこの「老後の楽しみ」を書いたのは四十七歳、その時は精々働いても六十五歳位までと思っていたから、八十歳の平均寿命までの十五年間の老後の楽しみに「シャーロックホームズ」や「写楽」の研究を用意しておいたのだった。しかし、予定に反して未だ働いており、老後の楽しみの研究に染手出来ずにいる。買い貯めた本は大半未読のままだ。

シャーロックホームズについては、毎年結構な数の研究書が発刊されるので、それを漏らさず収集するだけでも忙しい。その上、ホームズ役のジェレミーブレッドがはまり役でヒットした英国グラナダTVの「シャーロックホームズの冒険」がNHKで知事在任中繰り返し放送されたり、二一～三年前には現代に舞台を設定し、スマート・フォンやインターネットも事件解決に貢献するBBCのテレビドラマ「シャーロック」が大ヒット、ホームズ役のカンバーバッチは一躍スターになるなど、ホームズ人気が続いている。ごく最近までNHKでも三谷幸喜の脚本で人形劇「シャーロックホームズ」を放送していた。マニアとして次々登場するホームズもののフオローに追われている。

写楽については、知事の途中で大事件が起こった。写楽が十か月余の創作活動で忽然と消えてから五十年後、江戸の考証家斎藤月岑が追記した「増補版浮世絵類考」に「写楽は江戸八丁堀に住む阿波家お抱えの能役者斎藤十郎兵衛」とあるが、これをそのまま信じる人は少なく、色々の研究家が北斎説や京伝説など写楽別人説を唱えてきていた。ところが、一九九七年越谷市のお寺の過去帳に「八丁堀地蔵橋阿州殿内斉藤十良兵衛が文化三年三月七日・五十八歳で亡くなった」と書かれているのが発見されたのだ。阿波派の人たちは「斎藤十郎兵衛の存在が確認された。別人説の論争は終了」としたが、「十郎兵衛が絵の才能があったことが確認されない以上、確定とは言えない」と反論。このため、写楽論争は、新たな段階に突入、私もその後の研究動向を見守っているところ。

実は知事退任後、海外旅行に出かけるようになって写真とルネッサンス美術等に興味を持ったほか、リーマンショックを契機に資本主義論に、大逆事件と啄木の係わりを調べているうちに鴎外の関わりの方に興味が発展してしまうなど、相変わらず気の多い典型的AB型人間ぶりで、老後は遠ざかっているのに楽しみのネタは増えるばかりなのだ。つれて増える本の山に妻は呆れて「生きている間に読める分に限ったら……」と言う。内心ご勘弁をと祈りながら「あの世でも読みたいなあ」と願っている。

（平成二十七年十一月六日）

アンの青春

私には、五年前から女房に内緒でひそかに心を寄せている女性がいる。名前はアン、と言っても今評判の赤毛のアンではない。アンに会ったのは、「サン・ジェルマン・デプレの恋」と題する写真展であった。アンは腐食した窓ガラスの前で絶望の表情を浮かべて立っていた。

アムステルダムからパリに出てきた無名の写真家、エルスケンがセーヌ河左岸のサン・ジェルマン・デプレのカフェにたむろするボヘミアンの若者たちをカメラに撮ったのは、一九四九年から約四年間であった。それは「セーヌ左岸の恋」という写真集となり話題を呼んだ。アンを主人公に、そのアンをひそかに愛していたメキシコ人のロベルト、アンの女友達のジェリ、そしてアンの恋人ピエール等々。そこにドキュメント風に描かれた若者たちの生き方は、青春と呼ぶにはあまりに暗い絶望の日々であった。「もううんざり、終わりにしたいわ」と言って窓から飛び降りた一九歳のカキ。大半の若者が麻薬と酒におぼれていた。アンが後日語っている。「当時の仲間でこの明日のない生活から抜け出せた者は何人いたか」と……。若者たちをこれほど虚無的にさせたのは何だったのか。第二次大戦は終わったが、新たな冷戦の脅威の下で忍び寄る核戦争の狂気を敏感に感じ取っていたのだろうか。

アンの写真を見る度に考えさせられる。私は貧しい学生ではあったが、高度成長の中で多少の挫折と引き換えに希望も持てた。しかし、その分アンほど人生を見てないのではと……。そして豊かさの中で青春を送る今の若者は……。新潟の「信濃川左岸の恋」はどうなのかと……。

エルスケンの写真展「巴里時代」の最後には「アンは有名な画家として絵を描いている。ナポリの南の山麓の修道僧の山小屋に住んで……。ロベルトはメキシコに帰り、闘いの中で殺された」と記されている。

ある人いわく、人間は一生青春の中にある、ただ青の字が生、性、青、成、盛、静、聖と変わっていくだけだと。果たして、私は今どのせい春にいるのだろうか（二番目？）。なお、私がアンにほれているというのは秘密ですのでよろしく！

（平成三年四月十一日）

〈その後〉

エルスケンの「セーヌ左岸の恋」は六十年近い月日が経過した今でも人気が高く、時折展覧会が開かれている。今年の二月にも六本木のギャラリーで開催された。アンはそこでも絶望の表情を浮かべ現代の若者に何かを訴えていたことだろう。大戦が終わった途端冷戦構造となり核戦争の恐怖が広がったあの時代、我が国に集団的自衛権行使を容認する際安倍総理は、「安全保障状況はかつてなく厳しい状況にある」と訴えたが、アンの時代に比べてそうなのだろうか。今パリはＩＳのテロの恐怖で大きな不安に取り囲まれているが……。

いつの時代でも、将来に夢を抱く若者は時代に敏感だ。私もそうだった。だからアンの気持ちが痛いほど分かる。惚れたのもそのせいだろう。でももう私の「時代への感性」はかなり劣化してしまった。だからその後アンみたいに惚れた人はいない。若い日の感性を完全に失わないようこの写真集と一緒に大切にしている曲がある。それはシャルル・アズナヴールの「ラ・ボエーム」というシャンソンだ。歌の内容は「二十歳の頃、画家の卵だった私はモンマルトルの小さなアパルトマンで彼女をヌードモデルに貧しいけれど夢に燃えた青春を送っていた。カフエで仲間と詩を読み酒を酌み交わし、冬の寒さも忘れて語り合った。そして君は美しかった。それは我々が二十歳だったということだ。ある日昔住んだモンマルトルの街を尋ねた。アトリエも街並みもなくリラの花も枯れていた。青春の頃の街は何も残っていなかった」という内容だ。この曲のエンデイングは本当に美しい。私がずっと聞いていたレコードではこのピアノ伴奏を無名時代のミッシェル・ポルナレフが弾いている。そこにも成功を夢見る青春があったのだろう。写真に次第に興味を抱いた私はエルスケンのほかにも好きな写真家に出合った。フランス人らしいエスプリの効いたパリ風景が面白いアンリ・ブレッソンやアフリカの滅びゆく動物を撮ったエリック・ブランドなどだが、何といっても大きな感動を受けたのはセバスチャン・サルガドだ。世界銀行の仕事をしていた彼は、アフリカなど途上国融資の調査のため現地を訪れ写真を撮り始めた。次第に評価されプロのカメラマンとなり、「神の眼を持った男」と言われるまでになった。アフリカの砂漠をさまよう難民の写真には衝撃を受けた。母と一緒に砂漠を行く少年の足の細さにすべてが表現されている。正面からカメラを見据えた少年の眼はアン以上の悲しみを湛えている。まだ青春に達していない少年の絶望の眼だ。今夏、東京では「セバスチャン・サルガドー地球へのラブレター」という映画が上映された。戦争・難民・飢餓を訴える写真を撮り続け、サルガドは精神を病みしばらく活動を停止した。再開した彼が追い求めたのは残された地球の楽園だった。「Ｇｅｎｅｓｉｓ」という写真集が出版された。それを見ていると写真の奥深さに心が震える。

（平成二十七年十一月十一日）

●いとこ会

先日、数少ない読者の一人に本欄について「専門の経済はテーマにしないのですか」と言われた。多分種に困っている私を心配しての助言だろうが、実は経済は自信がないので、わざと避けてきたのである。かと言ってそう自信のある種もなくなってきた。そこで今回はいっそ一番自信のない「顔」の話を書くことにする。

仕事柄、時々テレビに出る。ご親切に「きょうの夕方のニュースです」と言ってくれるが、まず見ない。自分の顔をテレビで見るなど考えただけでゾッとする。ガマの油売りではないが、脂汗タラリである。額には全く自信がない。銀行に入って間もない秋田時代、夕食に招かれた、上司の奥さんに「平山さんて、まゆも鼻も一つひとつはまあ整っているのに、惜しいことに少しずつずれて付いているのよね」と言われた。

もっとひどいのは下関出身の醜男（相当のもの）に「長州のトラフグ」というアダ名を付けたら「越後の食用ガエル」と付け返された。そんな私が、「男は年とともに自分の顔に責任を持て」といった大それたことを考えてではないが、顔に関し心がけていることがある。

それは「顔施」ということである。以前本で次の話を呼んでからである。「がんの末期症状で入院したお坊さんが、痛みでつらいはずなのに、いつもにこやかな笑顔を浮かべている。不思議に思って看護師さんが聞くと、お坊さんは、良くしてくれるあなたに、今の私がお礼として施せるのは笑顔を見せることだけです。仏教ではこれを顔施と言います……」

昨年二月、父方のいとこ会が村上で初めて開かれたので、おやじを連れて出席した。総勢二十四人、初対面のいとこもたくさんいたが、よく見ると、いるわいるわ、私に似た顔をしたやつが…。そして、ふと隣を見ると、最も私に似た、しかも〝顔施〟そのものという優しい顔がそこにあった。おやじだった。

三十五年ぶりに訪れたおやじの実家の庭には、私が小さい時登ってしかられた梅の木は既になかった。だが、この顔もまんざら捨てたものでもないと思いながらいとこ会から帰って来た。

（平成二三年四月十八日）

〈その後〉

二十五年前の晴雨計で私が一番自信のないのが「顔」だと告白しているが、七十一歳の現在は自信云々を通り過ぎてほぼ劣等感に近くなっている。今、若い時の写真を見ると、目鼻は確かに少しずつずれているが、それでも眼が輝いていて、我ながら「キリットしているなあ」と感じる。最近は旅行でも自分の写真は極力撮らない。後で見るのが嫌だからだが、その一番の理由は眼に輝きが無いことだ。背中が曲がり、髪が薄くなり、老醜は確実に進んでいるが、一番ショックなのは眼の輝きがなくなり表情が変わって見えることだ。いつまでも「夢」を追いかけキラキラ眼を輝かせていたいのに……。

顔に自信がない仲間がいる。歌手の小椋佳さんだ。ちょうど日経の「私の履歴書」の連載が終わった処だが、その中でもそのことを述べている。TVは勿論ステージもデビュー後避けていたのはそのせいだ。小椋さんとはお互い銀行員時代からの知り合いで、私の方で勝手に「日銀の小椋佳」と名乗って「シクラメンのかほり」など宴会で歌っていた。知事時代こんなことがあった。上越市でのコンサートに来ていた彼をたまたま仕事で同市に行っていた私が本番直前楽屋に訪ねた後、少しだけと思い最後席でこっそり聴いていた。するとステージでおしゃべりを始めた小椋さんが「私が一番やりたくないのは人前に出ること。こんな顔ですから……。そんな私にも最近珍しくTVドラマの主役の話がきたんです」ときた。「へー」と思っていると「それが松本清張が主人公のドラマだったので断りました。でもさきほど楽屋に平山知事さんが見えられたので思ったのですが、私の代わりに推薦すればよかったと……」。どう見ても彼の方が相応しいのに……。

二十五年前顔に自信はないが「顔施」に心がけていると書いた。仏教の「無財の七施」の中の「和顔施」である。改めてその教えに想いを致してハッとした。顔施に徹していれば眼の輝きはなくなってももっと優しい顔になっているはず、修業が足りていないぞ……と。良寛さんを手本に好々爺を目指すのではなかったのか？ 七施の中には「愛語施」や「慈眼施」もある。そういえば良寛さんは「和顔愛語」という言葉が大好きだった。あのいとこ会の時、おやじはいい顔していたなあ。これからでも務めてあのおやじのような和顔に追いつこう！

（平成二十八年二月十日）

ユーフォリア

春が来た／春が来た／どこに来た／山に来た／里に来た／腹に来た（冬場、運動不足で出た腹が春とともに少しへこんだとの意味）。とにかく新潟の春は心弾む。季節感の薄い東京の生活に慣れた私には〝萌《も》え出ずる春〟などという表現では物足りない。少し品は悪いが、〝発情期の春〟などと言ってはしゃいでいる。幸せな気持ちを表す言葉に〝ユーフォリア〟という英語がある。ドイツ統一と湾岸戦争の勝利の際、盛んに欧米の新聞で使われた。新潟の春はまさにユーフォリアである。

そして、新潟は今「環日本海時代」の幕開けを迎えた。だがその前途は多難である。ソ連のペレストロイカが方向を失い、そのうえ経済が極度に悪化している。対岸からの熱いラブコールはあっても、対ソ投資には相当のリスクが伴う。かと言って手をこまねいてもいられない。ソ連経済が立ち直るには市場原理導入しかない。回り道をしても必ず環日本海時代は訪れる。その時新潟が拠点都市としての機能を発揮するためには、今からその用意をしておかなくてはならない。それが新潟に住む人々にユーフォリアをもたらすからだけでなく、地理的に新潟が果たさなければならない全国的な役割でもあるからである。さらに重要なのは、これを契機に新潟は二十一世紀に向けた街づくりに努めることである。

「人間厳しくなくては生きていけない。でも優しくなくては生きている価値がない」。私は、レイモンド・チャンドラー描く探偵フィリップ・マーロウのこの言葉が好きである。この言葉は今のソ連との関係にもあてはまる。確かに経済面は厳しくなくては付き合えない。だが、より大切なのは隣国の人への優しい気持ちではないだろうか……。それにしてもソ連にユーフォリアはいつ訪れるのだろう！

好みのバーのカウンターに一人座り、何となくこんなことを考えていた。でもこれが今の私のささやかなユーフォリアなのだが……。本欄の執筆も今回で終わり。宿題を終えた子供の心境である。時まさに麗しき春の宵。さて〝春が来た〟でも歌いながらブラブラ帰るとしよう。では皆さん、さようなら。

（平成三年四月二十五日）

〈その後〉

いよいよ「晴雨計、その後」も最終回となった。二十五年前と同じ日に書こうと満を持していたが、ちょっと遅れてしまった。それにしても自然の営みはすごい。二十五年の時の経過がまるでなかったように繰り返す。二十五年前、晴雨計は桜が終わり新緑が芽吹く年間で一番良いこの時期、春の宵を楽しみながらぶらぶら帰るところで終わっているが、今も春の宵を楽しみながら帰っているけれど、好みのバーのカウンターに座ることはない。

今年は桜が咲いてから低温の日が続いたため，永く眺めることが出来たし、たまたま東京で桜満開の四月初めに数日上京することがあったので、東京から新潟へと満開の桜を続けて眺めることが出来た。でも真っ青な空の下で桜を眺める日はなかった。今の世相のような曇り空ばかりだった。

桜と言えば、いつ頃からかこの時期になると「あと何回見ることが出来るのかなあ」と思うようになった。その思いは「あと何年生きるのかなあ」というのとは微妙に違う。凛として生きた人として私が尊敬している詩人・茨木のり子も「さくら」という詩を書いている。

「ことしも生きて　さくらを見ています　ひとは生涯に何回ぐらいさくらをみるのかしら
　ものごころつくのが十歳ぐらいなら　どんなに多くても　七十回ぐらい
　三十回　四十回のひともざら　なんという少なさだろう
……（中略）……
　あでやかとも妖しとも不気味とも　捉えかねる花のいろ　さくら吹雪の下を　ふらら
と歩けば
　一瞬　名僧のごとくにわかるのです　死こそ常態　生はいとしき蜃気楼と」

最後の「死」と「生」の表現は衝撃だった。確かに悠久の時間の中では一人の人間の「生」は非常態、蜃気楼なのだろう。だとすればその間は桜吹雪に囲まれ「ユーフオリア」でありたいと願うのは私だけだろうか。

数年前にノンフィクション作家・後藤正治が「清冽」というタイトルで茨木の本格評伝

を書いた。彼女の代表作「倚りかからず」や「自分の感受性くらい」を読むと私自身が叱られているようで背筋がピッとする。でも私が一番好きな彼女の詩は「わたしが一番きれいだったとき」だ。その本にも写真が載っているが、若い時茨木はきれいだった。

それにしても「ユーフォリア（至福）」というタイトルで書いた随筆が二十五年前と随分違ったものになったのは何故だろうか。あの時のように「春がきた」を歌う浮き浮きした気持ちにならないのだ。そうだ二十五年前はバブル経済の余燼がまだくすぶっていたし、何よりベルリンの壁が崩壊し、ペレストロイカ後ロシアは混乱はしていたが、とにかく冷戦が終わり、世界は平和に向かうという希望があった。新潟にも環日本海交流の幕が開いたという待望の時機到来と言う夢があった。しかし、今現在どうだろう。イスラム国等による欧州でのテロの横行、デフレ経済から脱出できず低成長に悩む先進国経済、さらにはグローバリゼーションの影響で国家間も国民間も格差が拡大、不満が充満し、飢餓と貧困に悩む人々はむしろ増えている。

二十五年前皆が期待したユーフオリアはあの時だけだった。そして新潟も描いていた北東アジア経済交流圏の拠点になれずにいる。

今、私たちは遠くに行ってしまった「ユーフォリア」をもう一度取り戻すにはどうしたらよいか、考えるべきなのではないだろうか。

（平成二十八年四月二十七日）

祭りの後

夏が終わった。この夏、東北でどれだけの祭りが催されたのだろう。みちのくの夏祭りは、短い夏を惜しむ気持ちが強いからか、他の地域にない盛り上がりがみられる一方、終わった後は、すぐそこに秋が来ていることを感じるせいか一抹の寂しさが漂う。そんな東北の夏祭りが私は好きである。

しかし、二十余年振りに東北地方勤務で戻ってみると、こうした東北の夏祭りにも時代の変化が感じられる。それは、各地で夏祭りにかなり力を入れているが、そこにはこの夏祭りを〝街起こし〟の起爆剤にしたいという狙いをもって、東北三大祭りとして知名度の確立した青森、秋田、仙台のように観光イベントとして夏祭りを活性化しようという動きがみられることでもある。着任早々の多忙さもあって仙台の七夕以外はテレビ等で観るしかなかったので、私のこの感想は適切なのか自信はないのだが……。

〝東京一極集中是正〟と対のごとく〝地方の時代〟が叫ばれている。とくに開発の遅れていた東北地方では、高速交通体系の整備と相俟《ま》って、地方の時代への期待は大きい。21世紀は東北の時代という言葉すら耳にする。そうした時代認識の下で、夏祭りを地域起こしのひとつのイベントとして活性化しようということ自体は大変結構なことである。

ただ、ひとつ気をつけなければならないのではと思うのは、各地の夏祭りには各々いわれがあり歴史があり、だからこそその地域の風土に根差した特色があるわけで、その地方の独自性を薄めてしまう夏祭りの活性化であってはいけないと言う事である。そして祭りの本来の目的は、観光客を沢山《たくさん》集めることではなく、そこで生活している人々が季節の移り変わりの中で自分たちで楽しむものであるということである。

観光イベントとして一時的に成功したとしても、その土地の人々の心や生活と結びついた祭りでなければ、いずれ地域の人々から忘れられてしまう。そうなって悔やんでもそれこそ〝後の祭り〟である。

仙台の七夕祭りは、さすがに伝統のある夏祭りだけに見事な飾りと、その風情には感心させられた。その一方で、やたらとテレフォンカードと記念タバコの多い商店街と、七夕メニューの飲食店にはうんざりさせられた。これでは〝棚ぼた祭り〟などとつい言いたくなってしまった。香具師の屋台を排除したのはひとつの見識であるが、私たちが子供の頃《ころ》おもちゃを買って貰ったり、金魚すくいをしたりしたあの祭りの日の胸のときめく想《おも》い出を今の子供たちにどうやったら与えてやれるのか、考えさせられたのは私だけだろうか。

（平成四年九月四日）

〈その後〉

【1】

私が新潟日報・夕刊に三ヶ月に亘って連載した随筆「晴雨計」は、前回お送りした「ユーフオリア」をもって二十四年前の四月下旬に終わった。それから約一か月後の五月終わりに私は三年の日銀新潟支店長勤務を無事（？）に終え、仙台支店長として「杜の都」に赴任した。

当時は、役所や大手企業の支店長が新潟から転勤する際には、駅頭に多くの関係者（芸者さん、馴染みのクラブのママなどを含む）が見送るのが慣習となっていた。大抵の支店長は単身赴任なので、この駅頭の見送りに、もしかして柱の陰に良い人でもひっそり隠れて来ていないかチェックしている悪もいる。私の場合全くその心配はなかったのだが、「晴雨計」の「品質保証書」に書いたK氏の奥さんが、発車直前に赤ちゃんを抱えて遅れて駆けつけてきたので、思わず赤ちゃんを受け取って抱っこした（隣に妻は立っていた）。それが後で「ついに隠し子登場」という話になったそうだ。「そうだ」というのは私は仙台に行って噂になっているとは露知らず、Kさんが「すいません。ややこしいとき登場したもんで……」と謝ってきて初めて知った。

仙台生活も順調に慣れ、仙台の盛り場国分町の様子もわかり、新潟の姐さんたちから言付かった仙台の姐さんへの紹介の伝言も果たした頃には、仙台を彩る「七夕祭り」を迎え、東北の短い夏を謳歌した。そして夏が終わるころ仙台地元の河北新報から夕刊の随筆連載を依頼された。新潟での連載から四ヶ月のブランクでの再登場だ。

ところが、これが波乱万丈の人生の序幕だった。最初の原稿（「祭りの後」）を提出して、夫婦で初めて本格的な海外旅行に出かけた。日銀が二十五年の勤続の記念に十日の休暇とささやかな小遣いをプレゼントしてくれたので、イタリアとオーストリアのツアーに参加したのだ。以前から行きたかったヴェニス、フィレンツェ、ローマ、ウイーンなど回り、ご機嫌で帰りのＪＡＬに乗ったところ、流れてきた日本のニュースを見てびっくり、「新潟県知事、佐川事件で辞任」。それでもまだその時は「新潟も大変だなあ。誰が後任になるのかなあ」と他人ごとと思っていたが、帰国して仙台の支店長宅に着いてからは電話が鳴りっぱなし。突然お出馬要請だ。この後はご存知の華麗（?）なる転身の筋書を歩むこととなるわけだが、このツアー参加が最初の予定に人が集まらず、繰り上げたため出馬要請と日程が合ってしまった。最初の予定通りであれば、大騒ぎを横目に遺跡と絵画を見てスパゲッティに舌鼓だったはずで、人生はわからない。それで、仙台での夕刊随筆は九月の四回で途中降板、後を次長の新保君（小千谷の出身）に頼んで、九月末仙台を引き払い、急遽新潟に戻って即選挙戦に突入した。新保君には迷惑をかけたが、急な辞任に仙台では「歓迎会が終わったら送別会と言う人も珍しい」、「七夕祭りを見に来た人」など言われるし、戻った新潟でも「餞別にやったパター返してもらおう」など何かとやかましい。こんな話も今では四半世紀前の思い出だ。

こうした経緯で「晴雨計」の番外ともいえる随筆があと四本あるので、これについても「その後」を書くこととしたい。

（平成二十八年八月十二日）

【2】

今、思えばこのタイトルは多分高校時代から友達とよく言葉遊びをしていて、その中で「今更、そんなこと言ってもAfter Festivalだよ」と言っていたのがベースになっていると思う。

今年の東北三大祭りも終わった。三大祭りは最初の日銀勤務だった秋田でまず五〇年前「竿灯」を見て、それから二十五年後仙台の「七夕」を赴任した夏見た。さらにその十五年後に最後の青森の「ねぶた」を見た。全部見るのに随分日時がかかったものだ。

どの祭りにも参加している地元の人々の誇りと熱い思いが直接伝わってきた。同時に短い夏を謳歌する東北の夏祭りは何とも言えない侘しさが漂う。だから目一杯燃え上がる。燃え上がりすぎるのか青森では「ねぶたっ子」という言葉まである（その意味については省く）。

二十四年前随筆で仙台七夕祭りについてワゴンセールや食堂のメニュー制限などに触れ、これでは「棚ぼた祭り」だと書いたら、中年の女性（らしい？）お二人から「よくぞ書いてくださった」と妙な礼状が届いた。そのうちの一通は支店長宅の近くの人で「秋に開かれるこの地域の大崎八幡宮の例大祭は、昔ながらの趣があって素晴らしいので是非ご覧ください」と添えてあった。この神社は散歩で訪れていたので、神宮や境内の立派さから祭りもさぞかしと思って居た。そこで期待して待っていたら、丁度大祭の時期に急に知事選騒ぎとなり新潟に出向かざるを得なくなり叶わなかった。

仙台の七夕もその後見ていないので、気になって先日仙台から来た人に確認したら相変わらずのようだ。テレホンカードはもうないが、七夕祭りの入った特製の煙草とビールが主のワゴンセールが溢れているようだ。

その後も札幌の雪まつり、京都の時代祭、富山・八尾の風の盆などいくつか有名な祭りを見た。諏訪の御柱祭や郡上八幡や阿波踊り、鞍馬の火祭りなど見たい祭りはまだ沢山残っている。果たして叶うだろうか、自分の残りの生命力を思うと少し焦りを覚える。

二十四年前の晴雨計では「祭り」は大切な地域おこしにもなるので棚ぼた的なことをやっていて、皆から見向きされなくなってからでは「後の祭り」だと書いた。今も基本的にはその意見は変わらないが、以前より「祭りで地域おこしは難しい」と思っている。それがどんな有名な祭りであっても、都市の名前は有名にしてくれるが、年に数日の祭りで真の地域おこしは無理だ。祭りを含む通年観光づくりがどうしても必要だ。全国一の夏祭りを持っている北東北は、一方でずっと全国一の過疎化の進む地域だ。それが現実だ。

自然資源や歴史遺産がなければ、自分たちの手で観光資源を作らなければならない。一挙に価値を生まないから五十年、百年かけて磨いていかなくてはならない。知恵も努力もいるが、それだけにこんな面白い遣り甲斐のある作業もないかもしれない。知事時代始めた十日町地域の「大地の芸術祭」を見ているとそう思う。

一方で途中断念し未だ残念に思っているものもある。その代表がわが故郷柏崎市でやろうとした「平松礼二美術館とモネの庭づくり」だ。今、長岡の県立近代美術館で「モネ展」が開かれていて、パリ郊外のジベルニーのモネの庭の絵も沢山展示されている。この庭で平松さんはスケッチし、作品にし「印象派・ジベルニーへの旅」という展覧会を各地で開いた。あの有名なモネの庭が平松さんの感性で琳派風の日本画の世界に見事に描かれた。展覧会後このシリーズの散逸を惜しんでどこか自治体なりに寄付したらという奥さんの薦めで、選ばれたのが「一番熱心に知事が見てくれた」（？）新潟県だった。しかもモネの庭の庭長から保証書付きで寄付された睡蓮の株も一緒である。早速、担当部署に指示して上、中、下越三か所から候補地を選んで平松さんに見て貰ったら、中越・柏崎の候補地（産大と工科大の間）が気に入られた。さらにプランは膨らんで平松さんが籍を置いていた多摩美大の先生方の応援で、「新潟・絵を描く少年隊」を組織し、オランジュリーの地下の壁ぐるっと三六〇度取り巻いている「モネの睡蓮」の絵を子供たちと再現したいと言う。五〇年たって睡蓮が繁殖し水面を満たし、同時に植えた柳も大きくなって湖面に垂れ下がる景色を夢に描いて、もう一仕事と張り切って取り組んだ。

しかし、このプランは予想外のところから反対が出てきて諦めざるを得なくなった。「県からの押しつけでない市民要望の美術館を！」という市内美術関係者を中心とする人たちの議会への請願が採択されたのだ。「これは市立美術館ではありません。絵の寄贈がベースになった企画です」などいくら説明しても通じなかった。しかも群馬での平松さんの前例なるものを引きあいに、平松さんの人格を疑うような話まで出てきたのは許せなかった。残念だけれど平松さんに直接事情説明して事業を中止した。教訓はいくつもあった。美術館組合の活動などへの配慮不足もあったろうし、プライドの高い地元文化人のメンツも大事にしなければならなかったのだろう。

この美術館が出来上がっていたら、今頃小さいけれどユニークな存在として柏崎に人々を招き寄せる魅力になっていたかもしれないと思うと残念だ。

今、その柏崎では年々花火が人気を呼んで多くの人が見に来るようになった。私が知事時代苦労して延ばした港の突堤は今や恰好の打ち上げ場所だ。私はその中でも「尺玉一〇〇発同時打ち上げ」と言うのが大好きだ。二〇万人以上の人が訪れるようになった「柏崎祇園花火大会」だが、残念ながら一晩のイベントだ。何か通年観光の魅力が必要だ。それを考えるのが柏崎大使の私の今の役割りだ。「何か良いアイデアはないかな」と考えながら、もう一つ思うことは「生まれ故郷のこの花火、あと何回見られるのだろう……」

（平成二十八年八月十九日）

万歳、単身生活

仙台に赴任して、早三カ月が過ぎた。この間、挨拶《あいさつ》回りなどで多くの人から「単身ですか。大変ですね」と同情された。確かに新潟の三年に引き続く単身生活であり、世間的には十分同情に価するのであろう。せっかく同情して下さることだし、それに「いいえ、そんなことありません」などというと変に夫婦仲を疑われかねないので、「ええ、でも慣れましたので…」と言っているが、実は私の場合単身生活はさほど苦痛ではなく、むしろ、内心では単身生活を〝小さな不便、大きな自由〟などと言ってエンジョイしている。

明らかに世の中には生まれながら単身向きの人と全くそうでない人といるように思う。私は前者である。私から見ると毎週のように金曜日の夕方になると洗濯ものの入ったボストンバッグを抱えて、いそいそと新幹線に向かう人を見ると、「せっかくの自由を！」と思ってしまう。

ＡＢ型の血液型のせいか、私は生来いつもやりたいことが沢山ある（ただ、執着心に欠ける血液型でもあるため、どれも広く浅くで終わってしまうが……）気の多い人間である。だから、女房殿の愚痴を聞く時間や、退屈な買い物に付き合う時間を自分の時間に使える単身生活は大変ありがたい。週末はゴルフに行こうか、それとも映画を観て美術館に回ろうか、古本屋にも寄りたいな、そして夕方には何を食べようか、帰って水割り片手に好きなシャーロックホームズでも読みながら、ヤクルトが巨人を叩《たた》くのをテレビで見ようか……などと考えると、独身に戻ったような自由な気分になる（ただ、札所巡りとか、温泉と言った老人じみたことは考えないようにしているが……）。

しかし、ここまで書いてハッと思った。自分は単身向きだと思っているのも所詮《しょせん》は強がりであり、その生活に限界があるからではなかろうかと…。そして、いつまでも単身生活の気楽さを謳歌《おうか》していると、すっかり女房に支配された家庭内のわが権力は取り戻せなくなるぞ（現に、お前の洋服ダンスは背広の一着分のスペースを残して完全に支配されているではないか……）。これからは、もう少し週末には帰って単身疲れした顔で同情を買い、徐々に権力の回復を図っていこうと……。

なお、こんなことを考えながら、私が仙台の単身生活を送っていることは、女房には内緒ですのでよろしく！

（平成四年九月十一日）

〈その後〉

二十四年前に仙台で考えた二〜三年後の「単身生活」解消を想定した我が家における私の「地位回復」作戦は、未実行に終わった。いずれ「終の棲家」にと思って建てた小田急線沿線の家は、新築直後に新潟に単身赴任したため殆ど住むことがなかったが、知事就任でその後も戻ることがなかった。尤も戻ったとしても二人の娘は音楽家の道を選んでヨーロッパに移住したため、地位回復すべき家庭は分散してしまっていた。

知事候補に推された際、もう暫く娘の世話で妻は家を離れられないと思ったので、推してくれた人たちに、「暫く単身になるが、単身知事でも構わないか」と聞いた。それに尾ひれがついて「今度の知事は単身赴任だそうだ」となった。実際はほんの暫くの間で単身解消となったのだが、いつまでもそう思われたのには参った。「知事、食事や洗濯、掃除はどうしているのですか」と聞かれたり、中には「何なら私がしましょうか」と言う親切な（？）女性も現れて、単身ではないと説明してお断りもした。

まだ中高生だった娘を置いて妻がすぐ新潟に来たのには理由があった。日銀の支店長の時は、昼間お手伝いさんが来て公費で家事一切をやってくれたが、知事は私邸の家賃負担がかなり高いうえ、お手伝いさんも当然自己負担。そこで公邸の掃除等を請け負っている業者に見積もって貰ったら、私邸もかなり広いので結構な料金になって仕舞うことが分かった。もっと困ったのは買い物で、秘書は「三越の外商を呼んでください」と言うがそうもゆかず、妻に来てもらわないと生活が回らないことが分かったからだ。妻には言わなかったが、知事になったため単身を謳歌する自由がなくなってしまい、単身であるメリットがなくなったことが一番の理由だ。ついでの感想だが、知事を退任した時には「これであの広い知事公舎の私邸の掃除をしなくて済む」と思ってほっとした。

七十歳を過ぎた現在は、知事退任から十二年が経って、バスに乗っても、三越に行っても、映画を観に行っても、特別な目で見る人はもう殆どいない。軽く会釈する人が時折いるくらいだ。単身の自由は復活したのだが、二十四年前のようにそれを秘かに楽しもうという気力はあまりない。それよりも妻には私より一日でも良いから長生きして貰いたいと願っている。人生の最後で単身生活はしたくないと心から願っている。

（平成二十八年十月二十五日）

ある過疎地の子供たち

私の故郷（新潟県柏崎市）から嬉《うれ》しい便りが届いた。柏崎の山奥の小学校の先生をしているS君が、県の合唱祭で今年も審査委員特別賞を受賞したことを知らせてきたのである。僅《わず》か全校児童七人の合唱で……。S君との再会はこの子供たちが取り持つものだった。平成元年、故郷新潟の支店長として赴任した私は、ある朝地元新聞に載った「初参加の鵜川小学校の一～六年生十三人の合唱が審査員特別賞を受賞」の記事に感動を覚え、依頼のあった県の教育関係の月報に、このことを生きた教育の事例として書いた。

それを読んだ担任の先生から電話があった。奇遇にも高校時代の後輩S君だった、高校時代、合唱好きの男性四人が集まってはダークダックスの真似《まね》をしていたが、その中の一人のS君だったのだ。

そして、またこの子供たちは、約五百年前上杉房能（越後守護職、謙信の父長尾為景に滅ぼされた）の奥方綾子が、村人に伝えたという〝綾子舞〟（歌舞伎の原形を伝える伝承芸能として国の重要無形民俗文化財に指定）を守ってくれている子供たちでもある。雪深い山村を襲う過疎化の波は、四百人以上いたこの小学校の生徒数を七人まで減少させ、この舞を伝えていくことを極めて難しくしている。

その後、S君の誘いでこの子供たちの合唱を聞く機会を得た。想像していた通り、小さな一年生が上級生について一生懸命大きい口を開けて歌っていた。そのハーモニーは恐ろしいほど澄んでいた。歌っている子供たちの眼のように…。そして、今年二月末、鵜川に綾子舞の発表会を観に行った。一年ぶりの子供たちとの再会であった。その日の山村は、例年にない小雪とはいえ、なお一メートル越す雪の中に埋もれていたが、下から溶け始めた雪が蒸気となって集落一面を覆っていた。別れ際にS君は「この春は四人も卒業するのに新しく入って来る子供はいません。七人で合唱を続けられるか…」と少し寂しそうに言っていたのだが……。

S君の手紙に同封されていた合唱祭の審査員の講評には、「何と素敵な、そして珍しい合唱団でしょう」「さぞ楽しい学校でしょうね。いつまでも続けて下さい」との励ましの言葉があった。しかし、S君の子供たちの合唱も綾子舞も、春の卒業式が訪れる毎に厳しい現実を迎えていく。

（平成四年九月十八日）

事実は小説より

世の中、時々思いもよらぬおもしろい事にぶつかる。思い出すままに私の経験（目撃？）した事例を並べてみよう。

（1） 東京の私鉄での夏の出来事。妙齢の女性が吊《つ》り革にぶら下がっていたが、手を持ち換えた途端、汗をかくのであてていたのか白いハンカチが落ちた。それが、たまたま私の隣で寝ていた若い男性の股間《こかん》辺りにハラリ。気配で起きたその男性、何を（ワイシャツでもはみ出ていると）思ったか、そのハンカチをズボンの中へ押し込んで、再び寝てしまったのだ。

（2） ゴルフでの珍事件。ショートホールでバンカーに入ったボールを打ったK氏、バンカーの外にも中にもボールが見えないと騒いだ挙句《あげく》、バンカーの顎《あご》に突き刺さったと思い、手でその中を触った途端、蜂《はち》の巣があったから堪《たま》らない。上を下への大騒ぎ。まだ巣の周りでうなっているのを横眼《よこめ》に、罰打を払ってバンカーから打ち直し。やっとホールアウトしたK氏に「スコアーは？」と聞いたら、答えは何と「8（蜂）」。

（3） 夜の国道を車で走っていたら、突然飛び込んできたネオンにびっくり。何の広告かとよく見たら、「パチンコ」の〝パ〟が消えていたのだった。（〝チ〟まで消えていたらどうなるのだろう――少々品のない話で失礼）。

　まだ、まだ沢山《たくさん》ある。東京の電車の混雑ぶりはすさまじい。小田急線で新宿に着いて降りようと思ったら、それまで必死で揺れからわが体を支えていた腕に見知らぬ傘が一本ブラ下がっていた（人の腕を何だと思っているのか……）。更には電車の降り口を開けてもらってやっと降りたおばあさん。ホームで中に向かって御礼の頭を下げたとたんにドアがバタン　ｅｔｃ……。

　事実だから余計《よけい》おもしろい。「事実は小説より奇なり」とはよく言ったものだ。世の中に、こうしたおもしろい事が時々あるから人生はやめられない……と出来る限りもの事を楽観的に考えるようにしている。しかし、これが逆に悲劇の場合には事実であるだけに心が重くなる訳だが……。

　ところが、ところが「事実は小説より……」の対象にまさかわが身がなろうとは思ってもいなかった。急に降ってきたような別世界への転進の話にただ驚いているところである。


（平成四年九月二十五日）

〈その後〉

【1】

二十五年前に書いた「晴雨計」などの随筆も仙台の河北新報に掲載した四編の内の二編を残すのみとなった。

二つ残ったうちの「ある過疎地の子供たち」は、「晴雨計」の四回目に「綾子舞の子供たち」で書いたことを、仙台の人たちにも知って貰いたくて書いたものなので、ここでは二十五年前書いた河北新報の随筆をコピー再掲するにとどめたい。

最後の随筆は「事実は小説より……」と言うものだ。実際の世の中で出会う事の方が小説よりはるかに面白いことがあるという事で、自ら体験した面白い話を書き連ねた。

その後体験した「小説より奇」の話を書こう。まずはパチンコ店のネオンサインの後日談。このパチンコ店のネオンサインの話を飛び上って喜んで聴いていた高校時代の同級生M氏、大手新聞社の記者の彼からある日厚い封筒が届いた。開けてみると彼の務める新聞社の日曜版だった。添付されていたメモには「貴兄のネオンサインの話、写真の通り確認しました」とあり、新聞の一面にパの消えたネオンサインの写真が大きく載っていた。

ゴルフでは珍プレイなど枚挙に暇がない。前上がりの斜面で打つとかなりの確率で後ろに球が飛んでくるAさん。ティーショットを横のマークに当てて大きく後ろの林の中に球を入れてしまったTさん。林から出てきた球が丁度最初のティーショットと同じ位置に戻ってきたので思わず「今度、何打目?」と聞いたら、「えーと、七打目かな!」。「この茶店で汁粉を食べたらゴルフまで甘くなり、次のロングで十一打叩いた」という私の話を聞いて「そんな馬鹿な!」と言ってわざわざ汁粉を食べたNさん。すると暗示にかかったようにあの堅いNさんが乱れ、ホールアウトして「スコアーは?」と聴くと不機嫌そうに「十一」。

グリーン周りのバンカーを三つ渡り歩いたSさんに「もうひとつありますよ」と私。エール?　のつもりで「四つ目に入れれば、これが本当の第四バンカーですよ」と言ったら見事に入れた。彼は新潟が地元の第四銀行員（バンカー）だった。池の水ぎわに転がって落ちたボールを手で拾おうとして前かがみになったら、そのまま頭から池に落ちてしまったIさん。ゴルフを始めるというので、ゴルフショップに同行してクラブを選んで、「本番まで最低一〇〇〇球は打っておいてくださいね」と言っておいたKさん。一週間後の本番スタート時にキャデイさんがバッグを開けたらビニールをかぶったまま……。最後は同じくゴルフを始めたばかりのA君の話。ドライバーが使いこなせずアイアンでティーショットをするのだが、ヘッドが立ちすぎて芝がはがれる。スタートホールで前の組がティーショットを打っている後ろでA君が素振り、正に打たんとバックスイングに入ったその人の首の後ろにA君の打ったターフがドサリ！

ついでに品のない話をもう一つ。知事として経済視察団を率いてインドネシアに行った時のジャカルタのホテルでの話だ。夕食の外出から帰って同行の仲間とホテルの庭で飲んでいると、向こうのプールサイドを妙齢の女性が行ったり来たり、少し遠くて暗いけれど流し目を送っているように見える。それで冷やかしの積りで秘書と二人で彼女に近づいていったら、いきなり歌い出した。「どんぐりコロコロ、どんぶりこ……」。一瞬あっけにとられていたが、歌の最後を聞いて深く納得した。「坊ちゃん一緒に遊びましょう」。帰国記者会見で「視察の成果は？」と聴かれて種々説明の後に「個人的なことながら、駄洒落好きの私にとって素晴らしいネタを仕入れることが出来た」と言ってこの話を紹介した。しかし、「知事の創作だろう」と殆ど信用されなかった。

（平成二十九年七月二十一日）

【2】

締めには少し面白くてちょっと悲しい話を書こう。本当は品のない話よりこういう話が一番好きなのだ。

某企業の社外取締役をしていた時（昨年六月で退任）体験した話だ。ひと月振りに取締役会でお目に掛かったOさんの頭部（殆どにヘアーはない）に見事なひっかき傷があった。「どうしたのですか」と聴くと「飼い犬に噛まれたのではなく引っ掻かれた」とのこと。Oさんは飼い犬と一緒に寝ているのだが、どうも主人を起そうと引っ掻いたようだとのこと。それにしても見事な引っ掻き跡だと妙に感心してこの話を犬好きの友人にしたら、彼曰く「飼い犬がいきなり主人を引っ掻くことはない。多分その前に起こそうと顔を舐めたはず。でも原因は犬に何かストレスがあったのでしょう」とのこと。Oさんにそう話すと「そういえば舐めていたなあ。寝ぼけてこちらが無視していたが……。ストレスはわかるね。ずっと散歩に連れて行ってなかったからなあ」とのこと。

数か月前Oさんは突然奥さんを亡くされた。弥彦山に行って帰ってきたその晩、「疲れたから先に休む」と言ったまま急逝されたのだ。愛妻を失って呆然としていたOさん、それでも奥さんの残されたレシピを見ながら料理に取組んだり孤軍奮闘していたが、専ら奥さんの役割だった飼い犬の散歩までは手が回らなかった。Oさんの頭部の傷は暫くして治ったが、お逢いする度に「犬の散歩はされていますか」と聞く。犬も奥さんがいなくなってさぞ淋しかったのだろう。愛する人を失くしたOさんとワンちゃんが励まし合いながら散歩する姿を思い浮かべている。

知事を三期十二年勤めたが任期残り三年位という頃から悩ましい課題を抱えていた。それは平成十三年が過ぎて天皇陛下が行幸されていない県が三県残っており、その中に本県も含まれていたこと。宮内庁では何とか機会を見つけようとしていたが、なかなか国体のような行幸行事が無く残ってしまっていた。皇太子殿下には何度か行啓頂いたし、ほかの皇族の方々にも結構御成頂いていたが、行幸の機会に恵まれなかった。

御成と言えば「花いっぱい運動」などで二年連続で御来県くださった紀宮様（現在は黒田清子様）には、二年目の昼食会場で休憩の折「知事さん、どうぞご遠慮なく昨年の様に駄洒落を仰って下さい」と囁かれた。そう、皇族の方々の間で「新潟県知事は畏れもなく駄洒落を言う」ことでちょっと有名だったようだ。ひょっとすると宮内庁では要注意マークがついていたかもしれない。

一番御来県くださったのは高円宮様だ。もともと新潟の酒蔵巡りをプライベートでされていたうえ、ワールドカップなどの関係もあって何度か御成頂いた。二〇〇二年はアマチュアオーケストラの全国大会（ステージで指揮をされた）、サッカーの国際試合、そして在日大使館家族との田植え・稲刈り事業と立て続けに来県され、何度もご一緒させて頂いた。田植えの後の松之山温泉では夜中までお酒をご一緒した。夕食で十日町地域の山菜〝木の芽（アケビの新芽）〟を卵の黄身と醤油で食べられ、「この美味なるものは何ですか」とご質問されたのでご説明いたしますと、「御代りを下さい。何ならもっと大きい器で……」とのご注文でしたので、どんぶりでお出しするとあっという間に平らげられて大満足のご様子。二次会に誘われてご一緒させて頂いたが、木の芽のことなど随分話が弾み、こちらもすっかり打ち解けて幾つか駄洒落が出てしまった。11時頃だったろうか殿下が急に「電話してくる」と仰る。「随分遅いけれど……」と思ったが、次の御言葉を聞いて驚いた。「実は今日新潟の知事さんと会うと言ったら、紀宮に面白い駄洒落があったら教えてねと頼まれていたんだ。忘れないうちに電話してくる……」。

その年の十一月、高円宮様は急逝された。才能に溢れオープンな飾らぬ人柄で多くの人から慕われていた。殊に皇太子殿下、紀宮さまからはお兄さんの様に慕われ頼られておられた。通常タブーとされる皇族の政治発言も遠慮されなかった。本当に惜しんでも余りあるご逝去だ。紀宮様には、幻の鳥・アカショウビンを見たいとのことで三年魚沼に御忍びで（アカショウビンにばれないよう？）通われたが、事前調査では見つかっているのに本番では見ることが出来なかった。

皇太子殿下に申し上げた私の世界遺産の駄洒落はちょっと話題になった。毎年、知事が五～六人、天皇陛下と皇太子殿下に地方の話題など御進講する。私は絶滅寸前の佐渡の朱鷺のことを御進講した。佐賀の知事さんは吉野ヶ里遺跡の話をされた。御進講の後天皇陛下がご質問されるのだが、ご聡明な陛下の質問は実に鋭く、核心に触れられる。佐賀の知事さんへのご質問は「吉野ヶ里や青森の三内丸山など、近年縄文の素晴らしい遺跡が新たに発掘されているが、今後まだこうした遺跡は出てきますか」だったが、緊張気味の知事の答えは「はい！　これからも道路工事を一生懸命やらせて頂きます」だった。「お分かりになるかな？」と一瞬心配したが、陛下は少しお考えになられた後「なるほど！」と短く答えられた。昼食の折、私の正面に座られた皇太子さまから「遺跡と言えば近年日本でも世界遺産の認定が増えてきましたが、世界遺産にはどうすればなれるのですか」とのご質問。佐渡金山で手を挙げようと検討中だったので、私が一通りのルールをご説明、止せばよかったのですが駄洒落好きの習性、ご説明中に浮かんでしまった駄洒落を言ってしまった。「東大寺をはじめ日本の世界遺産が増えました。喜んでよいのでしょうが、あまり増えますとそれこそ遺産（胃酸）過多になります」と……。

皇太子さまのお隣で、別の知事とお話し中だった天皇陛下も一瞬こちらを向かれて「ん！」と小さくお声を挙げられた。

【3】

知事任期を四か月残すだけとなった二〇一六年六月、新潟県への行幸が漸く実現した。これだけ行幸に時間が必要だったのに、その年の十月（私の知事任期の前日）に発生した中越大地震の激励のため、翌年再び行幸を頂くことになるのだが……。当初佐渡にも御渡り頂き、朱鷺をご覧いただく日程を組んだが、手術後の経過順調とはいえ大事を取って佐渡は諦め、その代り中越地区を加えることにし、私の出身地柏崎もご視察頂いた。五〇〇年の昔から山奥にひっそり伝わる優雅な綾子舞を守る中学生をご激励頂いたりした後、柏崎市内で昼食会となった。皇后陛下から「知事さん、この地方にはどんな方言がありますか」とのご質問。「代表的なのが〝じょんのび〟と〝ばらこくたい〟です。じょんのびは寿命が延びる、あるいは丈、すなわち背中が伸びるの意味ともいわれ、温泉などに入ってゆったりした時などに『あー! じょんのび、じょんのび』と繰り返して言います」。

次に〝ばらこくたい〟をご説明しようと思った途端駄洒落病が出た。「新潟では数年後に二巡目の国体を開催します。その時には大きなバラの花をデザインして愛称を〝おおばらこくたい〟にしようかと……」、ここまで話すと周りの本県関係者がくすくす笑い出してしまった。皇后陛下はすぐに察知され「知事さん、また何か面白いことを思いつかれたのですか」。そこで〝ばらこくたい〟の本当の意味を説明申上げた処「面白い言葉ですね。じょんのびは感じが良くわかりますね」と仰られた。

その次に、皇后陛下から「ご出身地とのことですが柏崎の自慢は何ですか」とのご質問。そこで「柏崎には江戸時代小千谷縮など縮布を上方に売る商人の町として発展しました。

商人は上方から併せて情報や文化も運んできました。そのため一〇万人弱の人口の街なのに、地元新聞がいくつもあるうえ、商人たちが集めた素晴らしいコレクションがあります。コレクション・ビレッジで今柏崎は売り出しています」と概論を申上げ「岩下庄司の玩具コレクション〝痴娯の家〟、花田屋・吉田正太郎の文明開化ものを集めた〝黒船館〟、松田政秀の〝藍民芸館〟などがあります。またとんち教室で有名な柔道家・石黒敬七さんの雑多なコレクション〝トンチン館〟もあります。でもその館に入ったところには息子の石黒敬章さんが書いた〝この父のコレクションの半分は勝手に持って帰ったり、盗んできたりしたものです〟と言う説明書きが架かっています。息子さんに言わせると天然ボケのような敬七さんは、茶碗など自分の気にいったものがあると他人の所有物でも握ったら離さず、そのまま帰ろうとするので、つい〝暫くお貸ししておきます〟ということになる。コレクションの半分はこうして集まった物というわけです」。

この説明が終わるや否や隣の県議会議長で同じく柏崎出身のSさんが言った。「岩下さんのコレクションの方がもっと盗ってきた物が多いよ」。このままでは柏崎のコレクションの信用が疑われかねないと思い、話題を変えることにした。「今、お話されたS議長さんはカメラの腕は玄人はだし、写真集を何冊も出されていますが、同時に珍しいカメラのコレクターでも有名です」と私。すると皇后陛下から「どんな珍しいカメラをお持ちですか」とのご質問。S議長、嬉しそうに自慢のカメラの2、3を説明された。その説明が終わるタイミングピシャリで天皇陛下が仰った。「それも盗んできた物ですか?」。これには一同大爆笑となった。皇后陛下も笑われた。

昼食会終了後、部屋の外で待機していた宮内庁のお付の役人さんからは、県の担当者に「何があったのか」と繰り返し問い合わせがあったそう……。

この行幸の最後にもう一つオチが待っていた。新幹線で東京に還幸される両陛下を長岡駅に見送りにゆき、貴賓室で御挨拶申し上げた。この場合はご苦労様と言う趣旨で両陛下が知事、議長、駅長の三人をお呼びになりお礼の意味のお茶を振る舞われる。「ご行幸頂きましたこと、県民を代表して御礼申し上げます。御戻りになられてもお疲れが出ませんようごゆっくりされて下さい」と代表して私が申し上げますと、にこっとされて皇后陛下が仰られた。「知事さん！じょんのび、じょんのびですね！」両陛下には一本取られた行幸だった。

（平成二十九年八月十日）

しゃべっちょ古稀からの独り言！

しゃべっちょ古稀からの独り言！

「晴雨計・その後」は、書く方としては二十四年前の随筆をなぞるわけですが、「その後」でつくづく時間経過の大きさを感じています。

同時に二十四年前に触れたテーマを現在の視点で比較してみるのは面白いのですが、採り上げるテーマが特定されるのは良いとして、最近の「イスラム国」など国際紛争や「ギリシャ問題」のほか、「アベノミクス」、「TPP」、「安保法制」、「大学改革」など我が国の政治・経済を巡る議論を見るにつけ、あれから二十四年、四半世紀が経過したにもかかわらず、「人間社会というのは進歩するとは限らない」「この間一体我々は何をしていたのだろう」との想いを抱かざるを得ません。

そこで、別途現在のこうしたテーマで感じていることの一端を「しゃべっちょ古稀からの独り言！」として書いてみようと考えました。勿論、随筆ですのであまり政治的主張をすることは控えますが、残り少なくなってきた私の人生ですので、「言い残したいことぐらい言わせてもらうよ」ということで、少しルールからはみ出すことをお許し頂き、こちらの方もお読みいただければと思います。

人間にはそれぞれに持って生まれた運命みたいなものがあります。随分若い時からそのことを感じながら生きてきました。いつの時代に、どの国のどういう地方のどういう家に生まれ出るかなどです。その大枠に身を委ねつつ、時にはそれに抗いながら生きてゆく。それは自分の夢を実現したくて、あるいは幸せになりたくてであったのだろう。

そのためにどうしたらよいか、あるいはよかったのか、古稀を越えて私なりに今を少し考えてみたいと思います。お付き合いください。

越後の方言の「しゃべっちょこき」をもじったタイトルにしましたが、思ったことを素直に書くようにし、「うそこき」や「よがりこき」にならないよう努めました。

七十歳になってわかったこと

【1】

昨年七月古稀になった。それ以来「七十歳になって分かったことって何だろう」と考えてきた。そしてそれを書こうと思った途端、水墨画家篠田桃紅さんが「一〇三歳になってわかったこと」という本を出版されベストセラーになった。どんなことが分かったのかインターネットで検索したら「生まれて、死ぬことは考えても始まらない」「自らの足で立っている人は、過度な依存はしない」など含蓄深い言葉が並んでいた。気後れしてしまった。この検索で分かったのは篠田さんのほかにも百歳超の高齢女性の出版が沢山あることだ。「一〇〇歳の幸福論」（一〇〇歳のフォトジャーナリスト笹本恒子）、「あら、もう一〇二歳」（俳人金原まさ子）、「一〇四歳になってわかったこと」（ハワイの名物食堂の元看板娘手島静子）、「一〇七歳生きるならきれいに生きよ」（山田耕作の一番弟子の声楽家嘉納愛子）など……。でも極めつけは、後藤はつのさんの「一一一歳、いつでも今から」だ。七十三歳から油絵を始め、一〇九歳まで描いていたというから、七十五歳で始め一〇一才まで描き続けたグラン・マザー・モーゼスの日本版だ。驚いたことに後藤さんは妙高赤倉温泉の人だ。

しかもボケ防止で絵を始めた動機が、若い時近くに住んでいた岡倉天心宅に豆腐を配達に行って、お茶を御馳走になるなど可愛がられた思い出があったからだという。

女性に比べて男性は少ない。日野原重明さんくらいだ。どうしてこんなに寿命に男女差があるのだろう。これは今私がライフワークの研究テーマにしている「女性は何故鬼婆化するか」に加えるべきだろう。何故なら、私が傑作と高く評価しているサラリーマン川柳「耐えてきた　という妻に耐えてきた」で分かるように、年齢と共に女性ホルモンが減退し鬼婆化する妻からのストレスに男は耐えてゆく、それが寿命の差になっているのではと直感的に思ったからだ。（このくだりはあくまで一般論）これには女性側から反論倍返しがあるのだろう。若輩！　七十歳ながらそれでもこの歳で分かったことをやはり書いておこうと思った。私の予想寿命ではいくら待っても百歳には敵わないからだ。詳しくは後述するとして、いきがってみたけれど、実は分かったことは「いくつになっても若い女性への関心は変わらない」くらいで、結論は「七十歳になっても分かったことはなかった」、すなわち「人間幾つになっても分からないことだらけだな」ということだったからだ。

そして私は明日、七十一歳になる。

【2】

タイトルにまつわる話をしているうちに本題に入らず終わってしまった。ついでにもう少し脱線しよう。やはり私の女性鬼婆化説には反応が多かった。賛否頂いたが意外と女性陣からの反論はあまりなかった。「自覚しています」という感想もあったが、同時に「男性はどうなの」という質問があった。私の答えは「大半は好々爺化するが、一部に頑固親爺化する」である。男が好々爺化するのも男性ホルモンが低下し、闘争心が薄らぎ、もめごとなど面倒くさくなる（自覚中）からと思う。

でも悪いことではない。鬼婆化する妻に対し夫が好々爺化するから老夫婦うまくゆく。夫が頑固親爺化する場合は、闘争心がぶつかるので夫婦喧嘩が絶えなくなる。それよりはずっと良い。

私は古稀を契機に好々爺になろうと決意した。その私が目指すは良寛さんだ。良寛さんぐらい無欲恬淡になることは今の物欲時代には難しい。そうありたいと願い書体まで良寛に似た漱石ですら亡くなる直前に「大愚成り難し」と言っている。同じ七十歳で良寛には四十歳も若い貞心尼が現れ七十四歳で亡くなるまで今で言う在宅介護状態だったのだから幸せな晩年と言えよう。貞心尼までは望まないとしても、穏やかな晩年を送るべく良寛さんを目標に好々爺を目指そうと思う。

もう一つ脱線したい。前回長寿の男性の本は日野原さんくらいだと書いた。あとで出版こそしていないが親しくさせて頂き数年前一〇三歳で亡くなられたYさんのことを思い出した。日野原さんより三～四歳年上で、新潟市での日野原さんの講演の際一番前で聴いておられ、質問コーナーで「私はあなたより年長で、今も元気で杖なしで飛び歩いている」と言ったら、恐縮した日野原さんがYさんをステージに上げて、「健康の秘訣は？」と聞かれたという逸話を残している。そのYさんが携帯電話で連絡をとっていたのが同じケアハウスの少し年下の「彼女」だ。この彼女も元気でオランダ協会のパーテイで来賓の公使と英語で会話しているのでびっくりした。聴けば昔英語の先生だったという。Yさんは毎晩十時に燗酒一合を持って彼女の部屋を訪れ、二人でベッドの上に腰掛け、遅い晩酌をしながらお話するのを何よりの楽しみとしていた。そのYさんがある日私に真顔で「平山さん、私を〝彼女のいる世界一の長老〟でギネスに載せてもらえませんか」という。一瞬「面白い！」と思ったが世界一をどうやって確認するか、まだ上がいるな、などと思い「難しいでしょうね」と答えてしまった。今ではチャレンジしてみれば面白かったかもと悔やみながら、秘かに、では自分がその記録を狙おうかと思っている。

【3】

脱線はこれ位にして、そろそろ「七十歳になって分かったこと」を書こう。「いくつになっても若い女性に関心があることが分かった」とはじめに書いたが、それは良寛を見ていて分かっていた。弟子は遍澄のほかには採らないと言っていたが、貞心尼が現れたら喜んで弟子にしている。あれだけ無欲恬淡の良寛でも人間、特に若い女性への興味は尽きなかったのだろう。人間にとって一番嬉しいことは、良き家族と肝胆相照らす友人に恵まれることと思った。

昔から物欲があまりないせいか、金をダブダブにして値上がり予測で人の物欲を刺激し景気を回復しようという「アベノミクス」は嫌いだし、政策的にもおかしいと思っている。以前ある雑誌に「良寛とアダムスミスとアベノミクス」という題でそのことを書いた。

アダムスミスは「国富論」に先立つ「道徳感情論」という倫理学の本の中で「人間には、見栄や欲からより多くの富を求め続ける「弱い人」と、ある程度豊かであればそれ以上の富が人を幸せにすることはないことを知っていて、他のことに価値を見出す「賢い人」がいる。世の中前者が圧倒的に多いが、だから社会は経済成長するわけで、必ずしも悪いとは言えない……」と述べている。二五〇年以上前ながら非常に鋭い指摘だ。良寛的に生きようという私は、アダムスミス流に言えば賢い人になりたいと思っているわけである。「アベノミクス」に対する私の違和感は、それが国民を弱い人とみなして異次元の金融緩和で皆のマインドをインフレに替え、消費を煽ろうとしているからだ。私には、最近の安保法制見直しも含めて安倍政権の方向は、いまだ明治政府の「殖産興業・富国強兵」路線と同じにしか見えない。ここまで成熟した日本が今目指すのは、競争による永遠の成長ではなくて、人々が多様な生きがいを助け合いながら見出せるもっと「幸福」を実感出来る社会ではないだろうか。最近講演を頼まれると、最後に「奪い合えば足りない社会から、分かち合えば余る社会へ価値観を変えよう」と提唱している。偉そうで恥ずかしいのだが……。

もう一つ、知事退任の時確信したことがある。

永年陳情を受け「日本列島パラサイト状態」を眺めてきたからだろう「人間社会にとって一番重要なルールは、自分のことは自分でする、でも困っている人がいれば助け合う」ということだ。六十歳にしてやっと当たり前のことに気が付いたという想いだったが七十歳を越えそのことの大切さを一層確信している。

（平成二十七年八月二十五日）

スペシャルオリンピックス　新潟大会を終えて

【1】

今、私は心地よい疲労と充実感に包まれている。それは表題の大会を無事終えることが出来たからだ。

この大会の正式名称は「二〇一六年第六回スペシャルオリンピックス日本・冬季ナショナルゲーム新潟」である。パラリンピックが身体障害者のスポーツの大会であるのに対し、スペシャルオリンピックス（SO）は知的障害者の大会である。この冬季大会が二月十二日～十四日新潟市と南魚沼市に全国から六〇〇人余の選手（SOではアスリートと呼ぶ）が参加して開催された。私はその実行委員長を勤めたのだが、それが無事終わったからだ。それで冒頭述べたような感情に包まれているわけだが、正確にはこれまで感じたことのない温かな気持ちに包まれている。

スペシャルオリンピックス（SO）は、スポーツ大会と言っても順位を争うのではなくて、日頃のトレーニングの成果をともに発揮しあうもので、そのためディビジョニングという細かな能力別クラス分け（最大八人）をしてから決勝を行い全員表彰する。だからこの表彰台は横長で大きい。事前の準備でその保管場所に頭をひねったぐらいだ。一位はもちろん八位でも表彰されるから皆が大喜びだ。この大会の三日間を通じて、全力で競技するアスリートたちの輝く眼や、表彰台でのはじけるような笑顔に何度巡り合ったことだろう。「トキめけ　キラめけ　力いっぱい心いっぱい」という今大会スローガンそのもののシーンが私の胸を何度も感動で熱くしてくれた。スローガンの副題「～ささえあう笑顔　ひろがる勇気　感動を　新潟から～」が実現した大会だった。

二年前私はSO新潟の理事長として、二〇一六年冬季大会の開催に立候補するかどうか迷っている仲間たちに「二〇一二年の前回大会をあの3・11の翌年福島が開催したではないか。そのことを思えば隣の新潟が開催できないとは言えない。そして真の共生社会の実現に向かって大会開催をそのきっかけにしようじゃないか」と述べた。日頃のSOの活動の半分以上が知的障害の子供さんを抱えたファミリーに支えられ、数年前やっと「NPO法人」になったばかりの団体は心細い限りだったが、なぜか私の中に開催引き受けに手を上げさせる何かがあった。一番責任のある大会実行委員長のポストを引き受けなくてはならないのを分かっていたにもかかわらず……。

【2】

思い切って立候補したら札幌も立候補してきた。冬季オリンピックを開催した都市との競争に一瞬ダメかと思ったが、幸い当方の「真の共生社会を目指して、遺産の残せる大会を！」という訴えが評価され新潟に決まった。

パラリンピックに比べればはるかに小さい大会ではあるが、全国大会ともなれば約一〇〇〇人が県外から参加するし、必要ボランティア数も三〇〇〇人規模となる。何より大変だと思われたのは大会費用の半分を開催地が集めなくてはならないことだ。

その目標額は巨大な壁のように見えた。そこで大会誘致に熱心な支援学校のK氏とT氏を県等に頼んで研修の名目で借り出し事務局長に据えるとともに、国体経験のある県庁OBにも手伝って貰うことにした。

不安のままのスタートだったが、輸送、財務、式典、ボランティアなど各実行委員会は、最初こそ頼りなさそうだったが次第に頼もしくなっていった。何よりもファミリーを中心とするメンバーは燃えていた。自分の子供のためにこの大会を成功させたいという想いが痛いほど伝わってきた。実行委員長の私も協賛企業集めなどに全力を傾注した。

感動したのはふるさと納税に全国から多くの応援が集まったこと、それまで知らなかった身近な人から「実はうちにも障害者がいまして……」と表に出て支援してくれる人が何人もいたことだった。大会は大成功となった。地元マスコミが異例の報道をしてくれたこともあって、大会が近づくにつれて浸透、期待以上に県民の関心は盛り上がった。

開会式はアスリートの入場から一挙に雰囲気が変った。陶芸家・高井進氏労作の聖火台にドリームサポーターの安藤美姫さんたちとアスリートがリレーして点火、新潟のアスリート二人のたどたどしいけれど一生懸命の選手宣誓、そして新潟発のアイドル「ねぎっこ」の友情出演とプログラムは最高潮へ盛り上がった。

ミシアのアスリート全員へのチョコプレゼントのサプライズまであって、開会式会場は温かい風に包まれた。支援学校の生徒の演奏で会場一杯の踊りの輪が広がった南魚沼市での閉会式と併せて大きな感動だった。

大会を終えた今分かったのは「知的障害者の貴方たちには私たちの支援が必要です。でも私たちには貴方たちの笑顔が必要なのです。優しさを忘れないために……」ということだ。

それにしても私が小・中学校時代、一緒に通った向かいの知的障害者の同級生T君はどうしているのだろう？数年前から消息が不明だが……。

（平成二十八年三月四日）

アベノミクスのもう一つの問題――日本銀行総裁論

デフレ克服策としての金融政策が世界に先駆けて日本で実施されているが、安倍総理の「アベノミクス政策」と一体での政策推進である。この体制を組むため安倍総理は「お仲間人事」と言われている自身の政策理念と一致する黒田氏を日銀総裁に任命した。そのほかにもＮＨＫ会長、法制局長官人事が同様で、この官邸人事に批判が出されているがここでは触れない。

日銀総裁は内閣が任命するが国会の承認が必要となっている。内閣の決定に総理の意向が最も強く作用することは明らかだ。中央銀行の中立性が世界的に重要視されているのには理由がある。戦前、大戦に突入してゆく過程で軍事増強のため軍事費を増大させたいヒットラーは、国債を増発してこれを中央銀行であるブンデスバンクに引き受けさせようとした。これに対しブンデスバンク総裁は敢然として拒否し更迭された。政府に打ち出の小鼓を渡せば、財政規律を失い猛烈なインフレを起こすからだ。戦後ドイツはその通りひどいインフレに見舞われた。日本においても戦前日本銀行は国債の引き受けをさせられたが、ブンデスバンクのような毅然とした抵抗もせず受け入れた。戦後六百倍というインフレに襲われ、増える紙幣需要に追い付かず、一時裏が白いお札が発行された。

安倍総理は、なかなか自分の意見を聞かない白川総裁の後任に同じリフレ論者の黒田氏を後任に据えて自説のリフレ政策を導入した訳だが、果たしてそれは正しかったのだろうか。

金融政策も、政府が行う広い意味での経済政策の一部だから方向として政府と日銀は一致していることが望ましい。一方で中央銀行に対し「一国の最後の良心たれ」ということが期待されている。これは上記のドイツのように皆が誤った方向に向かっても、中央銀行だけは最後まで「正しい道を歩む強い信念を持っていなくてはならない」という意味だ。「最後の良心」という言葉は重い。だから総理は自分の都合のよい人を総裁に選ぶのではなく、もし自分が経済政策を誤ってもそれを冷静に見極め、正すような深い専門知識と強い精神力を持った人を選ぶべきなのだ。

日銀を代表するエコノミストに吉野俊彦氏がいる。大変な森鴎外の研究家でもある。市川の自宅は本で傾いたという。私も日銀時代、吉野さんが鴎外の研究本を発刊するたびに行内斡旋で購入していた。私が六〇歳代半ばになって鴎外研究に取り組み始めたのには、現役時代こうした吉野さんの影響を受けていたからだろう。

その吉野さんに「歴代日本銀行総裁論」と言う著書がある。明治十五年就任の初代吉原重俊論に始まり二十三代森永貞一郎までの歴代総裁論であるが、正に明治・大正・昭和の激動の近代日本の経済・金融史が描かれている。この中で吉野さんは日銀総裁の適格条件として、七項目を挙げている。それは①政府に対して強力な主張ができる人、②民間金融界と広く接触のある人、③民間企業の実情を知った人、④消費者の立場に立って物を考えうる人、⑤学者やエコノミストの意見を尊重する人、⑥日本銀行の内部機構を活用できる人、⑦海外の金融当局と直接語り合える人、である。それぞれ尤もであるが、ポイントは①である。中央銀行の総裁が総理に対してきちんと意見が言えるということが、健全な国家の条件なのである。お仲間人事だとしても黒田総裁がそういう人であれば適格だ。その点を注視している。

この本には補論があり、吉野氏が執筆時点の関係で触れられなかった二十二代佐々木直総裁から現在の三十一代黒田東彦総裁について、吉野氏の後を受けて同じく日銀を代表するエコノミストであった鈴木淑夫氏が執筆している。その中で鈴木氏は、白川氏と黒田氏の「量的金融緩和策」を比較し、「兵力一挙投入の黒田方式が分かりやすく効果もある」と評価しながらも、「その分日銀保有資産の急増と劣化を招くうえ出口政策を難しくするだろう」「デフレ脱却に成功した時に予想される長期金利の上昇など政府の経済政策等と衝突するリスクも予想される」更に「デフレ脱却が出来なかった場合には、経済は長期的景気低迷状況を続け、消費税の引き上げ負担がそれをさらに追い打ちするだろう」といったリスクを指摘している。

この指摘は二〇一四年の秋時点のものであるが、その後の推移をみると、最後のリスクが次第に現実味を帯びてきている。今だデフレは克服されていない。そして鈴木氏が最後に指摘しているように「この2％インフレは短期的目標で、本来の日銀の長期的政策目標は物価の安定を通じて長期的な安定成長を目指すことである。それを忘れてはならない」と、私も全く同感である。併せて日銀のもうひとつの政策目標である「信用秩序の維持」が、こんな低金利の長期化で脅かされないか危惧している。

（平成二十八年六月三十日）

ウズベキスタンの青い空を見上げて

【1】

五月中旬、ウズベキスタン・ツアーに参加した。昨年イタリア旅行に初めて男だけで参加し、妻不同伴の気楽さ（?）を知った自称「新潟の老人ホーム」三人組の二回目の旅だ。尤も気楽なのは妻たちの方も同様で、私たち男共が出かけてすぐ寿司屋で「女子会」を盛大に開いたようだし、私の妻は「じゃあ、私は娘のところ（実は孫）に行ってくる」と言ってヨーロッパに出かけて未だ帰っていない。この歳になればそれぞれ好きにするのも良いだろう。いずれ天国（?）に行く時は別々なんだから……。

中央アジアにはウズベキスタンを含めて「スタン（〝国〟の意）」のつく国が五つ、アフガニスタンを加えると六つある。覚えられないでいたら、誰かが「カトウタキ」と女優名で覚えればよいと教えてくれた。それ以来大丈夫だ。その中でもウズベキスタンは、長安からローマまでのシルクロードの中間に位置し、古くから交易で栄えたところだ。十三世紀のジンギスハーンの侵略の後、十四〜十五世紀にかけてチムールが出現、大帝国を打ち立てた中心地域である。「青の都」サマルカンドはその都だ。昔から砂漠のオアシス都市として隊商が行き交い、人々が交流し交じり合い人種のるつぼを形成してきたところだ。

こんな食事やホテル・トイレがいまいちのところには女性の参加者などいないのだろうと思ったら、三人のひとり参加者がいた。聴いてみると「あの模様が好きだ」とか「市場がすごい」など、なかに「こういう汚いところの方が生きている感じがして好き」と言う。我々は3人で一人前だが、この人たちは何処でもひとり参加するという。たくましい限りだ。同時にやはり他人への興味は強いのか「何をやっておられますの」と聴いてきた。打ち合わせ通り「新潟の老人ホームから来ました」と答えると疑わしそうな目で我々を眺めていた。

悠久の地球の営みを感じる旅だった。昔からウズベク人、タタール人、タジク人、ペルシャ人などがラクダに揺られて行商していたのだ。そんな昔、言葉や決済はどうしていたのだろうか？　今は観光地での土産物は現地通貨の〝スム〟ではなくドル決済だ。品物に原則値段は付いていない。「これ幾ら」と聴くと昔我々も使っていたあの大きな電卓が出てきて、例えば「30」と叩いて値段が示される。それを見てこちらは電卓に「20」と打ち返す。すると商人は「27」とくる。これを繰り返して値が決まる。昔からのやり方に電卓が加わっただけなのだろう。交渉力が試される。面白いと思うか面倒くさいと思うか、日本人の反応は分かれる。一度など私は「20」と打返した積りでいたら、相手が目の前に電卓を突き出したので良く見たら「0」となっていた。

最後の日の朝方雨が降って止んだ以外後はずっと快晴だった。〝天気男〟の私としてはまたまた面目躍如だった。日中の日差しは日本よりはるかにきついが、湿度は低く日陰に入れば爽やかだ。空は抜けるように青い。その空の青と張り合おうというのか同調しようというのか、「モスク」の屋根の藍が一段と美しい。世界遺産「レギスタン広場」で空を見上げながら「青」に染まったひと時は、宗教に関わりなく「至福」のひと時だった。

【2】

私がウズベキスタン旅行に行きたいと思ったのは、かつてのシルクロードを辿りたいと願っていたこと、ソ連支配から一転その崩壊から独立を余儀なくされた中央アジア諸国の現状を見たかったからだ。

ウズベキスタンは、チムール帝国が滅んだ後、ウズベキ族の侵入などあり、ハンと呼ばれる国が鼎立していたが、一八六〇年代以降ロシア帝国による中央アジア征服が進み、植民地化されていった。一九一七年のロシア革命により白軍と赤軍の闘いの場になったりしたが、一九二四年ウズベク・ソヴィエト社会主義共和国となりソ連邦の一角となった。一九九一年ソ連の崩壊に伴いウズベキスタン共和国として独立し現在に至っている。

独立後はソ連の国営工場が引き上げるなど、市場経済にいきなり抛り出され経済的自立への苦悩を続けている。ソ連時代主力産業として発展した綿花栽培も、無理な増産が響き、地球上四番目の水面積を誇っていたアラル海を干上がらせ、深刻な環境問題を惹起してしまった。しかし、ソ連の支配に対する評価は思ったほど悪くない。大国の力で工場が来て、働く場が出来て、病院や学校も良くなったというのだ。ソ連が崩壊した後の方が混乱し、困ったという。

幸い天然ガス、石油、石炭、金、ウラン、希少金属などが豊富なことから外資を導入して、資源開発政策を推進し近年高成長を達成している。そのため何もない赤土の砂漠のような処に資源開発の街が建設され、労働者向けの住宅が建設されている。バスの中からその風景を見て「都市計画などなさそうだが、大丈夫か」と感じた。それでも一人当たりGDPはいまだ二，七〇〇ドル弱で、発展途上国から抜け出せずにいる。貧困の克服が国の最大課題だ。

アフガニスタンと国境を接し緊張を強いられているが、訪れたブハラ、ヒヴァ、サマルカンド、タシケント等では、国内外からの旅行者で賑わっていて治安に不安は感じなかった。二〇〇五年のアンディジャン事件では民主化の国民運動を武力で制圧、多くの死者が出たと言われているが、政府は「テロ活動を武力で制圧しただけ」として、国連、欧米諸国の人権問題との指摘を無視している。こうした非民主的政治背景にあるのがカリモフ大統領による独立以来の長期独裁政権だ。ウズベク・ソヴィエト社会主義共和国時代の最後の大統領だったカリモフがそのまま共和国大統領に立候補、当選した。選挙自体に対し欧州安全保障協力機構等は疑問を寄せている。問題は当初一期五年、二期までというルールを七年に延ばしたり、再選を繰り返したりして独立後二十五年の今も大統領を続けているからだが、隣の大国ロシアそっくりだ。真の民主化は遠い。

でも人々は中央アジアの抜けるような空の青さのように明るく屈託がない。特に子供たちは人なつっこくて可愛い。ウズベキスタンで公用語がウズベク語に近年一応定められたが、ロシア語もタタール語もクルド語も飛び交っている（らしい）し、あまり公用語を意識していないようだ。ガイドのジーナさん（白系ロシア美人に見えたが、ウズベキ人とタタール人が両親で、父親の人種を名乗るのでウズベキ人とのこと）にそのことを聴くと「一つの言葉に決めるより色々な言葉が話せるほうが良いじゃないですか」との返事。流石シルクロードの人だ。だから中高生は英語も少し話せるようで、我々を見ると話しかけてきて「日本人ですか。一緒に写真を撮ってもよいですか」と聞かれる。民族が入り混じったこの地域の娘さんは美人だらけだ。そんな美人、しかも高校生ぐらいの若い女性に囲まれて写真に納まるのだからこの国が好きにならないわけがない。

この国は親日的である。しかも子供たちは母親から「日本人のような勤勉な人になりなさい」と言われて育つという。首都タシケントに日本人墓地がある。終戦後中国東北部等から二・五万人余の日本人捕虜がウズベキスタンに連れて来られ、鉄道・道路建設、森林伐採等に従事、過酷な労働・気候条件のもと八八四名がこの地で亡くなられた。ここの墓地にはタシケント市内で亡くなられた七九名が埋葬されている。綺麗に整備され、後日鎮魂のため植えられた桜の木に囲まれたこの墓を三代に亘って守ってくれている現地の人がおられたのには頭が下がる思いだった。新潟出身の二人の方の墓もあり、片桐定平、丸山末松という名が刻まれていた。新潟にご遺族はおられるのだろうか。どんな想いで亡くなられたのだろうか、頭を垂れご冥福を祈りながら思った。そしてウズベキスタンの青い空を見上げ、「抑留者もこの澄み切った青い空を見上げ、一息つきながら故郷の空を思いだしていたのだろうなあ」、そんな想いが頭をよぎった。

【3】

ウズベキスタンの人々が何故親日的なのか、なぜ「日本人の勤勉さを見習いなさい」と母親は言うのか、良い話なので触れたい。

タシケントに連れてこられた抑留者のうち四五七名の工兵が選ばれて、ナヴォイ劇場の建設に当たった。二年間日本兵はレンガ積み、床張りなど与えられた各種作業に従事した。この劇場はソ連を代表する設計者アレクセイ・シュチューセフによるもので、今見ても本当に美しい。厳しい食糧事情の中で黙々と働く日本兵を見て、市民は次第に尊敬の眼で眺めるようになり、こっそり食料を収容所の入り口に置いてゆく子供たちもいた。それに対し日本兵は余り木で精巧な玩具を作ってそっと置いといたという。

こうして出来上がった劇場が真の評価を得たのはそれから二〇年後の一九六六年四月に起こったタシケント大地震の際だった。市内の大半の建物が崩壊した中でこの建物はびくともせず、人々の避難場所となった。市民はこの劇場を建てた日本人捕虜たちが、捕虜と言う条件下でこれほど確かな仕事をしたことに驚嘆と尊敬の念を強く抱いた。だからソ連から出された日本人墓地の移転・更地化の命令を受け入れず墓を守った。

ガイドさんの案内で建物の壁を見たら、そこには一九九六年カリモフ大統領が設置したプレートがあり、「一九四五〜四六年にかけて極東から強制移送された数百名の日本国民が、このアリシェル・ナヴォイ劇場の建設に参加し、その完成に貢献した」と日本語を含む四か国語で書かれていた。

その時、同じツアーの参加者のKさんが話し始めた。「私の祖父はこの劇場建設に従事させられました。食べ物がなく労働条件は厳しかったそうですが，着ている物は捕虜の日本兵の方が良かったですし、煉瓦積みの作業にしても縦、横、高さいくら煉瓦が必要か日本人はすぐ掛け算で計算して効率的に作業したのですが、ロシア人は掛け算が出来なかった。だから作業が進むにしたがってどっちが捕虜か分からなくなっていったそうです……」と。

Kさんの祖父はその後バグーだろうか移動して石油の作業に従事させられたが、数年後無事祖国の土を踏むことが出来たそう。Kさんは祖父から抑留生活の話を聴かされ、いつかこの劇場を見たいと思ったそうだ。そして今回ツアーに参加したのだった。ウズベキスタンの親日、母親の子供たちへの教えなどはこの抑留日本人兵の話に由来しているのだ。

このKさん、歳の頃なら六〇歳前後、少し年齢差がある奥さんと夫婦でのツアー参加だが、二人は手を繋いでいるか、奥さんにポーズを執らせて旦那が写真を撮っているか、まるで新婚アツアツという雰囲気だ。「あの夫婦再婚の新婚ですかね？」と同僚のＩさんが聴いてくる。私も同じことを考えていた。新潟の老人ホームの三人組と言っている手前、他人のことをあまり詮索するのはどうかと思ったが、興味に勝てずつい質問してしまった。「あまり若くない夫婦がいつも手を握り合っているというのは珍しいですね。私にとっては天皇・皇后両陛下以来拝見しましたのですが……」と聴き始めたところへ、間髪入れず隣からＩさん、「再婚されたばかりですか？」と突っ込む。「いいえ、家には二八歳になる息子もいます」と奥さん。「そうですか。珍しかったもので……」。どうも失礼しました」と私。そこへ旦那の止めの言葉。「へー、珍しいんですか。私は皆さんもやっておられるもんだとばかり思っていました。私たち家でもよく握り合っていますよ……」。

それからしばし、奥さんだけで参加した女性二人を交えて議論となった。「ツアーから帰ったら私も手を握るようにしようかな」と言う心にもない私の発言に、二人とも「今更気持ち悪い。急に握ってきたら私なら振りほどくわね……」。ウズベキスタンの青い空を見上げ、「やっぱりやりつけないことは止めておこう」と心に誓った。

（平成二十八年七月十五日）

さざなみ

久方ぶりに考えさせられる映画を観た。最近のCGを駆使したアメリカ映画は、スーパーマンとバットマンが闘うなど話題作りとアクション偏重がひどく、辟易していた私には、この地味ながら夫婦の微妙な心理のずれを描いたイギリス映画（ベルリン国際映画祭で主演女優・男優の銀熊賞ダブル受賞）は、本来の映画の持つ深い意義を思い起こしてくれた。新潟市にある市民映画「シネウインド」はいろいろの国の良い映画を探して上映してくれるので時折観に行く。そのウインドの責任者のSさんに逢ったら「今、上映中の映画がヒットして久方ぶりに満席状態です。しかも圧倒的に女性客です」と言う。「さざなみ」という映画がヒットしているのだそうだ。後に地元紙に日本を代表する本県出身の映画評論家佐藤忠男さんが映画評論に取り上げた。ストーリーを追いながらこの映画のことを話してみたい。

週末に結婚四十五年のパーティを控えた夫婦の月曜日、さざなみの原因となるしらせが夫・ジェフに届く。スイスの山で五十年前氷河の割れ目に落ちて亡くなった昔の恋人が氷の中から発見されたという知らせだ。若いまま昔の恋人が現れたというのが重要で、ジェフは日増しに過去の彼女との恋愛の記憶を甦らせてゆく。一方、妻・ケイトは存在しない女性への嫉妬心を募らせてゆく（ここまで読んで、DVD化されたらこの映画を観ようと思った人はこの先は読まないでください）。

この映画の優れているひとつが二人の交わす会話の妙だ。一度見ただけで記憶は曖昧でそのセリフの味は出せないが、何とか思い出して再現してみよう。

「それであなたどうするの。遺体に逢いに行くの？」「いや、遠いし山の上だから行けないよ」「そんな人がいたなんて！」「彼女のことは前に一度君に話したよ。あの日はガイドと3人で氷河の上を歩いていた。先を行く彼女とガイド、突如彼女の笑い声が消えて……」「もし彼女が生きていたらあなたはどうしたの。一緒になった？」「そうしただろうね。そういう約束だったし……」。週末に向ってこんな会話が続いたある夜、ジェフはケイトに久方ぶりにセックスを求める。それに応じたケイトがその最中に叫ぶ。「眼を閉じないで！」（このセリフはこの映画の中で二人の気持ちが分水嶺で別れてゆくのを暗示する重要な意味を持っていると私には映ったが……）。その夜中、ジェフは屋根裏部屋で過去の恋人の写真など遺品を探していた。「こんな夜中、何してるの?」「確か彼女の写真があったはずだと思って!」。翌日朝、妻に運転を頼まず「バスで街に行ってくる」とメモを残して外出したジェフ。ケイトは屋根裏部屋で昔の恋人の映った写真を見つけるが、そこに映っていた彼女のお腹は心なし大きかった。そして追いかけて街に行ったケイトは、訪れた旅行会社で夫がスイス行きの相談をしていったことを知る。「私、今日旅行会社に寄ってみたの。あなた、相談に行ったそうね。やはりスイスに行くの?」「いや、それはもう無理だよ」……。二人の会話が静かに進む、そして二人の心は次第に離れてゆく。

週末、友人たちが集まって結婚四十五周年の御祝いの会は盛大に開かれる。最大の見せ場はジェフのスピーチだ。「ケイトと結婚して四十五年が経った。あっという間だった。このお祝いの会で二つのことを告白したい。もうこの歳になると人生を左右するような重要な判断をすることはなくなる一方、若い時行った判断についてどうだったのだろうと振返ることがある。そして私は今、私の人生で最も重要な判断を正しく行ったことを確信していると告白したい。それはケイトとの結婚を決断したことだ。そしてもう一つ告白したい。今でも彼女を深く愛していることを……」。

大きな拍手の中、二人の指名した曲が流れ二人が踊る。続いて皆も踊り始める。曲は四十五年前結婚式で流れた「煙が目に染みる」だった。ラストシーンは印象的だ。二人の踊りがワンクール終わった時、ケイトは振りほどくようにジェフの手を離して踊りの輪から外れたが、その眼は何かを睨むように鋭い眼差しで前方に注がれていた。

この映画の観客の多くは、主演女優シャーロット・ランプリング（七十歳、若い時「愛の嵐」でセミヌードになって話題に、近年では「スイミングプール」などに出演）と同世代だそうだ。主演男優のトム・コートネイ（七十七歳、「長距離ランナーの孤独」でデビュー、最近も「カルテット―人生のオペラハウス」で好演）と同世代の男の観客は少ないそうだ。と言うことはこの映画は、夫婦ではなく多くは女性だけで見に来ているということか？

私はその逆だが、正直「一人で良かった。この映画を妻と観るのはちょっと辛い」と思った。観た人の感想は「ジェフを通じて男の身勝手さが分かった」「女性の潔癖さは怖い」などだが、そんな中「何時まで経っても男はロマンに生きるが、女性は現実に生きるのだなあ。その違いがよくわかった」と言うのが多いようだ。これ以上この辺の議論を進めると、以前「晴雨計」で女性の鬼婆化論争があったが、その二の舞になりかねないのでやめておく。

因みにこの映画の監督のアンドリュー・ヘイは「価値観が違うことを突き付けられた人が、それでも生きて行く様を描きたかった。人間にとってそれ以上辛いことはないと思うのです」と語っている。

この老夫婦に起こったさざなみは静かに収まってゆくのだろうか、それとも大波になって仕舞うのだろうか。そう考えたところでハッと気づいた。「そうだ我々も来年結婚四十五周年だ！」。

（平成二十八年七月二十二日）

シルクロード・河西回廊の旅考

【1】

九月にシルクロードのスタート地点である中国・西安から敦煌、いわゆる河西回廊の旅をしてきた。本年春のウズベキスタンの旅に刺激されたからだが、潜在的に一九八〇年代前半にNHKで放送された「シルクロード」の印象が喜多郎のテーマ音楽と共に強烈に残っていて、「何時か行ってみたい」という憧れを抱いていたからだ。同じ想いなのだろうか、このツアー参加の最年長七八歳のAさんは、この放送当時に出版された本を持参していた。

北京から国内線に乗り換えて着いた今回の旅の出発点〝蘭州〟は、甘粛省の省都で長安の都を出発した旅人が最初に着く大きな都市だ。

秦の始皇帝の時代から西や北からの異民族の侵略に悩まされ、文字通り万里に亘って遠々と長城を築き続けてきたこの民族の営みの壮大さには驚かされる。旅の間、ここかしこに残る崩れかかった長城に出くわしたが、「長い攻防の歴史が偲ばれて旅情を誘われる」と書きたいところだが、並行して高速道路や鉄道が走ったりで、いささか興ざめを覚える。でも現在の中国の発展ぶりはそんなことはお構いなしだ。

蘭州にある「甘粛省博物館」は中々見ごたえがあった。さすがシルクロードの省都の博物館である。その中でも「奔馬」という燕を足で踏みながら駆ける馬の像は躍動感に溢れ、中国でも評価の高い一級品で、中国観光局のシンボルマークにもなっている。この銅製の像は、一九六九年甘粛省武威市の雷祖廟雷台漢墓から多くの文物と一緒に発掘された。あまりにいきいきした馬の飛翔ぶりに郭沫若氏が「馬踏飛燕（馬、飛燕を踏む）」と名付けたほどである。この奔馬の後ろには同じく地下から発掘された騎馬軍団が並んでいた。

地下からこうした素晴らしい埋蔵物が発掘された事例は中国では枚挙に暇がない。秦の始皇帝廟から出た兵馬俑はあまりに有名だが、漢の六代景帝の陵からも兵馬俑よりずっと小さいがリアルな二万体以上の兵隊や女兵、農民や家畜などの俑が大量に出た。豚など家畜の俑は特に見事だ。それも本格的な墓の調査ではなく、ドイツとの埋蔵物酸化防止の研究の一環として発掘を行った周辺調査でこれだけの文物が出たのだ。

知事時代、中国からの朱鷺の入手に動いていたが、併せて新潟―上海―西安という航空路の開設を計画し、西安に陝西省長を何度か訪ねて協議をしていた。陝西省の朱鷺センターへ本県からの支援を申し出たところ大変喜ばれ、景帝の墓に入る通路の両壁に描かれていたという壁画（法隆寺の壁画によく似ていた）を特別に見せてくれた。五人づつ息をひそめて部屋に入ったが、その際に「日本人では井上靖先生以来です」と言われたのにはびっくりした。そういえば県の美術館で一九九九年に「中国の正倉院法門寺地下の秘宝―唐皇帝からの贈り物展」という展覧会を開催したが、この法門寺の秘宝も台風で倒れた塔の下から出てきたものだ。中国五千年の歴史の深さを感じさせられた。

【2】

「河西」と言うのは蘭州を流れる黄河の西を指し、長安を出発して蘭州に至った旅人はここで黄河を渡らなくてはならなかった。回廊としては蘭州からタクラマカン砂漠の入り口玉門関、陽関までの約一、〇〇〇㎞で、祁連山脈とゴビ砂漠に挟まれた幅四〇〜一〇〇㎞の帯状の地域で、正に回廊である。蘭州から武威、張掖、酒泉そして敦煌と西に向かってオアシス都市が連なっているのだ。この中原と西域を結ぶシルクロードを通って仏教など沢山の文物が伝来したことを思うと悠久の歴史を感じざるを得ない。

その中でも、武威の西夏博物館で見た謎の民族を知る手掛かりとしての西夏文字は興味深かった。特にエジプトのロセッタ石の様に表西夏文字、裏漢文字という異なる文字の記載がある石碑は、西夏文字解読の手掛かりになるものでロマンを掻き立てられる。その日泊まった武威駅前のホテルでは駅前での「広場踊り」の賑わいが音楽と共にいつまでも聞こえていた。中国では今この「広場踊り」なるものが全国的にも大ブームなのだ。以前よく見られた朝の太極拳はすっかりとって替わられていた。ただ、場所取り争いや騒音苦情など問題もあるようだが、健康志向の多くの人々（といってもいわゆるおばさんが主体だが……）に大人気である。

張掖の大仏寺では大きな涅槃像を見たが、かつてマルコポーロもこの像を見ていたと思うと時間というものが不思議に思われた。この後訪れた「七彩山」は思いのほかの迫力で迫ってきた。この山の中に埋もれていた丹霞地形は、二〇〇二年発見され、道路や木橋建設など観光施設としてのインフラ整備が進み、二〇〇九年から一般公開されたものだ。虹色に霞がかかったような独特の風景は広大で迫力満点だった。こんな観光地が新たに発見されるところは「中国だなあ」と思った。超お薦めの観光ポイントだ。この後訪れた「嘉峪関」も明の時代に建設された万里の長城の最西に位置する城で、最もよく残っていると言われるだけに、当時を偲ばせてくれた。ここから五㎞で長城は終わるが、その先には白い頂きの祁連山脈が遠く望まれた。シルクロードを行き来した旅人もここで長城と別れいよいよ西域に乗り出す覚悟を白い頂きを見ながら固めたのだろう。

この後、この旅最大のドラマが展開した。敦煌に行く途中にある唐代壁画の逸品が多く残る大石窟「楡林窟」を訪れるというのが、このツアーの売りになっていた。莫高窟、西千洞と並んで、「敦煌三大石窟」のひとつであるが、観光開発は遅れ、漸く近年道路が整備されバスが行けるようになったのだが、その日は道路工事があって迂回しなくてはならないそう。その迂回路が果たして大型バスが通れるか行って見なくてはわからないという。行ってみると果たして迂回路はかなりの悪路で、小さなこぶのような山を越えながら小一時間走ったが、二～三度跳ね上がって腹を打ったところで止まってしまった。

運転手はこれ以上無理という。諦めて引き返すのかと思っていると、現地ガイドのKさんはヒッチハイクを始めた。来る車を止めて交渉している。そのうち、二台から了解が取れたので、「前の方から順番に乗ってください」という。一番後部にいた私が降りてゆくと、乗用車とバンタイプの二台に皆が乗っている。バンでは一人でも多く乗れるようにと後ろの狭い荷台の荷物まで降ろし、助手席にいた人が荷物番として降りている。聞くとここからまだ一時間以上かかるという。「こんな狭い荷台で大丈夫か」と言っているうちに、車はいなくなった。

取り残されたのは運転手と荷物番、それに私以下四人の旅行者だが、ガイドも添乗員もいなくなった私たちは、顔を見合わせて「後どうなるか聞いたか」と互いに確認するも誰も何も聞いていない。自分たちでヒッチハイクして来いというのかと思ったが、車はなかなか来ないし言葉が出来ない。運転手はノンビリ煙草を吸っている。こんな荒野に放り出されどうなるのか不安に思っていると四十五分くらい過ぎた頃一台の車が止まった。「乗れ」という合図だ。何が何だかわからないまま乗ると走りだした。車の中では言葉が通じないから四人は不安ながら思わぬドラマの展開でやや興奮気味、「奴隷に売られるのではないか」から始まって「こんな年寄りは売られないだろう」「それにしてもこの旅行会社は変わっているよ。募集の際アドベンチャー付きと書くべきだ」など異様に盛り上がった。そうこうしているうち楡林窟に着いたが、駐車場は空で一台もいない。しかも入場は四時までとなっているのにもう五時だ。そこに二台の車が来た。「あんなに早く出たのに?」と思って聴くと、結婚式帰りの車はあの後町に寄って人を降ろして、ガソリンを入れていたという。我々の乗った車は病院に母親を送ってから向かうということだったそう。まあ、なんとか皆揃ってやれやれと言うところで、ガイドのKさんの友人と言う学芸主任のTさんが表れて「ようこそ。今からご案内しましょう」と言う。「入場時間がすぎているけれど?」と聴くと「時間は気にされなくてよいです」と言う。ほかに誰もいないこの石窟をそれから一時間かけて見物できたのは本当にラッキーだった。

楡林窟は石窟といっても莫高窟の様な山肌ではなく、楡林河の峡谷の両岸の崖に掘られた石窟で、大地の裂け目のような深い谷を河底に降りてゆく。川岸に立って理解した。滔々と流れる楡林河の両岸には楡の大木が涼しい木陰を作っていた。この石窟の本格的調査が始まったのは比較的新しく一九八〇年、四十二窟が発見され五千㎡に及ぶ壁画と二七〇体以上の塑像が発見されている。次々と鍵を開けながら懐中電灯を照らしてTさんが流暢な日本語で案内してくれた。石窟はいずれも小さいが、天井まで描かれた壁画も塑像も素晴らしかった。唐代の優れたものが多いが、あまり残さなかったという西夏時代の貴重な壁画もあった。

それから我々は、石窟見物の間待っていてくれた車とT主任の車でバスの待機場所まで無事戻った。「奴隷に売られなくてよかった」というAさんの言いかたが、あまりに実感がこもっていたので大笑いとなった。壁画と共に中国の人たちの優しさを感じたハプニングだった。

【3】

ハプニングで夜遅く着いた敦煌のホテル「敦煌山荘」は、鳴沙山を目前に見渡せる素晴らしいロケーションに在った。朝日に特有の陰影を見せる砂漠の山々を見ながらの屋外の朝食は快適だった。

いよいよ長年憧れていた莫高窟の見物だ。朝早くから大勢の観光客でごった返している。我々しかいなかった「楡林窟」とは様変わりだ。石窟に入る前にシルクロードと莫高窟の映像説明を大型スクリーンで見て入場、莫高窟のシンボルともいえる北大仏殿の前で記念撮影だ。流暢な日本語で現地ガイドは有料石窟を含めて十以上の石窟を案内してくれた。さすが中国が世界に誇る仏教芸術の粋は時空を超えて今も我々に大きな感動を与えてくれた。文字通り「砂漠の大画廊」だ。天女は自由に石窟の中を舞っていた。

そのなかでも強く印象に残ったのが57石窟の観音菩薩だ。伏し目がちなその姿は高貴でありどこか艶めかしい。何より美しい。文化財の保存に国際的に活躍され、シルクロードに何度も足を運ばれ、沢山のシルクロードの絵を描かれた平山郁夫画伯が「我が恋人」と呼んだ菩薩だ。平山さんは晩年には莫高窟に来られると、他には目もくれずまっすぐ57窟の恋人に逢いに行かれたそうだ。

莫高窟にほど近い鳴沙山と月牙泉は砂漠の山とオアシスだ。観光用のラクダに乗った観光客も遠くから鳴沙山をバックに写真に撮れば、シルクロードを行く隊商のように見えるから不思議だ。

気にいったのは陽関と玉門関だ。陽関は狼煙台しか残っていないが、その先は広い大地が広がり、ここから西域が始まるという往時をしのばせる雰囲気が残っていた。「……君に勧む更に尽くせ一杯の酒　西のかた陽関を出づれば故人無からん」の王維の詩で有名だが、我々しか観光客がいなかったこともあり、この荒涼とした風景は王維のこの詩を連想させた。私は陽関が刻んだ時の長さに想いをはせた。古代の関所・玉門関は漢の時代ここが西端だったから、文字通り西域への出口だった処。川が創った拓けた平野のど真ん中にあって、その佇まいにはまだ少し往時の雰囲気を残していた。

ここから旅は大移動だった。敦煌から西安まで二十四時間の列車の旅なのだ。「軟臥」という座り心地の良い寝台車という事だったが、乗ってみて驚いた。二段ベット、四人部屋の寝台は昔日本にあったものとほぼ似たものだが、カーテンがない。朝九時過ぎに敦煌駅を出発した列車は祁連山脈とゴビ砂漠に挟まれた河西回廊を驚くほどのスロースピードで走って行った。三回お世話になった食堂車の食事は結構おいしかったし、話に花が咲いて楽しかったが、説明も理由もなく止まって動かない列車には辟易した。これなら半分の時間で行けると思った

途中から六〇歳くらいの品の良い女性が乗ってきた。上の段のベットだが、カーテンもなく大丈夫かなと心配になった。しかし、慣れているのか早々と休まれた彼女は身動きもせずに横になって朝を迎えた。「下の段で少しお休みください」と勧め、話をしてみたら、なんと中国の中央銀行である「人民銀行」を退職したばかりで、息子さん夫婦のいる武威に行って

きたのだという。「私もずっと日本銀行にいました。同業者ですね」と言うとにっこりされた。そうこうしているうちに列車は朝九時過ぎに西安のホームに着いた。予定通りだったが、こんなことは奇跡に近いことだそうだ。

朱鷺の縁で交流していた陝西省の省都・西安には知事時代何度か訪れていたし、新潟―上海―西安という定期航空路が実現出来た想い出深い都市だ。長安の都の最大の観光地は兵馬俑だが、久方ぶりに訪れた兵馬俑は一大観光施設に変容していた。かなり手前でバスを降ろされ、電気自動車で兵馬俑の近くまで運ばれる。どうしてかと思っていたら、帰りに分かった。帰りは土産物屋と食堂の並んだ参道を歩いてバス駐車場まで行くのだ。その店の数が半端ではない。私の前回訪問以降の中国の経済成長は国民の国内旅行ブーム現象を生み出したが、人口の多い中国ではそうなると多くの観光客を満たすための食堂とショップが必要となるのだ。

改めて十四億人のすごさを感じた。

（平成二十九年一月二十四日）

二度目の青春　～グリーOB合唱団コンサートを終えて～

私は学生時代、横浜国大グリークラブという男声合唱団に所属、大学生活のかなりの時間をそこで過ごした。一緒だったメンバーとは今も親しくしている。わが青春の大切な一ページを彩っているのだ。

そのグリークラブにはOB合唱団がある。卒業して就職して企業人として活躍した後、もう一度合唱を楽しみたいという連中が集まって結成しているもので、ずっと横浜で活動してきたのだが、そのOB合唱団の新潟公演が去る十一月十二日、十三日新潟市で開かれた。横浜以外では初めてのコンサートだった。その実行委員長の大役を仰せつかった私は、無事終わった今ほっとしている。聴いてくださった皆さんから「良かった」と喜んで貰ったことが何よりも嬉しかった。

OB合唱団の活動はよく知っていた。当初知事を退任したら早晩川崎の自宅の方に移る積りでいたし、その折にはOB合唱団に入ろうと思っていたからだ。しかし、昨年（二〇一五年）夏、毎年私ども夫婦が実質主催している東京文化会館での「TOKI弦楽四重奏団」

のコンサートの前に、OB合唱団の団長さんから逢いたいと言われ出掛けてみると、新潟公演の要請だった。瞬間頭をよぎったのは「やれるかな」だった。一〇年以上TOKIコンサートを新潟市で開催してきて、クラシックコンサートのチケット販売がいかに難しいか承知していたし、残念ながら横国大の知名度が新潟では低いのも気になった。しかし、私の口から出たのは「分かりました。やりましょう」だった。五十一年前のことを思い出していた。

大学を卒業後入った日銀では合唱とは無縁のまま二十余年が経った時、日銀新潟支店長として久し振りに故郷に戻った。そして、地元第四銀行の頭取に第九のコンサートを提案したことは既に書いた。そしてその「第九」は私の唯一の合唱活動となった。そして、一〇年で第四銀行がスポンサーを降りた後も市民主催で「第九」は続き、年末恒例の風物詩と言われるようになった。

知事として行った文化行政でも合唱を採り上げた。これからはアジアの時代、アジアを理解しようと始めた「新潟アジア文化祭」において「アジアユース合唱団」を結成したのだ。ユースオーケストラをモデルにしたのだが、日本とほかのアジアの国の若者五〇名で組成、新潟で合宿し、コンサートを開くという企画だ。

テープ審査で選んだメンバーのレベルは高かった。新潟に向かう東京駅のホームで初対面のメンバーは、予め渡されていた楽譜の歌を自然に歌い出した。

こんな音楽活動歴でそれなりの人脈も出来ていたが、自信はなかった。でも知名度は低くても少数精鋭の同窓会もあるし、最後は毎年来てくれるTOKIコンサートの常連さんもいるので何とかなるだろうと思った。それ以上に「やろう」と私に決心させたのは、五十一年前の大学三年生の時、私の故郷柏崎市で夏開いたコンサートのことだった。三木稔さんの「レクイエム」の本邦初演に備えた夏の合宿を柏崎で行ったのだが、その傍らコンサートを開いた。その時、チケット販売に力を貸してくれたのが私の小中高時代の同級生たち（彼らにはその後知事選挙でもう一度お世話になるのだが……）と横国大の同窓の先輩方だった。数人しかいないYさんたちOBが必至でチケットを販売してくださった。そのことを思い出して「今度は自分がその役を果たさなければいけない。二度も故郷でグリーのコンサートが出来るなんて、むしろ喜ばなければならない」と考えたのだ。

お蔭でコンサートのチケット販売は何とか形になった。コンサート自体もミュージカルキャッツの「メモリー……」などなじみ深い曲が多かったこと、賛助出演してくれた「合唱団にいがた」との一三〇人の「花は咲く」の大合唱もあり、大拍手の中で終わった。
翌十三日の無料の「スペシャルコンサート」には、知的障害者と視覚障害者とそのファミリーを招待していた。それは五十一年前も合宿の合間に養護学校慰問コンサートを行っていたことと、私が新潟のSO（知的障害者にスポーツをやる機会を提供するNPO・スペシャル・オリンピックス）の理事長をしているからだ。視覚障害者は音に敏感で、音楽大好きという人が良くコンサートに来ておられることを承知していた。

コンサートが始まった。私が「第九」と併せ提案したあの音の良い第四ホールでグリーメンも気持ち良さそうに歌っていたが、何よりも障害のある子供たちが大喜びだ。皆で一緒に歌おうというコーナーになったら一挙に盛り上がった。司会者の好リードもあって会場は楽しさと温かさに包まれ、皆が生きていることと音楽のあることとの幸せを感じる感動的コンサートとなった。嬉しかった。一番前にいた多動性障害の女の子は途中から声を上げてお母さんが抑えるのに必死だったが、休憩時間にそのお母さんが私に「この子が初めて歌を歌ったのにびっくりしました」と言ってきた。トトロの歌を体を動かしながら歌ったのだ。二頭の盲導犬も楽しんでいるように見えた。

私と同じ平均年齢七十二歳のグリーOB、ステージに登場する姿などお世辞にも「若い」と言えないが、その歌声はとても若々しかった。大好きなグリーメンとして「第二の青春」を謳歌しているからだろう。正直ちょっと羨ましかった。私も傍で聞きながら五十一年前、何のためらいもなく取組んだあの柏崎でのコンサートとその頃の自分を思い出していた。戸惑いや惧れということを感じずにやりたいことにまっすぐに挑んだ二十一歳の自分が懐かしかった。今回このコンサートを引き受け、私も「第二の青春」をちょっぴり味わい幸せな気持ちになった。サミュエル・ウルマンの「青春とは」と言う詩が頭に浮かんでいた。「青春とは人生の或る期間を言うのではなく心の様相を言うのだ……年を重ねただけでは人は老いない。理想を失う時に初めて老いが来る……」。

年齢的には「青春」ではなく「聖春」になりかねないのだが、皆に負けないよう若々しくいよう。

（平成二十八年十二月十九日）

北という国

【1】

「北の国」といっても倉本聡のドラマではない。北朝鮮のことだ。

このところ「金正男氏暗殺事件」で注目されている。何でもありの独裁国家だが、それにしても空港という衆人環視の場で襲うとは大胆だ。初代金日成以来自己の地位保全・独裁体制維持のため仲間・同志を次々と暗殺する歴史を刻んできた国だが、それにしても金正男という後継には全く野心がない異母兄を暗殺するとは衝撃的だ。亡命政権にかつがれるのを惧れたようだが、疑心暗鬼もここまでくると哀れだ。尤も、スターリンをはじめ独裁者は古今東西似たようなものだ。

終戦のどさくさに半島の共産化を狙って、ソ連が「伝説の抗日戦線の英雄・金日成」をでっち上げ、傀儡政権を打ち立てたことは、当時そのことに関与したソ連軍将校の証言で自明だ。この創られた歴史が二十一世紀の現代において〝北〟という国として日本の隣りにまだ存在すること自体不思議だ。

一昨年、韓国の韓半島未来財団主催の「韓半島統一問題」のシンポジウムに招かれて出かけた。二つの国に実質分断されて六十八年、休戦協定から六十三年という長い年月が経過し、生き別れたままの人々の高齢化が進む一方、統一への熱意は低下していると感じた。その理由は、①政治体制が異なりすぎる、②経済格差が大きすぎる、という二つの理由だが、もう一つ③米、中とも統一を望んでいない、ということも作用している。両国の人口と一人当たりGDPなどで推測すれば、統一には韓国側の犠牲が大きく、均一化するには韓国側は一人当りGDPレベルを三割以上ダウンさせなくてはならず、ドイツの比ではない。だから「次の世代の課題」というのが今の韓国の大多数の意見。米中も北というクッションがなくなり国境で両軍が直に接するという軍事的緊張を避けたいという思いがあるし、何といっても中国には北の崩壊による大量の難民発生への強い危惧がある。だから、核開発や弾道ミサイル実験などに対する国連制裁決議が出されても中国は対応は生ぬるくなる。

そのシンポジウムでは、思いの外、統一に慎重かつ消極的な意見が多かったので、思わず「政治体制という阻害要因がクーデターなどで現政権が倒れ無くなっても、経済的要因を理由に統一を見送るのか」、「経済的負担が問題なら、分断の原因を作った米、ロはじめ中、日などが合同で〝統一支援プログラム〟を組んで広く対応すべき」と発言した。質問の最後に手を挙げてよろよろ一人の老人が出てきた。そして「私は朝鮮戦争の生残りの軍人だ。いつまで生きるか分からないが、何としても北にいる仲間に逢ってから死にたい。日本から来た人に伺うが、拉致問題を抱える日本政府も韓国政府も〝北〟に対して弱腰すぎないか？」と質問してきた。〝北〟という国に対し新潟は特別の関係にある。大戦後、日本から北に帰る人々が、北送船に乗って〝万歳〟の歓呼に送られて出発したのが新潟港だからだ。しかし、この帰還は極楽黄土という宣伝とは全く異なり、北の生活状況は酷いうえ、帰還者に対する北の扱いはスパイ容疑そのもので、その後日本人妻はじめ多くの悲劇に見舞われた。

韓国で何度も「新潟という地名を聴くと複雑な思いになります」と言われたのはそのせいだ。日本から北への唯一の直行ルートであった「万景号を止めろ」と言って、襲ってきた右翼に頬に〝たこ焼き返し〟で傷つけられた話は前に書いた。

最も忘れられないのがS氏のことだ。隠されている故に北という国に強い興味を抱く人は多い。S氏もそうした一人。北に関心を持った彼は新潟県が主催する「北東アジア経済会議」に参加するようになり私と顔なじみになった。ただ新聞記者の彼は関係本を読んでいるだけでは収まらず、現地視察に出かけるようになった。そんな彼に高教組から案内の依頼が来て出かけたのが彼にとって六回目の訪朝だったが、その旅の途中でスパイ容疑で逮捕された。

「北東アジア経済会議」に彼の顔が見えなくなって気にしていたが、三年くらいして突然会議に現れた。聞けば二年二か月北に抑留され、取り調べを受けていたという。肉体的拷問はなかったが夜中までの尋問等はあったそう。本人は「もう少しいれば語学をマスター出来たのに……」と強弁していたが、逮捕時は相当不安だったようだ。スパイ容疑の原因を聴くと「六回目の訪朝前に、日本の公安に呼ばれて北で見たことなど情報提供を求められた。それが原因だろう」と言う。驚いたことにその時日本の公安に説明のため提供した写真や資料が、北での尋問の際「これはお前が提供したものだろう」と突き付けられたという。日本の公安から北に情報が筒抜けなのだという。それを告発するべく彼は「北朝鮮抑留記―我が闘争二年二か月」を執筆、出版している。そうした彼の行動を抑止するための脅しか、ある日「留守中の家に何者かが侵入、家探しされた」そうだ。

この体験は極めて貴重な体験でもある。何故なら〝北〟と言う国は未だに異常かつ良くわからない国だからだ。前世紀の遺物のようなこの国は、あの独裁者の元でこれからどんな歴史ドラマの舞台になるのだろう……。

【2】

新潟県知事としては北との一番の関わりは拉致問題だった。しかも私にはこの問題は県民の安全を守るという知事の責務としてだけではなかった。横田めぐみさんの拉致は、私の五代前の日銀新潟支店長時代に起こった事件で、横田滋さんは当時日銀新潟支店の職員だった。また蓮池薫さんは私と同じ柏崎高校の後輩にあたる。彼が拉致された柏崎のあの海岸は通称「アベック道路」と言われ、恋人のデートの名所であった。市の中心から極めて近い海岸だ。私にとってこの二つの拉致は他人ごとではなかった。日銀支店長の着任挨拶で訪れた中央警察署の署長室には、捜査本部は解散されていたにも拘らず、めぐみさんの情報提供を求めるポスターが貼られていた。署長は「あれだけ捜しても見つからない。北朝鮮に拉致されたとしか考えられない」と言っていた。まだ北が拉致を認める前のことだ。これが私の拉致問題のスタートであり、北という国の存在を強く意識した最初でもあった。知事になって五年目の一九九七年、横田さん夫妻が県庁に訪ねて来られて、「これまではめぐみに危険が及ぶと思い声を潜めていましたが、これからは帰してくださいと声を上げてゆくことにしました」と言う。韓国に亡命した元工作員・安明進の証言によりめぐみさんの拉致を確信したからだ。早速支援の第一号の署名をした。ここから横田さんたちの辛く長い闘いが始まった。だが、その闘いは未だ続いている。

拉致問題に動きが出たのは、二〇〇二年の小泉訪朝からで、それがきっかけで五人が帰国した。その中には蓮池さん夫婦のほか認定外だった佐渡の曽我さんが含まれており、本県人三人が帰国した。私は三人の健康チェックを秘かに行うよう指示した。蓮池さんの話では、外貨ショップの買い物のほか、ピョンヤンで二番目くらいの病院で治療を受けることが出来たそうだが、歯科のレベルは低く歯は酷い状態だった。曽我さんに病気が発見され、こっそり政府の責任で手術することになった。県庁の近くのレストランでお忍びの慰労会を設けた時、北での生活ぶりなど聞かせて貰った。

金丸訪朝団が来た時、突然日本映画（キューポラのある街など）が三日続けてＴＶ放映されたが、その後パタッと動きが止まったこと、朝よく家の前を子供さんと保育園に通っていた横田めぐみさんのこと、そしてある日突然一斉に引越しさせられ、同じ地域に住んでいた拉致被害者がバラバラにされ、それ以来会えなかったこと、など……。
二〇〇四年の二度目の小泉訪朝で蓮池さんたちの子供さんが帰国したが、曽我さんの夫・ジェンキンスさんの扱いが問題になった。脱走兵だったからだが、交渉の結果ジャカルタでの再会という事になった。ジャカルタに止め置かれたら大変と考えた私は、拉致被害者家族担当の内閣官房参与・中山恭子さんに電話、「県立病院の医師を同行させて下さい。ジェンキンスさんの健康に問題があり、すぐ日本に連れて帰って手術をする必要がある、と言う診断書を書かせますから」と申し出た。中山さんは「国の方で医師は同行させます」とのこと。すると迎えに行ったジャカルタから中山さんが電話してきた。「大変、貴方が言っていたように日本にすぐ連れて帰らなくてはならない」と言う。〝病気は心配であるが日本に来ることになってよかった〟と正直思った。でも羽田に降りたったジェンキンスさんはジャカルタの空港に降りた時とは様変わりに極めて元気だった。その姿を見て「そうだ！ジェンキンスさんは北では俳優だったな」と思いつき合点した。

この頃、福田康夫官房長官から電話があり、上京時に寄って欲しいとのこと。行ってみると「新潟は北との関係では特別な県だが、政府として聞いておいた方が良い情報があれば聞かせて欲しい」とのこと。直感的に「政府は賠償金交渉に入り、国交正常化を目指す方針だな」と感じた。私は「もし、賠償金を払うなら、今の政権を延命させる直接支払いはせず、アジア開銀に北朝鮮ファンドを設けそこに払込み、本県のシンクタンク「エリナ」で作成する北朝鮮近代化プロジェクトのファイナンスにのみ活用する条件を付けたらどうでしょう。当然拉致被害者の全員帰国の条件も付けます。人参をぶら下げるわけです」と申上げ、エリナでまとめた「北東アジア輸送回廊計画」（この地域の貿易発展のため九つの輸送回廊のインフラ優先整備計画）の説明をした。福田さんは「面白い。今後何か情報や提案があったら、いつでも予約なしで飛び込んできてくれ。最優先で会うので……」とのこと。私は拉致問題解決の具体案としてこの「人参案」を具体化しようと動き出したが、それからしばらくして福田さんは小泉氏と北を巡る外交方針が合わず、あっさり官房長官を辞任してしまった。馬の鼻づらに人参はぶら下げられなかった。

この後、自民党の拉致問題の中心は安倍官房副長官が担った。家族会の期待も大きかった。五人の帰国時に残り八人の死亡発表をした福田さんは「冷たい」との評価となってしまったのと対称的。尤も二度目の総理就任にも関わらず、さしたる成果を挙げられないことからその手腕に家族会等からも少し疑問が出ているが、私は安倍氏には初めから期待をしていなかった。それは、事態の改善を期して安倍官房副長官のところに「国連の人権委員会に提訴して貰えないか」とお願いに行った時の対応による。私の要請に対し「国連は二国間で対立している問題は取り上げない。そんなことも知らずに陳情に来たのか」と取り付く島もない。この後、家族会や支援団体は数度にわたりニューヨークタイムズ等に意見広告を出した。その結果、国連で取り上げられ、何度も北への改善勧告等が議決されているのは承知の通りだ。

もう一つ、記しておかなければならない北の話がある。北東アジア経済会議には北朝鮮は強い関心を持っていた。北東アジアの成長の船に同乗したいからだ。我々も本国からの参加を呼びかけていた。しかし会議の直前になると欠席となり、朝鮮大学校や友好商社から代理出席があるだけだった。それが横田さんたちが立ち上がった翌年の一九九八年の同会議に対外貿易開放委員会の金正宇委員長が出席したのだ。びっくりするとともに、北の変化への期待に会議は盛り上がった。翌年は日程が合わないのでとビデオメッセージが送られて来た。しかし、その翌年の会議には音沙汰なし、そうこうしているうちに賄賂受領の疑いで金委員長は射殺されたとのニュースが入ってきた。開放政策に軍が待ったをかけたのだった。

　北とは色々な関わりがあった。万景号のことで右翼にも襲われた。経済的に行き詰まり国民を自力で食べさせられない国が、核や弾道ミサイルまで開発して脅し外交を展開する北は不思議な国だ。普通は頭を下げて助けてくださいと言うべきなのに……。無視されると益々脅しを強めるが、物事には限度がある。脅しもひどくなれば周りはほっておけなくなる。そろそろその段階に差し掛かってきたかなと最近の北の動きを見て危惧を強めている。

　そんな折、先日被害者家族会は二十周年を迎えた。めぐみさんが拉致されてからは倍の四十年が経っている。進まない状況に苛立つ家族会では、今年の運動方針に、初めて「今年中に！」と「制裁を緩める戦略も」を打出した。人参作戦は復活するかもしれない。


（平成二十九年三月三十一日）

デパートは都市文化の担い手！

【1】

今から六〇年前の昭和三十一年秋、小学校六年生の修学旅行で私は初めて柏崎から新潟市を訪れた。県都の賑わいに驚くばかり。県庁など見て万代橋近くの「こば平」「角屋旅館」にクラス毎に分散宿泊、翌日は港めぐり、日報の新聞印刷工場など見学して、最後「小林百貨店」で買い物だった。当時珍しかったコロッケを五人分食べて夜中腹痛を起こしたK君の看病で旅館に残った私も合流して、百貨店初体験をした。その広いことと溢れる品物に圧倒され、二〇〇円（三〇〇円？）の小遣いで何を買ったか覚えていない。只々生まれて初めて夢のような時間を小林百貨店で過ごしたことは今も忘れない。

これは、たまたま訪れた「新潟三越」で募集していた「小林百貨店創立一一〇年記念小林百貨店と私」という思い出募集に私が投書したものである。小林百貨店は一九〇七年（明治四〇年）創業の小林呉服店を嚆矢とし、現在の新潟三越の前身で、一九三七年（昭和十二年）に新潟市初の百貨店として創業。同年地元商店が集まって創業した万代百貨店（後の大和）と古町・西堀の交差点を挟んではす向かいに、七階建ての近代ビルを競う姿は正に「近代都市新潟」の象徴だった。地元紙・新潟日報は創業日の両百貨店の賑わいぶりを「新しいもの好きの市民殺到」と書いている。

「ヘエー！　新潟市民は新しいもの好きだったのか」。

両百貨店は開業後十八年目の昭和三十年十月の新潟大火で焼失。年表上は昭和三十二年復興とある。でも私の小学六年の秋は昭和三十一年である。十月の大火から一年で再建したのだろうか。疑問が残っている。そして私のアルバムには、旧県庁玄関の階段と萬代橋西詰で撮ったこの修学旅行の記念写真が二枚載っている。担任の中村忠先生を囲んで、家族のような雰囲気で柏崎市立枇杷島小学校六年二組の皆が写っている。私も本当に無垢な表情で写っている。我がアルバムの中でも大事な宝物だ。

その後の両デパートの辿った運命はご存じの通りだ。多くの映画館など娯楽施設も集まり、古町の飲食街と一体となって一大盛り場を構成していたこの地域も、モータリゼーションの進展、都市のスプロール化などにより、人の流れが変わり、近年ではネット販売の影響もあり、集客力をどんどん低下していった。二〇一〇年、ついに「大和」は多くの食品売り場ファンに惜しまれながら閉鎖、漸く最近になって跡利用の工事が始まったが、この数年の空白は取り返しのつかない客足の喪失を招いたようで、困った市では、その昔この地から出て行ったはずの市役所の一部を戻すという。あとは銀行が三Fまでのフロアーを占めるそうで、商業施設としての復活は期待出来そうにない。

更に周りの「ラ・フォーレ原宿・新潟」も一九九四年のあの華やかなオープンから二十二年の昨年閉店、こちらこそ旧市役所の再開発だったが、ここにも市役所の一部が引っ越してくるという。何とも知恵も面白味もない対応だ。近くのウイズビルも取り壊され駐車場に転換と、この地域は衰退の一途を辿っている。残った「新潟三越」は孤軍奮闘と言うところだ。冒頭の感想文投書には、そんな三越に「頑張れ！」とエールを送りたい思いがあったからだ。小学校六年生の時の思い出の場所が残っていてほしいという想いだった……。

【2】

年齢と共に買う物がなくなってしまったが、それでも展覧会を覗いたり未だにデパートに行くのは好きだ。「何か素敵なものがあるかも！」というわくわく感があるからだ。その中でも「三越」は最も馴染みのデパートだ。

日銀本店とはお隣さんと言う関係で明治二十九年日銀本館完工以来の付き合いだ。日銀地下の冷房用の大貯水は三越が火事の際には消防に提供されることになっている。両方とも重要建築物だ。本店勤務中は昼休みなど三越の中をぶらつくのが楽しみだった。広報課長の時、三越の「江戸から明治」をテーマとするイベントへの協力を頼まれ、日銀の所有している資料等を提供、説明文の作成なども手伝ったことで、一挙に親しくなった。同時に江戸から明治にかけての日本橋界隈のことに興味を抱き調べるようになった。

その成果かもしれないが、日銀出身の写真家・幡谷紀夫氏が現役時代から撮り貯めた日銀の建物等の写真に私が職権応用（乱用と言わない）で更に撮り足して貰った写真を加えて編集した写真集「日銀―沈黙と凝視」に「日本銀行小史」を執筆し添えさせて貰った。そこには、薩長の勢力争いで決まらない二代目日銀総裁に松方正義が勝海舟に就任要請した話に始まり、三代目川田小一郎の法王振り、日銀ストライキ事件と森繁久弥、本店建設に当たっての高橋是清の現場監督振りとお披露目式、神田川を利用した日本最初の水洗トイレ、二・二六事件で手榴弾が投げ込まれた本店中庭、開戦前夜本店からの電文が及ぼしたNY事務所員逮捕事件、戦後貴重な貨幣コレクションのGHQからの隠ぺい作戦など興味深いエピソードが満載だ。

「三越」と言えば「越後屋」だ。その名の由来も「三井越後屋」が縮まったもの。以前から新潟を表す越後との関係はあるのか、また「ふっふっ越後屋お主も悪よのう!」というあの時代劇の名セリフは何故越後屋なのか、という疑問を持っていた。前者については、武士を捨て町人になり松阪で質屋や酒・味噌の商いを始めたのが六代目三井高俊、その父高安の官位が越後守だったことからその店が「越後殿の酒屋」と呼ばれた。それを受けて、高俊の子で「三井家の家祖」となる高利が「越後屋」を屋号としたというもの。

これだと新潟とは何の縁もないことになるが、商才に長けた高利は江戸で呉服屋を開業するのに、高級織物の産地である越後に因んだ屋号にすることでイメージ戦略を狙った、という説もある。こちらだと新潟と関係する。

後者についてはなかなか根拠は明らかではない。多少納得性があったのは「江戸を舞台にした時代劇で、悪者に徳川家に近い三河屋や尾張屋は使えなかったからでしょう」という説明ぐらい。

話が脇道に行ってしまったが、本論は「都市にデパートは必要」という事を言いたかったのだ。小林百貨店は名前や経営者は変わったが、古町と言う場所に一一〇年存在してきた。一貫して果たしてきたその役割は「都市文化の創造拠点」だったのだろう。私は大学で「地域経営論」という授業を行っている。学生に接するのが楽しいからだが、授業の演習やテストの小論文テーマに毎年「古町の活性化策を問う」というのを挙げている。若者らしい斬新な提言が出てくるのを期待してである。

新大和の中には複数のイベントホールを用意する案とか、週末日銀前～上大川前までをホコ天にし、フラッシュ・モブなどのイベントのメッカにする、伊勢丹のところから信濃川に車の通らない橋を架け、その上でお店・屋台・大道芸人・ストリートパフォーマーなど自由に参加できるようにし、古町と万代を繋げる、信濃川の支流を掘って店も並ぶ親水空間を創るなどなど……。

物質文明の担い手としてずっと商店街の中心にあって良品を売ってきたデパートが郊外型大型店に車の便利さと品揃えの多さで客を奪われ、全国の地方都市で閉店が相次いでいる。成熟社会でモノ離れする中高年にこれまでのやり方は通用しない。代わりに何を売るのか。幸い街の中心にあるデパートは、歩いて行けるので、お酒も飲める。

中高年（特に女性）が求めているものは何だろうと考えてみた。これからは「精神文明」時代、その提供の担い手としてデパートは多様な文化を売ったらどうだろう。種々の文化を創造し、販売する場にデパートを創り変えようというのだ。三越劇場などで既にやっていることでもある。音楽や絵画、文学などの講座と生涯教育、芝居や演芸、アニメなど映像と漫画、スポーツと体力クリニック、健康管理、疑似海外旅行と異文化体験など統合型都市文化提供のメッカになったらと空想している。併せて、中心市街地はもっと美しく快適な都市空間に衣替えしなくてはならないだろう。

柏崎の小学六年生が今どこに修学旅行に行っているか知らないが、もし新潟市に来るなら、私が関わった朱鷺メッセの展望室から日本海を望み、ビッグスワンでアルビの試合を見学、将来のサッカー選手を夢見て、最後に三越新潟で二、〇〇〇円の小遣いで何を買おうか迷い、生まれて始めて生の「落語」を聞いた、あるいは「ミュージカル」を見たとしたら、一生忘れないだろう。

ここまで書いてきたら、突然六〇年前の修学旅行の記憶がパッとよみがえった。港めぐりも日報の印刷工場も見ているのだ。先生に付添いで残るよう言われて残ったとばかり思っていたが……。旅館の人が「私たちが責任を持って診ていますから」とでも言ってくれたのだろうか。冒頭に戻って訂正だ！良く見たが萬代橋のたもとでの記念写真にはK君は写っていなかった。

（平成二十九年四月二十八日）

〈**補記**〉「新潟三越」は令和二年三月二十二日閉店しました。

北スペインの街で！

【1】

四月中旬から一〇日あまりドイツとスペインに行ってきた。高校卒業と同時にオランダの音楽院に留学し、卒業後オランダのオーケストラでヴァイオリニストとして活動してきた次女が、今夏日本に帰国することになった。それでドイツでピアニストと音楽大の講師をしている長女を含めて帰国記念家族旅行をしようということになり、イースター休日のこの時期に出かけたのだ。

成田を昼前に出発した飛行機は時差七時間のドイツ・デュッセルドルフ空港に夕方四時過ぎに到着したが、帰りと異なり寝る必要のない往きのフライトの殆どを私は映画鑑賞で過ごした。お蔭でアカデミー賞ノミネート作品「ラ・ラ・ランド」「ムーンライト」「フェンス」など纏めて見ることが出来た。

まず、訪れたのが長女の住んでいるドイツ中央から少し北西に位置する人口七万人余の小さな街デトモルトだ。長女が芸大卒後留学しそのまま講師で在籍している音楽大学がある街だ。長年一人住まいのおばあさんの家に下宿していたが亡くなられたので、街の中心にアパートを借りて移転したので見に行った。一人では広すぎるのに日本よりはるかに安い部屋代に驚きながらその娘の部屋に二泊した。短い滞在だったがデュッセルドルフとの往復の列車や、すぐ近くのマルクト広場でのマーケットや、奇岩の観光地エクステルンシュタイネの見物などを通じてドイツの現状課題についても気づかされた。それは、数年前に比べこんな田舎町でも移民が目立つようになり、ゴミ出しなどの地域社会のルールを守らないため人々の不満が増大していることだ。ナチスの歴史的負の遺産を背負うドイツでは、移民受け入れは国としての贖罪のようになっているが、それでもメルケルの政権維持に影響をするか予断を許さないと言われているのが何となくわかった。

もう一つ「えー」と思ったのが娘から聞いた「自分が教えている音楽大学の優秀学生の殆どはドイツ人ではない」という事だった。もともと余り器用でないドイツ人だが、四〜五歳から始めてコツコツ積み上げてゆかなければならないピアニスト養成だが、子どもの進路をそんなに早く決めないドイツ流では、幼少から始めるアジア人やロシア人等には敵わないからだ。ベートーヴェンはじめ沢山の音楽家を生んできたドイツも今や必ずしもクラシック王国ではなくなり出しているのだ。

デュッセルドルフでオランダのマーストリヒトから車で合流した次女と孫も加わって、我が家総勢五人は北スペインのビルバオに空路向った。この地域を選んだ最大の理由は、気候が温暖でノンビリ過ごすのに向いていることと、重要な旅の要素である食事が美味しいことだった。世界有数の美食の地域であるバスク地方の中心都市のビルバオとサンセバスチャンで部屋を借りてゆったり過ごす計画だ。美食の代表メニューはピンチョスだ。フランスパンなどの上にタラやメルルーサ、アンチョビ、エビ、ウニなどの海の幸はじめハム、サラダや卵料理などあらゆる食材から各店が独自の工夫のものを乗せた料理だ。これをピンで留めていたのでこの名があるのだが、バーで立ち飲みする際のつまみと食事を兼ねた料理だ。好みのピンチョスを肴におしゃべりをし、はしごをしている風景は平和な観光地そのものだ。生活をエンジョイすることを最優先するラテン民族の生き方を表した食べ方飲み方だ。ピンチョスをつまみながらチャコリという白ワインやシードラというりんごジュースを発酵させたものを飲むのだ。豊富な魚貝類やイベリコ子豚などの食材もあり、超有名な高級レストランも沢山あるが、懐具合と孫連れという事もあり専らピンチョスの食べ比べで過ごした。ピンチョスにいささか飽きて飛び込んだお寿司屋では、インド人が握っていたが、ネタも良く結構おいしかった。

同じこの時、木々は日本より早いペースで新緑になっていく。何より違うのは日の入りがもう夜九時と日本に比べかなり遅いことだ。だからここの人々は爽やかな春の宵ではなく、早い夏を謳歌している雰囲気だ。風が少し冷たかった日には、昼間砂浜には散歩する人しかいなかったが、気温が二〇度を超えた途端水着を着た人で一杯となったのには驚いた。それも海水浴というより日光浴だ。砂浜は人で一杯なのに海の中には人はあまりいない。だから日本で夏の夜長夕涼みで楽しむように日の沈むまで街は買い物客で賑わうし、まだ明るい夜七時くらいからバーで飲みだした人々は、九時頃には海岸に集まってサンセットショーを見る。それで長い一日がようやく暮れる。

私の知り合いで「リタイアしたら物価も安い北スペインで年金生活を送る積りだ」と言っていた奴がいたが分かる気がした。美しい自然に快適な都市空間をマッチさせることが、いかに豊かな人間的な生活を送るのに大切な条件か、つくづく感じさせられた北スペインの街での休暇だった。

【2】

ビルバオから高速バスで一時間半、フランス寄りのバスク地方第二の都市サンセバスチャンで借りたマンションに着いた私は、夕方（と言っても日没は夜九時なので六時頃はまだかなり日は高い）の散歩に出かけた。後で夕食に行く旧市街でない方と思いマンションの裏手に廻ったら、坂道の道路脇にエスカレータがあった。かなり急な登り道なので「助かるなあ」と思いつつ乗ってゆくとさらに先にもエスカレータが続いている。結局この坂には住宅地のほぼ一番上まで四本のエスカレータが続いていた。住宅地の坂道にエスカレータが続いている風景には正直感動を覚えると同時に驚いた。

これでも大学で「地域経営論」を講義してきた私は、創造的都市計画による再開発の少ない成功例としてビルバオなど北スペイン・バスク地方の都市が例示されていることは知っていたが、今回家族旅行先に選んだのは先述のように何より滞在型観光地と美食で有名だったからだが、もう一つは都市再開発の成功例を見たかったからだ。

ビルバオ市はかつて鉄鋼と港湾の街として栄えたが、二十世紀後半次第に衰退の途を辿った。その時、バスク州政府が執った再開発計画は驚くほど思い切ったものだった。中心事業となったのは現代アートで有名な「グッゲンハイム美術館」の分館誘致だった。鉱山王で財をなしたソロモン・R・グッゲンハイムがニューヨークで設立したこの美術館は、日本でも帝国ホテルなどの設計で有名なフランク・ロイド・ライトが担当、大きな吹き抜けが評判だったが、同美術館を運営するグッゲンハイム財団は、多館戦略、国際戦略をとっており、ヴェネチア、ラスベガス、ベルリンなどに分館を展開していた。バスク州政府はビルバオ市の都市再生計画の象徴としてこの分館誘致を計画したのだ。

一九八九年に建てられたビルバオ市再生プロジェクトは、バスク州政府による十五億USドル、十八件に上る総合的な都市再生計画だった。グッゲンハイム美術館の分館計画の他にも新空港、地下鉄、自然公園、展示場、国際会議場、スポーツ・文化センター、テクノパーク、歩道橋など幅広い計画が盛り込まれていたが、その中でも河口の港湾地域等の再開発が最大のテーマで、そのメインプランがグッゲンハイム美術館の分館誘致だった。これにバスク州政府は思い切った投資を用意した。美術館の建設費用一億USドルをはじめ、新規作品購入費用5000万USドル、展示会開催一回当たり2000万USドル、更に美術館の運営年間予算補助1200万USドルを申し出たのだ。そしてこの新たな美術館が話題となったのはNYのライトの設計を上回る大胆なフランク・ゲーリーの設計だった。その大胆かつ斬新な設計は作品以上に大きな反響を呼んだ。

実際にこの美術館を鑑賞した私の感想は「現代アートがこんなに都市に似合っているとは！さすがピカソやダリやミロが出た国だな」ということと、「現代アートによる都市再生が見事に成功したのは、思い切ったプランを実行したからだな」という事だった。年間一〇〇万人近い人がスペイン国内、フランス、ドイツ等から訪れている。この美術館の象徴になっている屋外展示作品の「バビー」（季節の花で覆った巨大テリア犬でジェフ・クーンズの作品）と「ママン」（巨大な蜘蛛のオブジェ、ルイーズ・ブルジョアの作品）には多くの観光客が群がって記念写真を撮っていた。川べりの散策路、電車道と道路、並木とグリーンベルトなど信濃川の河畔整備と比較して大いに参考になった。

一方、サンセバスチャンは旧市街を活かしながら、大聖堂を中心とする新市街地を一帯で繋げた街づくりと、海岸の遊歩道・公園の整備、スペイン・フランス等の都市との交通網の整備などの都市再生計画を実行した。大きく湾曲したラ・コンチャ湾、薄茶色の綺麗な砂浜、湾の真ん中に浮かぶサンタ・クララ島、そこに沈む夕日はこの街の最大の財産だ。それを十分発揮できるようにしたのがこの再生計画だった。そして美食のメッカとして売り出し、近年多くの観光客が訪れているが、この街の美食（ガストロミー）への情熱には感心させられた。本屋でピンチョスのコンクールの優秀作品等が載った本を見たが、もはや芸術作品だった。

だが実は私が一番驚いたのは、この街が高々人口十八万人強（ビルバオで三十七万人位）くらいなのに、年間幾つものすごいイベントを行っていることだ。大きいものだけでも一月のタンボーラ（聖セバスチャンの祭、太鼓祭り）を皮切りにサンタ・アヘダ・ベスペラやカルデレロス、サント・トマスなどの伝統的なお祭りに加えて、国際ジャズフェスティバル、国際映画祭、音楽週間、バスク週間、セマナ・グランデという大花火大会などを行っている。新潟市も夕日の街だ。でも新潟で夕日を見ているのは、海岸でジョギングや釣りをする一部の市民だ。サンセバスチャンでは毎夕沢山の観光客が見ている。

バスク地方の都市再生計画が成功した背景には、スペインのこの地方が昔からナポレオン戦争やスペイン戦争などによる相次ぐ破壊から街を復興してきた歴史を持っているうえ、フランコ独裁政権の圧政を通じてバスク人の強い独立心が養われたことがあるが、最も大きな要因は二〇世紀末のこの時期に地方分権が進み、都市再開発等は州が一手に担うことで権限、財源が移管されたことだ。これがあの思い切った州の都市再生計画が実行できた主因だ。日本ではそうなっていない。

帰国して新潟市長と会う機会があったので、「非常に新潟市にとって参考になる街だった」と申上げたところ、市長からは「ビルバオ市は良く知っています。視察団も派遣しました」とのこと。二〇一五年に新潟市が「東アジア文化都市」に指定され「食文化創造都市にいがた」を打ち出しシンポジウムなどを行った際、美食先進地としてビルバオで美食運動の中心となっている人物を招いたのだ。しかもこの秋には市長自身ビルバオを訪問する予定とのこと。「折角ですので美食だけでなくグッゲンハイム美術館を中心とする都市再生計画をどう進めたかをサンセバスチャンも観てきてください。夕日の街づくりや川べりの公園化なども大いに参考になりますよ」と申し上げた。

昨年の北陸新幹線の開通以来金沢市は未だに観光客でごった返している。中心市街地古町の衰退に悩む新潟市とは対称的だ。「札仙広福」に追いつこうと政令指定都市を目指し実現したものの、政令指定都市を諦めた金沢市に水を開けられた新潟市、もしかするとずっと人口の少ないにもかかわらず、ずっと大きな都市再生を実現したスペインのバスク地方の都市は大きな示唆になるのではないだろうか。

【3】

北スペインではもう一つ本当に小さな村を訪ねた。「ゲタリア」という人口三千人弱の海辺の漁村で、1時間も歩けば町の殆どを知ることが出来る。フランス国境に近いサンセバスチャンから路線バスで国境とは逆方向に五〇分海沿いを走れば到着だ。注意していないと乗り過ごしそうな変哲もないバス停で降りると、バス道路から海に向かって二本の道路が縦に走っているだけだ。そんな小さな村だが、何度もスペインとフランスの争いの戦場となった歴史を刻んでいる。この街を訪れたのは、魚など海の幸の炭火焼き料理を味わおうというもの。

街に相応しい小さな教会の脇のトンネルを抜けるともう海だ。色とりどりの漁船が停泊している港を見下ろす少し高台にあるレストランは、同じ目的の観光客でにぎわっていたが、幸い外の良い場所に席を占めたわが家族は、メルルーサなどの魚や海老、貝、イカ・タコなど炭火で焼いた海産物を堪能した後、おまけに肉の炭火焼きも味わった。

満足感に浸り満腹の余韻を味わいながら、海を見下ろすレストランの野外テーブルでそよ風を感じつつしばらくぼーっと至福の時を過ごした。そしてゆったりと流れる時間を楽しみながら、道を戻ると途中でお土産屋さんがあったので覗いてみた。手作りの海に因んだ置物を売っていた。この街を思い出させてくれそうな灯台の置物を買った。

私は昔から海外旅行に出かけると、旅行先で民芸品など小物のお土産を買うのを楽しみにしている。それが積り積もって私の部屋の書棚等のスペースにかなりの数並んでいる。冷蔵庫にも同じように買ってきたマグネットが溢れている。時々眺めるが、どれも旅を思い出させてくれる大事な小物だ。赤白の縦じまのパンツのムーミンや、シルクロードのイスラム商人の人形など中には現地だから手に入ったという珍しい物やしゃれた物もあるが、まったく民芸品などに興味のない妻には単なる〝ガラクタ〟にしか見えないようだ。だから私を見る目は〝ハムスター〟を見ているような感じだ。

どうかと思いながら出かけたゲタリアは魚料理だけでなく、アイスクリームも美味しかったし、記念の灯台の置物もよかったし、何よりこんなゆったりした時間の経過の中で過ごせて大満足だった。

今回の旅のフライト中に見たある映画の話を最後にしたい。

機内で沢山の映画を見たが、「ライオン〜二十五年目のただいま」という映画がおもしろかった。五歳の時親からはぐれたインドの貧しい少年が、オーストラリアの夫婦の養子になって何不自由なく育てられたが、二十五年後の三十歳の時、グーグルアースでかすかに残る少年時代過ごした街の記憶から自分の出身地を探し出し、実の親に再会するという実話を映画化したものだ。

二十五年振りの実母との再会の感動もさることながら、二十五年の歳月と一万キロの距離を超えて自分の家の通りを探し出すグーグルアースの機能のすごさにも驚いた。オーストラリア人の女優ニコール・キッドマンが映画でオーストラリア人養母役をやり助演女優賞にノミネートされたのも話題になったが、私がこの映画に深く印象づけられたのは、彼女の次のセリフだった。「私は世界に沢山の親のいない子供たちがいることを知り、結婚して自分の子供を産み育てるのではなく、こうした子供たちの養父母となることにしました。そして同じ考えの人を捜し結婚したのです……」。

結婚してもなかなか子供が出来なくてそれで養子をと言うのが通常だと思っていた私には、このセリフには、正直驚きました。

裕福な環境の夫婦が初めから貧困の子供たちのために、自分たちの子供をつくらず養子をするという考えは、日本人社会にはどのくらいあるだろうか。極めて少ないだろう。この映画の夫婦は、もう一人同じインド人の子供を養子にしている。日本では里親のなり手がなかなか見つからない。

宗教上の考えの違いと言う人もいるが、戦後空襲等で身寄りを失った浮浪児をお寺が沢山預かっていたじゃないか……。映画を観た後色々考えさせられた。

（平成二十九年七月五日）

入道雲と少年

小学校五～六年生の時担任だったN先生からは、沢山の教えを受けた。スキーが大好きだった先生は、朝礼の折よくステージに上がり、唱歌「スキー」をかけて「山は白銀　朝日を浴びて　滑るスキーの風切る速さ…」と歌に合わせてスキーを滑る振りを熱演された。皆大喜びで一緒に歌った。

先生の宿題の出し方はユニークだった。今振り返れば素晴らしい教育手法だ。何を宿題にするかは生徒の自由、漢字ドリルでも算数の問題でもよいし、ドリルを何枚やろうが自由だ。自分で選んで何かやってゆけば良いのだ。翌朝、授業の初めに先生の前に並んでやってきた宿題を一人ずつ見て貰う。「頑張ったね」と言われたくて皆自分なりに一生懸命宿題をし先生中心に家族のような温かいクラスだった。

私がN先生から受けた一番大きな影響は、音楽の時間の先生のピアノ演奏だった。戦後十年くらいしか経っていないこの時期に私の通っていた枇杷島小にピカピカのグランドピアノがきた。音楽教室が急遽ステージを改造して造られた。音楽の専任教師が来たのは翌年春からだったので、五年生の時はN先生が担当した。
音楽の専任教員ではなかったのに、N先生のピアノ演奏は素晴らしかった。少なくとも初めてピアノ演奏を直に聴いた私はそう思った。先生は授業の一番初めにピアノの名曲を弾いてくれた。「乙女の祈り」「エリーゼのために」「アルプスの夕映え」「トルコ行進曲」などに私は感動した。そして「自分もあんな風に弾けたらなあ」と強い憧れを抱いた。それからは放課後グランドで野球に熱中していた私の行動が少し変化した。時折一～二年生の教室に潜り込んでオルガンを触わるようになった。オルガンの蓋を開ける時のときめきは今でも覚えている。

六年生の夏休みの出来事だった。「今度の日曜日は宿直だから、遊びに来ないか」というT先生の誘いで朝早く友達と学校に行くと、小使いさんが「まだ先生寝ているから起してきて！」と言う。だが宿直室を覗いて皆息を飲んで黙って戸を閉めた。日がカーテンの隙間から差し込む部屋で先生は寝ていたが、褌から大事なものがはみ出していた。そのまま家に帰るとお袋が「どうした」と聞く。言いよどんでいるとしつこく聞くので、有態に話すと声を上げて笑った。それでもオルガンが弾きたい私は、気を取り直して一人で学校に行った。休みの日の一年生の教室のオルガンは、放課後のように気兼ねせず思い切り弾くことが出来満足だった。疲れて休憩しようと窓辺に行って空を見上げてびっくりした。それまで見たこともない巨大な入道雲が盛り上がっていた。モリモリ盛り上がるその姿に見とれていた私は、ふと雲が何か語りかけているように感じた。入道雲は私に何を言いたかったのだろう。少年の心にこの疑問はずっと残った。

それから四〇年の歳月が流れたある日、突然答えがみつかった。知事になっていた私が本県出身で経団連名誉会長の斎藤英四郎さんにお目に掛かった時のことだった。「これは私が母校の新潟高校に頼まれて講演をした原稿です。読んでみてください」と渡された。今、同高校の同窓会報のバックナンバーでみると、斎藤さんは平成四年十月十七日、私が知事に当選する八日前に同校の一〇〇周年記念で「所感―昔、今、これから」と題して講演しておられる。この講演の中で斎藤さんは「だれが創ったかも知らないが、小さい時から口ずさんでいた大好きな詩があります」と言って次の詩を紹介している。これを読んで電流が体の中を走るような興奮を覚えた。四〇年ぶりに疑問が解けたのだ。

広野の果ての白雲は
　巨人の如き姿もて
　　五月の空に現われぬ
われは幼き童の
　草にまろびて叙事詩をば
　　悲しく読みてありけるが
雲の巨人は厳しくも
「子よ、大いなる人となれ」
夕べ野を吹く風ありて
　雲の巨人は音もなく
　　ゆれて崩れて失せしかど
五十路をこゆる今も尚
　啓示となりて残るなり

（作者不詳）

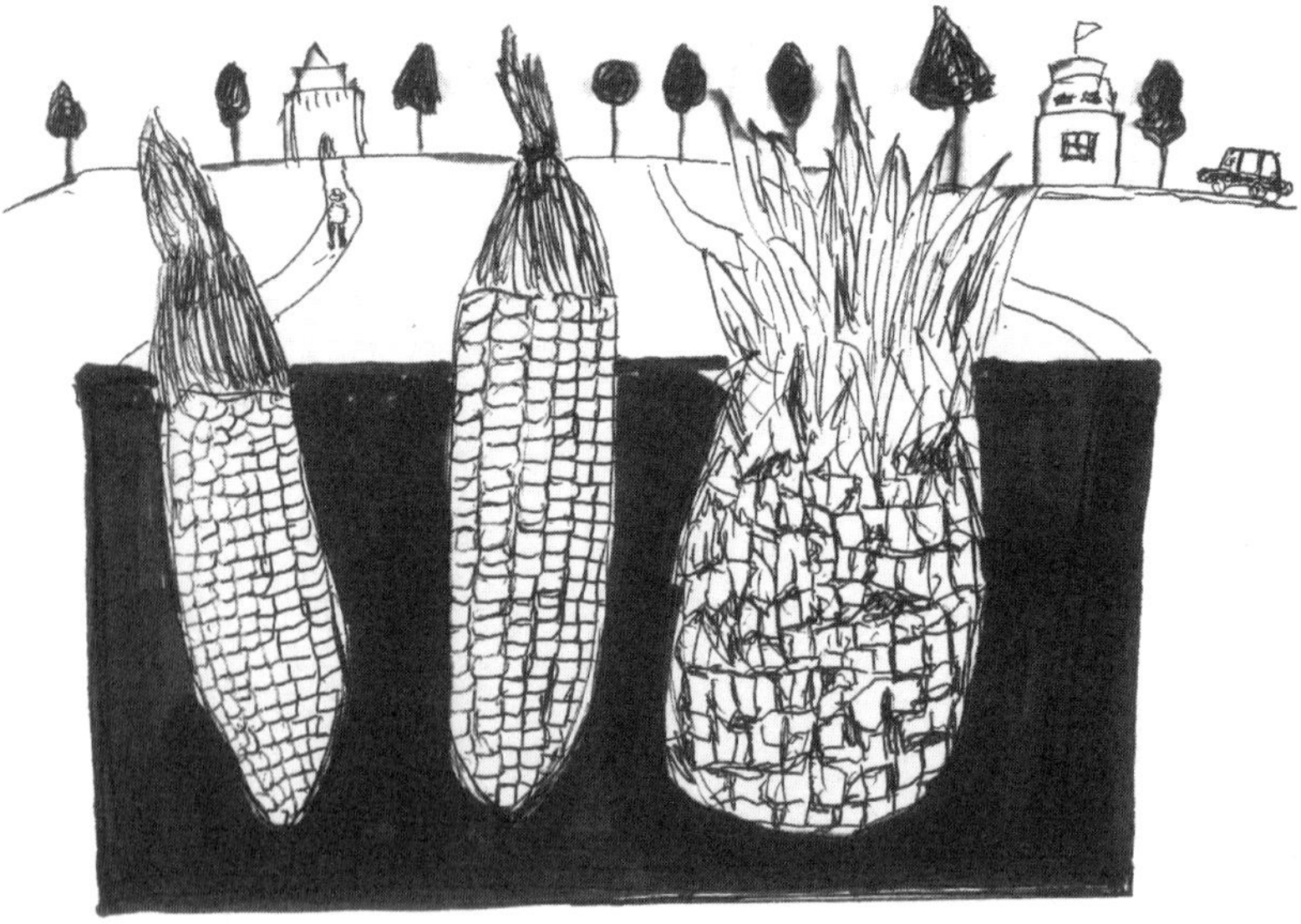

正に五〇歳になった私にとってそれは啓示だった。「大いなる人」とはどういう人だろう。斎藤さんは講演で「心に普遍的愛を持ち続ける人」と言っておられる。私なりにもこの詩に出会ってからこの疑問と向き合ってきた。「もっと早くこの詩に出会えば良かった」「私は大いなる人になれたのだろうか」などの想いを抱きながら……。

先月、誕生日を迎えて七十三歳になった。あの入道雲に出会ってから六十一年が経った。今、私は大いなる人は「どんな人も受容れる広く優しい心を持つ人」かなと思っている。

今年の夏がきた。また入道雲の湧きあがる大空を見上げている。少年の時と同じ心で……。

（平成二十九年八月十八日）

ある爽やかな夫婦のこと

先日、私のところに「インド・子どもの憩いの村―建設・運営および国内活動」という冊子が届いた。これは、永年インドでストリートチルドレンの収容施設の建設に、NGO活動で取り組んでこられた片桐昭吾・和子さん夫妻の活動記録である。お二人は八〇歳を越え、この度活動に終止符を打つことにし、この記録書をまとめられたのだ。知事時代から陰に陽にその活動を見守ってきた私にとっても思い出一杯の記録書である。

私が和子さんに初めて逢ったのは、平成4年10月の最初の知事選挙だった。保守・革新相乗り候補となった私の選対には、これまで敵同士だった人たちが呉越同舟していた。和子さんは教職員組合の出身で連合の女性部の幹部で、永年革新系の選挙で「ウグイス嬢」などを務めたベテランだった。選挙戦に入ると選挙カーに乗って、企業から派遣されてきた若い女性を指導しながらマイクを連日握ってくれた。さすがベテランで大助かりだったが、気になる点が二つあった。

一つは、朝から「県知事候補のヒラヤマをよろしく」と連呼していると、夕方には疲れて口が回りにくくなる。そのせいかマイクの声は私には「建築工事のヒマラヤ……」と聞こえてくること。もう一つは、連合の選挙の影響か、しきりに「労働者の皆さん、県知事候補の……」と呼びかけること。住宅街でもおかまいなく「労働者の皆さん……」と言うので「この辺、あまり労働者は居ませんので、ご家庭の皆さんの方が良いかも……」と申し上げた。何故かこれを聞いていて私は、寅さんの映画でよく出てくる団子屋の裏のタコ社長の印刷工場に向って、寅さんが「労働者諸君……」と呼びかけるシーンを思い出していた。

選挙を終えて久しぶりに片桐さんに会ったのは、片桐夫妻がインドのストリートチルドレンを保護するNGO活動の報告で県庁に訪ねて来た時だった。

退職後NGO活動を始められた二人は、インドのNGO活動家のローズ氏のハンセン病に関する国際会議での報告に感動し新潟に招聘した。両親がハンセン病患者だったローズさんは、幼くして両親から引き離され、イギリスの教会が運営する孤児院で育てられた。ローズさんは学校卒業後、ハンセン病患者の収容病院建設に携わり、その後山奥に住む少数民族支援の団体を立ち上げて活動していた。

夫婦は定年退職の記念旅行を兼ねてインドのローズさんの施設を見学するスタディツアーに参加した。一九九八年十二月だった。ベンガル湾沿いのオリッサ州のとある駅に真夜中降り立った二人がホームを歩いていると、何か柔らかいものにぶつかった。月明かりに透かして見ると薄い布切れにくるまった十五〜十六人の子どもたち、そしてこれが夫婦のストリートチルドレンとの出会いだった。その瞬間「この風景を見てしまった以上、放ってはおけない」「私たちはこの子どもたちを救う使命があるのではないか。残りの人生をそのために捧げよう」と決心したという。「子どもの憩いの村」建設プロジェクトはこうして始まった。

初めは雨露をしのげて安眠できる収容施設と給食設備を考えたが、手に仕事をつけさせたい、州が行うべきなのにやっていない教育がやはり必要となり、ミシン・自転車修理・サンダル製造などの職業訓練施設、識字教育施設など「憩いの村」の事業は大きく広がっていった。

一番の問題は資金だった。現地の建設・運営はローズさんというパートナーに恵まれていたが、資金手当てのパートナーは見つからなかった。県内の企業などに呼びかけたが反応はなかった。老後のために蓄えた資金は、二〇〇三年「憩いの村」建設が本格化すると一年で底をついた。二人の年金から年間必要な三九〇万円を送金することは不可能だった。そこで六〇代後半だった昭吾さんは資金作りのため警備会社に勤め、その給料すべてを送金することにした。

それは四年前七十七歳の時昭吾さんが心肺停止で倒れるまで続いた。この二人の活動に私が協力できたことは僅かだった。二十一世紀入りを期して私の呼びかけで県と県民出資で創った、アジアの支援をしている団体等を援助する「新潟・国際協力ふれあい基金」への申請を勧めたり、和子さんが企画するバザーに出品したり、種々の企業・団体の行う褒賞制度に片桐さんが応募する際の推薦状を書いたりするくらいだった。

この報告書の結びの「感謝の言葉と体得したもの」に、「『子どもの憩いの村』に十五年間で送金した金額は累計八、二一七万円です。一市井に生きる任意団体としては、途方もない金額です。県内での中越地震などに続き東日本大震災が発生した時は、もうこれまでと天を仰ぎました。そんな時でも新聞、テレビ等で私ども夫婦の活動が採り上げられ、全国各地から心あたたかい寄金を頂戴したからこそ、この大事業をやり遂げることが出来たのです」と昭吾さんは記している。遠隔地から新幹線やカーナビで自宅まで激励に訪ねて来られた方もいたそうだ。

そういう中で忘れられないのが二〇〇九年の「毎日国際交流賞」の受賞だ。毎日新聞社主催で市民レベルの国際交流や協力活動を顕彰するもので、数ある顕彰の中でも権威のあるものだ。半ばあきらめながら推薦文を書いたのだが、何と個人部門に選ばれた。二人の活動が全国レベルで高く評価されたのが何より嬉しかった。審査委員の中に私の長年の友人のK氏がいた。同新聞社の主筆になっていた。あまり嬉しかったので二人に黙って表彰式に大阪まで出かけた。今回の報告書にもその時の二人の名コンビ振りが発揮された記念講演が載っているが、遅れて会場に入った私を見てびっくりした和子さんが「寄宿舎付き学校を建てていますが、出来上がったら先生を派遣するからと、青年海外協力隊を育てる会からも激励されています。その会長は前の新潟県知事さんで、今日もこの会場に駆けつけてくれました。先程大好きな人の二番目はローズさんと言いましたが、会長を二番目にします」と言ってくれた（勿論一番目は昭吾さんだ）。

後の記念パーティで久しぶりに会ったK氏は変わらぬ福島訛りで言った。「片桐夫妻はい い。コンビ絶妙だね。大変なことを二人であんなに楽しそうにやっている……」。

二人を見ていて私が感じるのは「人間そこまで優しくなれるのか」ということだ。年金生活に入ったら病気のことを思うだけで老後が心配になる。私財をあんなに見事に投げ出せるだろうか。

「見てしまった以上、放ってはおけない」という二人の考えの原点は生い立ちにあった。昭和十一年新発田市で生まれた昭吾さんは生誕とほぼ同時に両親を亡くし、群馬県境の山奥の片桐という家に貰われ育てられた。頑張って通信教育で大学を卒業し、国鉄に勤務した。育ててくれた養親に深い感謝の念を持ち、今度は自分が誰かのために役立ちたいと思っておられたようだ。和子さんは神奈川生まれだが、父親が傷痍軍人になったため、終戦後実家の魚沼市に引き揚げ、実家の片隅に立てた小屋で、弟さん二人、妹さん一人を栄養失調で亡くすほどの極貧生活を送りながら育った。和子さんも奨学金で何とか大学前期を終え小学校教師になった。二人とも恵まれない子どもを見ると自分の子ども時代を思い出し、何とかしてあげたいと思うのだろう。

意外なことにこの二人が知り合ったのは昭吾さん八歳の時だったが、和子さんとの結婚希望が叶ったのは何と五十一歳になってだった。だから二人の結婚生活は八十歳にしてまだ三十年だが、六〇～七〇歳台の二〇年間、夫婦はインドの子どもたちを救うＮＧＯ活動に全精力と資産をつぎ込んだのだ。普通のこの年代の夫婦とは全く違う人生を送られ、今二人はこれ以上ない晴れ晴れとした爽やかな表情をされている。

五〇年余前、二八歳の国鉄マンだった昭吾さんは、お金が無くなって新潟に帰る旅費もない人のため、「新発田市　美紀」という女性名の匿名で五、〇〇〇円の寄付を上野駅に送った。月給六、〇〇〇円の時だった。それに賛同した国鉄マンなどの多くの寄付で「美紀寄金」は大きくなり、二十二年間にわたり沢山の困った人を救った。四〇年経った二〇〇四年、昭吾さんは「美紀は私です」と名乗り出た。それは「インドの子どもたちのため、今度は私が皆さんに助けて貰いたいと考えたからです」という。でもずっと近くで二人の活動を見てきた私には、皆が貧しかった頃より今の方がずっと支援が得にくいように見える。確実に人々の心は貧しくなっている。だから片桐さん夫婦の心はどんどん爽やかさを増してゆくように見える。

そうだ！　二人のNGOの名称は「爽」企画だったなあ。

（平成二十九年九月十三日）

挟まれた国・ポーランドの悲劇

【1】

九月中旬、ポーランドを訪れた。ポーランドに行こうと思ったのは、昨年からワルシャワ直行便が出来て便利になったこともあるが、ショパンの故郷を感じたい、美しい古都、クラクフの町を見たい、そしてそこの美術館にあるダビンチの「白い貂を抱いた貴婦人」の絵を見たい、など幾つか目的があったからだ。最大の願いは人類史上最も残虐な出来事と言われる「ホロコースト（ナチスによるユダヤ民族大虐殺）」が行われたアウシュビッツ（ポーランド名はオシフィエンチム、第二収容所ビルゲナウを含む総称）の絶滅収容所を生きている間に見ておきたいと思ったからだ。

ホロコーストについては、いろいろ本やＴＶ番組を読んだり見たりしてきた。それらを通じてより正確に深く知ろうと務めてきたが、数年前から「収容所に実際に立ってみないと本当の理解は出来ないのでは？」と思うようになった。一般的にはナチスによる虐殺のための収容施設は「強制収容所」と呼ばれるが、それはユダヤ人以外のポーランド人政治犯、ロマと呼称されるジプシー、共産主義者のソ連人なども含む収容施設の総称であり、ユダヤ民族撲滅処分のための収容所はその狙いのまま「絶滅収容所」と呼ばれる。第二次大戦下のポーランドにはアウシュビッツをはじめ六か所に絶滅収容所が設置され、これら収容所での犠牲者は一六〇〇万人といわれ、その九割がユダヤ人（欧州全体では六〇〇万人が犠牲）だったとみられているが、そもそもナチス側に記録がないうえ、犠牲となったユダヤ人側も家族、親戚が皆殺しとなったケースが多く、生き残った人に確認することも出来ず、正確な数字は永遠に解らないのだ。

アウシュビッツでは、一九四〇年六月一四日から一九四五年一月二七日までの四年七か月の間、ホロコーストという人類史上例を見ない虐殺が重ねられた。

ナチスはポーランド、ハンガリー、チェコ、スロバキアなど近隣地のほか、フランス、オランダ（ドイツ系ユダヤ人でドイツからオランダに逃れていたアンネ・フランクもその一人）、ギリシャ、ノルウエーなどからもユダヤ人をここに移送した。彼らは「移住して新たな生活を始めるのだ」と告げられ、無理やり貨車に乗せられてきたのだ。長い時間立ったままなど劣悪な状態で移送されて来たユダヤ人は、収容所の引き込み線に止まった貨車から下車すると、医師の篩にかけられ、女性・子供をはじめ労働に役立たない弱者はほとんどが「ガス室」に送られ、エンジンの排気ガスや害虫駆除薬で殺され、死体は焼却炉、場合によっては野原で焼かれた。労働に回された男性たちの行き着く運命も同じだった。何故「ユダヤ人絶滅」というジェノサイド（特定の民族などの絶滅を図る行為）が行われたのかについても、収容所を訪れてより理不尽な理由が存することを知った。

第一次大戦の過大な賠償金を負わされたドイツ国民は、困窮の中で大きな不満と不安を抱いていた。それを巧みに利用してのし上がったのがヒットラー率いるナチス党だった。一九二九年NY市場の株価暴落に端を発した世界恐慌は多くの国に拡散、深刻な失業問題を惹起したが、この頃新しく唱えられたケインズ型の有効需要創設による景気回復、失業解消に最初に成功したのは、アウトバーン建設を行ったヒトラーだった。人気は一気に高まった。もともとモーゼの「出エジプト記」からユダヤ人は別扱いを受けていたが、ユダヤ教から生まれたキリスト教においてイエス（彼自身もユダヤ人）は救世主であるが、ユダヤ教ではそれを認めていないこと、ローマ帝国にイエスを告訴したのがユダヤ人であったうえ、金貨三〇〇枚でイエスを売ったユダもユダヤ人だったことなどが加わり、独自の宗教と文化を守ろうとするユダヤ教と、新興宗教として勢力拡大に熱心だったキリスト教の間には、宗教的対立が生じた。以来それが原因でユダヤ人迫害はあった。

この時代、ドイツ人が置かれた困窮の中で、銀行家などが多く金銭に拘泥するユダヤ人が比較的裕福だったことにも侮蔑と共にねたみを買った。これらについては、ホロコーストの背景として以前から認識していたが、此処へ来てヒトラーをユダヤ民族絶滅に駆り立てた最大の理由は「ゲルマン民族の権威復活」だったことが解った。コビノー（フランス人外交官）の「人種不平等論」が広く読まれていた時代ではあったが、ヒトラーはこれを悪用し「一番優秀（戦争に強いことが判断基準）なゲルマン人が第一次大戦で敗北したのは、人種分類低位のユダヤ人が背後で反ドイツ活動をしたからだ。ユダヤを排してゲルマンの栄光を取り戻そう」という理屈付けをし、天才的演説で民族の復活を訴えた。これが一挙に受け入れられ、「ユダヤ民族絶滅」という狂気が沸き起こったのだ。今から思えば信じ難い考えだが、当時ドイツでは敗戦で失ったゲルマン民族栄光を取り戻す、そのためにユダヤ人との混血を排し、民族の浄化を図ろうという狂気は一挙に広がっていったのだ。

キリストの礫刑以来のキリスト教とユダヤ教の対立は、「ユダヤ絶滅」という行き着くところまで行ってしまった。

【2】

大戦後、この人類の犯した虐殺行為を二度と繰り返さないようこの事実を後世に伝えるべくアウシュビッツはミュージアムとなった。訪れるとまずアウシュビッツから見学をする。ゲートには〝ARBEIT MACHT FREI〟（働けば自由になる）の文字が掲げられていた。Bの文字が逆さまになっているが、建設に携わったポーランド人政治犯が咄嗟にやったのだそうだ。ナチスはユダヤ人たちを「移住させる」と騙して連れてきたが、収容所内にそう思わせるようなことを行っている。このゲートもそうだが、「旅の汚れを落とすためシャワーを浴びよう」と言ってガス室に入れたが、ガス室の天井にはシャワーの吹き出し口も作ってあった。この第1収容所は囚人に植えさせたポプラの木が育ち緑陰をつくり、レンガ建ての建物はしっかりしていて、監視塔や高圧電流を通した有刺鉄線がなければ収容所とは感じられない。しかし建物内の展示室を見るうちに、ここで行われたことが実感として伝わってきた。

歴史展示室コーナーでは、まずガス室で殺された人々のことを知る。移住だから必要と思って持参した持ち物等が膨大な量で残っていて展示されている。メガネ、義肢・義足、食器類、旅行鞄、大人用と子供用とに仕分けられた靴、靴クリームまである。旅行鞄には大きく持ち主の名前が書かれてある。シャワーが終わって戻った時、持ち主が分かるようにと言って書かせたものだ。子供たちの服もあった。一番ショックだったのは約二トンもある女性の髪だ。生地の原料に使われた残りだそうだが、犠牲者の肉体の一部であるこの髪の展示は胸に迫るものがあり、ここだけはシャッターが押せなかった。その傍には殺害に使われた害虫駆除薬チクロンBの空缶の山があった。続く部屋では収容所での生活などを知る展示のほか、解放後発見されたナチス親衛隊（SS）が報告のため撮った写真や、通達書など物的証拠が展示されている。引き込み線に止まった貨車から降りたユダヤ人が篩にかけられている処や、正装した子供が不安そうに見つめている姿や、痩せ細りながら労働に駆り出されている様子など、当時の様子が生々しく甦る。収容所の端には、ガス室と焼却（大きなものは敗戦時証拠隠滅のため破壊された）のほか、長くこの収容所の所長を勤めたルドルフ・ヘスの住居とその子供たちが遊んでいた向かいの地に残るヘスの絞首刑跡や、ゲシュタポによって捕らえられたポーランド人の抵抗活動家が銃殺刑に処せられた〝死の壁〟などが残っている。

第2収容所「ビルケナウ」はアウシュビッツから1kmあまりのところにあるが、アウシュビッツとは全く違う印象を受ける。何もない野原に木造のバラックのような収容施設が並び、鉄道の引き込み線が延びているだけだ。冬、此処に吹く風を想像すると厳しい収容所生活がすぐに想像出来た。訪れた日は九月の陽光の射す日であったが、寒々とした雰囲気に思わず身震いした。一九四二年から四三年にかけて極寒の中でソ連軍に苦戦を強いられたドイツ軍は、ソ連軍捕虜収容の目的で建設したこの収容所にユダヤ人を送り込んだ。ユダヤ人殲滅がスピードアップした。木造の収容所の中は三段の木製のベッド棚が並ぶだけ。トイレ棟は長いコンクリートの構造物に穴が等間隔で空いただけのものだ。決まった時間に一斉に並んで用を足すことを強いられた。引き込み線の上に立つと、SSの撮った写真が蘇った。引き込み線に到着した貨車から降りたユダヤ人はこの場所で医師の篩にかけられたのだ。そう思うと歴史の重さに押し潰されそうになる。

アウシュビッツを訪れてもう一つ印象に残ったことがある。それはわれわれをガイドしてくれた中谷剛氏の言葉だ。この収容所ミュージアムの二〇〇人余の公認ガイド中唯一の日本人ガイドだ。彼は学生の時クラクフを訪れ、人々の優しさに触れ、一九九一年ポーランドに移住、一九九七年からアウシュビッツ・ミュージアムのガイドとしてその歴史の事実を伝えている。彼のガイドに当たった私たちはラッキーだった。饒舌な説明とは程遠かったが、説明は適格だった。「写真を撮ってください。でも観光旅行のような撮り方はしないでください」「髪の毛は肉体の一部です。亡くなった人たちの尊厳もありますので出来れば撮影は遠慮ください」など心に響いたが、次の説明にははっとさせられた。「こうした虐殺が起こったのはヒトラーという異常な人物が登場したからではありません。彼はすべて民主主義のルールの下でのし上がったのです。言い換えれば国民が彼を押し上げたのです。これからも同様なことは起こらないとは言えません。ヒトラーが起こしたことに対し現在の人たちに責任はありませんが、二度と起こさないことには責任があります」。このミュージアムに多くの人が世界中から訪れるようになった。私たちが訪れた時も、前はイスラエルからの高校生、後ろはドイツからの婦人たちだった。人類全員が過去の歴史事実としてだけでない将来に亘る教訓とすべきなのだ。

ポーランドはドイツとロシア（ソ連）という大国に挟まれた国だ。この地勢がポーランドに悲劇をもたらしてきた。一七九五年、ロシア帝国、プロイセン王国、オーストリアの三国に分割され、それから一二三年間地球上からポーランドは消えた。ポーランドが再び独立を回復したのは一九一八年だった。ロシア革命と、第一次世界大戦でのドイツの敗北によるものだ。しかし、それも長く続かなかった。一九三九年九月一日ドイツ軍がポーランドに侵攻、次いで一七日ソ連軍が侵攻、一〇月六日にはポーランド全域が占領され、再び消滅した。ドイツとソ連は秘かにポーランドの分割統治を打ちあわせていたのだ。悲劇はその占領下で幾つも起こった。ドイツ占領下のポーランドに強制収容所が設置され、多くのポーランド人が欧州中のユダヤ人らに交じって犠牲となったが、ソ連領では二万二千人に上る大量虐殺が行われていた。解放されたと言われるポーランド将校等捕虜の多くが、銃殺され森の中に埋められたのだ（いわゆるカティンの森事件）。ドイツ側の指摘に対し、逆にドイツ側の犯罪としてきたソ連がその事実を認めたのはゴルバチョフ政権になってからだった。第二次大戦後ナチスドイツの占領から解放されてもポーランドの悲劇は続いた。ソ連の衛星国として実質その支配下に入るしかなかったのだ。ハンガリー動乱やプラハの春のような事件はなかったが、状況は同じだった。傀儡政権の下耐え忍ぶ時代を過ごし、ポーランドが真の自由と独立を勝ち得たのはワレサなど「連帯」が選挙で勝利し、「ポーランド共和国」が誕生した一九八九年だった。大国に挟まれたポーランドの悲劇の歴史がこれで終止符を打つことを願っている。

こうした過酷な歴史に耐えてきたポーランドの人たちは、どこまでも粘り強い。今回私たちが訪れたポーランドの町のうち、戦災を免れたのはクラクフとトルンだけだ。ワルシャワ、ポズナン、ヴロツワフなどは破壊し尽くされた。しかし、戦後ポーランドの人たちは、廃墟から立ち上がり旧市街を元通りに復元した。「粘り強いだけでなくとにかくポーランドの人たちは優しい」と中谷さんは言う。沢山の悲劇を見てきたからだろうか。

この文章を書いている最中、本屋で塩野七生の「日本人へⅣ」を見つけた。その中に次の指摘があった。「民主政が危機に陥るのは、独裁者が台頭したからではない。民主主義そのものに内包された欠陥が表面に出てきたのである」と。そして「歴史を経ることで人間は進歩するとは思っていない」と……。

（平成二十九年十二月八日）

心穏やかにしてくれる音楽の話

ポーランドシリーズで今年の執筆を終わろうとしたら、いつも清書・配信してくれている秘書のKさんに「先生！　これで歳を越すのはちょっと暗くありませんか?」と言われた。確かにそうだ。ヒトラーと一緒に正月を迎えたくはない。

では穏やかな気分で年末・年始を迎えられるテーマをと考えていた週末、ラジオから懐かしいテーマ音楽が流れてきた。「ひるのいこい」だ。

このラジオ番組が始まったのは、昭和二十七年十一月、私が小学校二年生の時だから六十五年続いていることになる。超長寿番組だ。日本各地の「NHK農林水産通信員」から寄せられる便りの紹介は、のどかな農村風景を思い浮かばせてくれたが、何よりもそれは古関裕而作曲のテーマ音楽の穏やかなメロディによるだろう。ゆったりした美しい曲で、今でも大好きだ。久し振りにこのテーマ音楽を聴き懐かしい気持になると同時に、亡くなった母のことを思い浮かべた。

私が通った柏崎市立第三中学校は、戦後間もなかったためか、入学した時は我が家のすぐ向かいの元青年学校を仮校舎としていた。私の小さい時からの遊び場のひとつだ。一年の終わりに自分の椅子を持って山の麓に出来た新校舎に引っ越すまでの九ヶ月くらいはこの仮校舎だった。あまりに近いので毎昼校舎の裏から砂場を抜けて自宅に昼食を食べに行っていた。家に着いて母が作ってくれた昼食を食べ始める頃にいつもラジオからこのテーマ音楽が流れてきた。貧しい何処にもある普通の家庭の母と子が短い昼のひと時何を話していたかは覚えていないが、この音楽が流れていたことと、何とも言えない穏やかな気分になったのは良く覚えている。だからこのメロディを聴くと母と過ごしたあの日の幸福感が甦る。

こんなことが何度かあった。

帰ると母は留守で鍵がかかっていた。仕方ないので家の裏に廻り、台所の一番貧弱な鍵のところを何とか開けて入った。暫くすると慌てて母が帰ってきた。「どうやって入った？」と聞く。同じことが何度か重なった時、母は言った。「やだよ！　この子は鍵を強化しても入るんだもの。妙な才能を持っているんじゃないよね」。その時もこの音楽が流れていた。久しぶりに聴いたその日のラジオで読まれた聴取者からの便りは、偶然親父の出身地村上のTさんからだった。

——「戦後、満州から引き上げてきて必死で働いて私たちを育ててくれた両親、その後をついで故郷で家庭を持って生きてきました。人の紹介で顔も見ずに嫁いできた妻は、翌日から家事や畑仕事、そして育児に黙々と取り組んでくれました。良く考えてみますと金婚式もとうに過ぎたのに一度も妻に〝有難う〟と言ったことがありませんでした。電波を借りてですが、感謝の言葉を伝えたいと思います。有難う」。

「Me too」なんだけど、私には伝える電波が無いなあ……。

心穏やかにしてくれる少年時代から好きな曲の話をしよう。小学六年生の春だったと思う。放課後校庭で遊んでいた私の耳に聞き覚えのあるメロディが突然飛び込んできた。帰宅の合図曲が変わったのだ。私は思わず叫んでいた。「笛吹童子だ！」と……。

「笛吹童子」は、昭和二十七年から始まったNHKのラジオドラマ「新諸国物語」シリーズの第二作で、私が八歳から九歳の昭和二十八年の一年間放送された。平日夕方十五分の連続放送だったが、夕方になるとラジオの前に座り込んで胸躍らせて聞いた。少年たちはこのドラマに熱中した。

そのドラマの主題歌は、原作者の北村寿夫作詞、尺八奏者の福田蘭堂作曲で有名になった「ヒャラーリヒャラリコ　ヒャリーコヒャラレロ……」だが、福田蘭堂はドラマ内で笛吹童子（菊丸）によく笛を吹かせた。その曲がとても美しく子ども心にもうっとり聞き入っていた。校庭に流れた曲がそれにそっくりだった。飛んで行って先生に聞くと「これはトップラーという人が作曲したハンガリア田園幻想曲という有名なフルートの曲だよ」と教えてくれた。早速それだけが入った小さなレコードを買ってきた。フルートは「林リリ子」だ。それからこのレコードを何度聞いただろうか。今でも黄色のレーベルを覚えている。林光の従妹で当時すでに女性フルート奏者の第一人者だったようだ。

そういえば「笛吹童子」は翌年映画になった。中村錦之助、東千代之助のデビュー作ということで町中にポスターが貼られた。見たくてしょうがなかったが親に言えなかった。何故か父はターザンの映画は連れて行ってくれたが……。母が一度、夜子供連れで映画に行ったことがあった。今振り返れば家に父と子を残して映画に行くのに気が引けた母の戦略だったのだろう。連れていかれた映画は「愛染かつら」だった。

映画と母で思い出したが、高校生の時、友達と映画見に行くと言うと「なんという映画」と聞く。「昼下がりの情事」と言うと「情事なんていう映画はだめだ」という。「情事という日本語訳が悪い。原題はラヴ・アフェアだよ」と説明したが、余計分からなくなって困ったことがあった。今でもヘップバーンを見ると思い出す。

もう一つ綺麗な曲として「マドンナの宝石」の話をしよう。

私より三つ年上の兄が早大を卒業して入社したのはTBSだった。ドラマ希望で入った兄が幾つかのドラマのフロアーディレクターを担当した後「東芝日曜劇場」を担当した。

ある日、アパート（その後上京してきた妹と三人で武蔵新城の六＋四・五畳のアパートに居住していた）に帰ってきた兄が「今度のドラマに重要な役割をする曲を選定しているのだが、これはどうだろう」と言って聞かされたのが「マドンナの宝石」だった。使われるのは「天国の父ちゃんこんにちは」という実話をドラマ化したもので、夫亡き後、二人の子供を育てながら、パンツの行商をしてたくましく生きる森光子演じる母と子供役の二木てるみと松山省二の三人家族が力を併せて明るく生き抜いてゆくドラマで、一九六六～一九七四年まで不定期のシリーズで二〇本放映された。

毎回ドラマの後半に困難に遭遇した時など仏壇の父ちゃん（遺影は兄の上司のものだったと思うが……）に向って、三人が集まって父がプロポーズの代りに読んだという「五月の歌」を朗読し語りかけるというシーンが出てくるのだが、その時バックに流れるのがこの曲なのだ。

実に詩にぴったりの美しい曲だ。そのうえ貧しいながら力を併せて生きる庶民の気持ちの爽やかさまで感じさせた。その後この詩を何度か結婚式の御祝いの挨拶に使わせてもらったが、今の時代には通じないような気がして少し淋しい。

貧しいから
あなたに差し上げられる
ものといったら
柔らかな五月の若葉と
精一杯愛する心だけです
でも結婚してくれますね

今年も残り僅か。年末のうちにこのどれか一曲聴いてみてください。穏やかな気持ちで新年を迎えられることでしょう。

では、良いお歳を（もう既にいい歳の方には失礼！）

（平成二十九年十二月二十七日）

平成最後の年明けに思う

「平成」最後の年が明けた。三十年ぶりに年号が変わる新年だ。

年末近くに「隠れた富士見の穴場」という田貫湖で、終日富士を眺めて過ごした。綺麗な逆さ富士が見られた。元旦〜二日には箱根に出かけた。二日は大学対抗箱根駅伝の往路の日、渋滞が予想されたので、それを避けて乙女峠に富士山を見に行った。その時すれ違ったのが東海大のバスだった。

娘に「強いの?」と聞かれ「強いけれど優勝は無理だろう?」と答えたが、結果は見事大会新で初優勝を飾った。

ことほど予想は難しい。新年の経済予想を色々な評論家がしているが、神様以外は当たるも八卦だ。米中貿易戦争に加え、中間選挙で民主党が下院第一党になり、メキシコの壁の建設費用を含む予算が通らず、一部の政府機能がかつてなく麻痺しているのも不安材料だ。過去の同様の状況の際には財政の壁とか崖とかと呼ばれたが、今回は何と呼ぶのだろう。

両党の距離は一層開き、問題の困難度は増している。

こういう時の将来予測では大きな流れを見るしかない。政治の流れでは何よりポピュリズムによる「自国第一主義」が「国際主義」を放逐しようとしていることだ。移民問題がその象徴だが、問題の本源は多くの時代でそうだったように〝経済〟にある。経済成長が鈍化し、しかも富が上位一％（ないし一〇％）に集中し格差が拡大、貧困が広がっている。こうした経済状況を脱する政策がみつからないから自国を守る保護政策に走る。それまでの「新自由主義」と「グローバリゼーション」に基づく自由貿易による市場拡大経済成長政策とは明らかに異なる。

自国第一主義による保護貿易が何をもたらすかは、第一次大戦後世界恐慌を経て第二次大戦に至った歴史を振り返れば明らかだ。本年は同じ道に踏み込むかどうかという重要な年に思えてならない。確かに「新自由主義」も「グローバリゼーション」も私たちに平穏と幸福をもたらしはしなかった。

ＩＴ技術の進歩で生活は一変、情報の取得、ネット売買等、明らかに便利になったが、一方で地方の商店街では一層シャッター街化が進んだ。通勤電車で皆が本を読んでいた風景が、スマホをいじる風景に代わったのを見ると、人類の文明は進歩しているのか疑ってしまう。

ＡＩ技術が第四次産業革命を起こし時代変化を加速すると予想されている。ＡＩは「多くの人々を失業させる」か「人類を労働から解放する」のか議論されているが、「技術進歩が何をもたらすかではなくて、どういう人類社会を築いてゆくのか、それに必要な技術は何か」と発想すべきだろう。核開発でもそうだったが、新たな技術に向き合うと、それが人々の人生を豊かにし、人々を幸福にするかという判断より、国益や企業利益から導入してしまう。「核の平和利用」という美名が「核兵器保有能力」と同義であることは最早自明だが、現在のＡＩの主導権争いも同じにしか見えない。

アメリカ型自由経済は極端な格差社会を生み、ＧＡＦＡの四社が今世紀前半の勝利者となった。しかし世界の多くの人々には何がもたらされたのだろうか。政治は成長しにくくなった資本主義の下で、人びとにどうやって幸福を及ぼそうとしているのか。自国で生きてゆきたいはずの人々が危険を冒して次々と移民しなくてはならないのは何故か。移民受け入れの是非が議論されているが、その根因である途上国の貧困や非民主主義問題は正面から議論されない。新年早々こんな怒りが込み上げてきたが、ニュースに出てくる世界のリーダーを見ていると、「無理だな」と絶望してしまう。資本主義という社会システムが行き詰まり、ＡＩという人類史上最大かもしれない技術進化が進む時に、どんな新たな社会システムを作るべきかという課題に真っ向から取り組むリーダーが見えない。世界恐慌と大戦を受けて戦後ブレトンウッズ体制を構築したように、リーマンショックの後で「金融資本主義」の見直しを含めて協議すべきだったのだろう。

残念ながら将来に希望を持てる年明けとは言えない。国際主義を前提とした自国主義はまだしも、国際主義を捨て去るような自国主義の蔓延には、人々はもっと敏感に反応する必要がある。第一次大戦後、「不戦条約」という平和を希求する倫理感の高揚に対し、モンロー主義の巻き返しで、アメリカが非加入となり国際連盟が十分な機能を発揮できなかった。自国主義との衝突を乗り越えられなかったのだ。

同じようにトランプ大統領の元でWTOはじめパリ協定（CO2排出抑制）、イラク制裁協定などにアメリカが不参加・脱退し骨抜き化が進んでいる。トランプ大統領の国際連合嫌いは有名だが、二国間協議で有利に自国主義を貫こうとするやり方は、国家間の利害が直に衝突し紛争に発展しやすく要注意だ。

私が以前から唱えていることが在る。ここまで地球環境・水・資源問題が深刻化している状況で、自国主義が蔓延するのはまずい。CO2の管理、サハリンの天然ガスや貴重金属等の活用、新エネルギーの開発、海水を廉価に真水に替える技術開発、砂漠の緑化、食糧の新たな増産方法などについて「地球と人類のサスティナブルのための特別事業」と定め、これらについては「人類共通の重要テーマだから人類の総力を挙げて取り組み、その成果は共通に還元利用し、地球と人類を生き延びさせよう」という考えだ。その運営・管理は国際連合を中心に行うことで、その存在意義を取り戻すと同時に地球の危機は人類共通だから、皆で協力して乗り切る「国際主義」の精神を広げてゆく運動にもなると考えたのだが、年寄りの単なる初夢だろうか。

もうひとつ「ずっと人類は戦争をしてきたが何故だろう」と考えた。「このままなら武器の進歩で人類は滅びるだろう」「AIロボット軍が人間を殺戮することになりかねない」などの想像が浮かんでくる。どうすれば愚かな人類の戦争の歴史を終わらせることが出来るのかもっと考えなくては分からない。良い考えが浮かんだら初夢の続きとして書こう。

砂漠の〝緑化〟と書いて思い浮かんだ初夢がある。知事時代、県民運動として「二十一世紀の一〇〇年間新潟県民は木を植えて、二〇世紀に失った緑を取り戻そう」という「にいがた緑百年物語」運動を始めた。私が現在運動のため通っている新潟市のビッグスワンの一階には「二〇〇一年の県民から二一〇一年の県民へ」というタイムカプセルが設置されている。私も「二〇〇一年の新潟県知事より」ということで一文を入れている。カプセルのデザインは公募から選ばれた若い人たちの絵だが、当時五歳の子が二人選ばれている。この二人は一〇五歳まで生きればカプセルを開けるのに立ち会える。

この運動で私がやりたかったが未だ出来ていないものに「命の森建設 ― 十六本の木を植える」運動がある。それは人口の爆発的増加は、呼吸で人々が吐きだすCO_2も地球温暖化に影響するが、京都議定書以来の国際協定にカウントされていない。成人一人が吐き出すCO2を帳消しにするには成木十六本が必要（光合成機能など）。それなら新潟県民は16本の植樹をして地球に負荷をかけないようにしたらどうか、それも毎年一本、小学校入学時から大学卒業までの十六年間で植えたらどうだろう。「故郷を離れていても自分の呼吸を賄う命の森が故郷にあるというのは、いつまでも繋がっている証しになる」と考えたのだ。

しかし、未だこの運動は実施されていない。そして、以前お袋にこの話をした時「オラも死ぬ前に十六本植えたい」と言っていたのを思い出した。昭和十九年生まれの私は今年75歳になるが、今から十六本植えると丁度九〇歳になる。「そうだ。まず自分らが卒寿を目指して生きようという想いを込めて〝卒寿の森〟建設運動をやれば良いのだ」という想いが浮かんだ。希望者はそこで樹木葬してもらっても良いし、結構意義のある運動かもしれない。場所をどうしようか、一〇〇人参加で一六〇〇本、一〇〇〇人なら一六〇〇〇本の森だ。呼びかけ対象、費用はどうするか、など考えていたら正月休暇は終わってしまった。ちょっと壮大だが、これを単なる初夢に終わらせないよう目下思案中。

新潟市ではこれまで「新春三大美術展」が開かれていたが今年はなかった。都市力の低下を反映しているようで寂しい。代わりでもないが、来年三月で閉店が決まっている新潟三越で開かれていた「田中達也見立ての世界―ミニチュアライフ展」を見てきた。ブロッコリーが木になったり、クロワッサンが雲になったり、畳が畑になったり、見立ての発想の豊かさ、意外さに驚きながら楽しんだ。やっと明るい新年になった。

（平成三十一年一月三十一日）

朱鷺はこうして再び佐渡の空に舞った

中国から第一回日中韓「朱鷺国際フォーラム」を開催するので、知事時代の日中朱鷺交流の基調報告をしてほしいという招待が来て五月下旬出席した。そのフォーラムでの私が行った基調報告は、本県の朱鷺保護の歴史として記しておかなければならないのだが、環境庁との関係でこれまで公表してこなかった。もう時効だろうと思い、むしろ良い機会なので絶滅の危機からの脱出の真実と、朱鷺にかけた私の想いなどを語るため出席した。

この「国際フォーラム」は、五月二十二〜二十三日、陝西省漢中市の朱鷺の故郷「洋県」で開かれた。日中韓三か国で朱鷺保護増殖関係者が初めて一堂に会した。参加してみてわかったが、陝西省人民政府の力の入れ方など、これは西安を中心とする「大西部開拓」や、ここを出発地とする「新たなシルクロード〜一帯一路」推進の大きな流れの中のイベントだと感じた。

そのイベントに知事を退任して十三年以上も経った私を招待してきたことに驚いたが、

「井戸を掘った人を大事にする」という中国の伝統に依ったようだ？　参加して判ったが中韓の参加者には私が知事時代一緒に保護活動した人が何人かおられ、私のことを覚えていてくれた。今回一緒に「朱鷺賞」を受賞したのも嬉しかった。

頼まれた基調講演で改めて私の朱鷺保護の活動と中国から貰った種々の協力などについて次のように報告した。

一九八一年、日本での最後の朱鷺生息地佐渡では、自然界での繁殖を諦め人工増殖に可能性を掛け五羽の朱鷺を保護、それ以来朱鷺は佐渡の空から消えました。同じ年、中国では絶滅したと思われていた朱鷺がここ洋県で七羽発見されました。その後両国は朱鷺増殖において対照的な道を歩むことになります。

一九九二年、私が新潟県知事に就任した時、佐渡の朱鷺は絶滅寸前でした。捕獲した五羽の雄雌のバランスが悪く、ペアリングが一組しかできず、一旦成功したシロも卵を詰まらせ死亡、オス・ミドリと中国から借り受けたメスとのペアリングや、ミドリの北京動物園への派遣など、様々な試みも成功せず、一九九五年のミドリの死によってほぼ絶望状態になりました。残された手段がメス・キンによる繁殖しかなくなったからです。キンは幼くして人に保護され育てられ順応性が高く、一般的な朱鷺の寿命を超えて生きていましたが、既に繁殖の可能性は殆どありませんでした。

日本生まれの朱鷺による繁殖が不可能になった以上、中国生まれのペアによる佐渡での人工繁殖しかありません。私が静かに余生を送るキンに逢った時、人間なら一〇〇歳近い高齢ながら、ゲージの奥から出てきて元気な姿を見せてくれました。その姿を見て私は秘かに決心しました。それは『キンが生きているうちに佐渡に後継となる朱鷺を繁殖させよう。キンに安心してあの世に逝ってもらうためにも。そしていずれ佐渡の空を朱鷺が舞う姿を見よう』というものでした。

それからは中国からのペア贈呈のために奔走しました。交渉の窓口となる環境庁をはじめ、中国大使館、中国外交部・林業庁などへの陳情、更に新潟県と交流の深い黒竜江省の共産党書記に前林業庁長官が就任したと聞いてお願いに行ったり、新潟―上海―西安という新たな航空路の開設を企画提案、「朱鷺ライン」という触れ込みで陝西省省長とタッグで運動したり、考えつくあらゆる手段を講じました。しかし、朱鷺の貰い受けは上手く行きませんでした。

それは朱鷺はパンダ同様国家第一級品の扱いだったからです。そこに気がついた私は、江沢民国家主席にお願いしようと考えました。幸い日中友好条約締結二〇周年を祝う中国国家主席の初訪日は春から秋に延期されていました。訪日時に『日本国民へのプレゼントとして朱鷺のペアを！』とお願いしようと考えたのです。

後はそこに辿り着く人脈を見つけることでしたが、意外に身近なところに伝手がありました。よく佐渡に遊びに来て水餃子などを造ってくれていた大学教授が江沢民さんの身辺を守る由喜貴警務局長の娘婿だというのです。早速アポを取って貰って由局長に逢いに行きました。北京空港からは局長差し回しの「紅旗」二台に分乗し、パト先導であっという間に人民大会堂に到着しました。その日は友好条約締結二〇周年のお祝いで日本から橋本龍太郎総理一行が北京を訪れており、渋滞を心配した由局長の配慮でした。経験したことのないような美味な中華料理を頂きながら、私は恐る恐るお願いしました。それに対し局長は『それは非常に良いアイデアだ。明日早速相談するがその案で行くことになるだろう』との返事。あまりにあっさり受け入れて貰え信じられない気持ちでしたが、大きな目的を果たせた喜びで一杯でした。

一九九九年秋訪日した江沢民国家主席から二羽の朱鷺が日本国民に贈呈されました。翌年一月佐渡にペアが到着しました。その時の感動は一生忘れません。多くの島民と「ついに来た」と喜び合いました。

プレゼントされた友友と洋洋から佐渡での新たな増殖の歩みが始まりました。二〇〇三年には安心してキンはあの世に旅立ちました。何か言いたかったのか一声挙げて空に羽ばたこうとしたのが最後でした。その後、佐渡での増殖は順調に進み、二〇〇八年自然界への放鳥、二〇一二年野生下での雛誕生、二〇一六年野生生まれ同志のペアからも雛誕生、ここまで来ました。絶滅の危機からの復活です。これは日中共同の朱鷺保護事業の成功例です。知事就任時の絶滅の危機を思えば奇跡です。その後も二〇〇〇年、二〇〇七年に続き、この度の李克強首相の来日時新たな個体提供がまとまりました。日中間では共同保護計画に基づいて多くの交流が行われてきました。私には由局長のほかもう一人忘れられない人がいます。佐渡で新たな繁殖を行う時、私の強い要請で洋県の朱鷺救護飼養センターからまだ小さかった男の子を置いて佐渡に指導に来てくれた席咏梅さんです。彼女からも多くの恩義を頂きました。

佐渡の空に再び朱鷺が舞った時、私は既に知事を退任しており立ち会うことはありませんでしたが、その姿をＴＶで見て秘かに嬉し涙を流しました。現在（四月二十二日時点）我が国には、飼育下一八二羽、野生下二八四羽の朱鷺が佐渡を中心に分散飼育などされるまでになりました。私が朱鷺に関わって二十五年余でここまで佐渡での増殖が進んだことについて、取り組んでこられた日中双方の人々の努力に敬意を表します。

そして最後の締めとして私は次のように述べた。こうした機会はもうないだろう、最後の私の朱鷺になり代わってのメッセージにしようと熟考したものだ。

「このフォーラムを機会に三か国の国境を越えた朱鷺保護に向けた連携が強化されること

を強く願っています。何故なら昔、朱鷺はこの北東アジア全域に広く繁殖していたそうで、この美しい鳥を多くの人々が国境を越えて愛してきました。そして朱鷺に国境はありません。国境を越えて飛翔します。だから私たちが国境を越えて連携する必要があるのです」と……。

私は最後に叫びたい「朱鷺よ永遠なれ！」と……。

(平成三十年七月二日)

シルクロードの夢は半ばで……

【1】

中国政府からの朱鷺の貰い受けのため、裏で動いたこの話はずっと表に出せないできた。当時くじけそうになる自分を元気づけるため、時折使っていた駄洒落を思い出した。それは、「皆さん、朱鷺の鳴き声を知っていますか?」というもので、皆がシーンとしていると「では、私が今からやります」と言って元気よく「エイエイオー」(鬨の声!)……。余りのくだらなさに場は白けるが私には元気づけの掛け声だった。

国際フォーラムから二週間ちょっとで再度中国に出掛けた。ここ三年でウズベキスタン、河西回廊と旅し、いよいよシルクロードの中心天山山脈とタクラマカン砂漠に代表される〝西域〟。今では「新疆・ウイグル」と言われる地域を旅行するため出掛けた。

この地域への玄関は新疆ウイグル自治区の首都ウルムチだが、成田から上海・蘭州と乗り継ぎ深夜ようやく到着した。翌朝の光の中で見ると高層ビルの林立する他の中国の大都市と同じ近代都市のたたずまいだった。昼過ぎのフライトで一挙にカシュガルに飛んだ。

キルギスに最も近い中国の最西の中心都市で、「玉の集まる所」というその由来のように、古くから中国と中央アジアを結ぶ要衝の街だ。ここでは「アパク・ホジャ」と呼ばれる香妃墓とイスラム教モスク「エティガール」を見物した。このモスクは新疆地区最大とのことであるが、既にサマルカンドなどで巨大モスクを見た私には特段の感慨はなかった。むしろその後散策した「職人街」が面白かった。金属製品、家具、楽器、装飾品、木工細工、壺など食器等種々生活関連商品を職人が製作しながら店頭に並べている。その路上で小さな子供たちが遊んでいたり、学校帰りの大きい子供たちも行き交い街は活気に溢れている。昔ながらの小路があって生活感一杯だ。穏やかな表情をした年配女性に出会った。あまり良い笑顔なので頼んで写真を撮らせて貰った。

しかし、シルクロードを思わせるこの街の風景にそぐわない人たちと何度かすれ違った。揃いのチョッキを着て野球のバットよりひとまわり太い「鬼の金棒」のような丸太ん棒を抱えた人たちが四～五人グループで街を歩いている。聴けば地域の警察活動を支援する市民グループだという。私の乏しい事前知識でも二〇〇九年のウルムチでのウイグル騒乱事件、二〇一三年の天安門広場へのウイグル人による車の自爆突入事件などを受けて、中国政府が厳しい監視・取締りを行っていることは承知していたが、こんな市民活動があるとは思わなかった。思わず「それにしてもこの丸太ん棒は酷いなあ。文革の時の紅衛兵みたいにならなきゃ良いが！」と内心叫んだ。この後の旅行中、ウイグル人に対する中国政府の想像以上の厳しい対応ぶりを目にすることになる。

かつての英国領事館だったレストランでの夕食を終えて21時過ぎに外に出たがまだ夕方の明るさだ。勿論、日本より北に位置していることもあるが、最大の原因は西にあるにもかかわらず北京時間で表示しているからだ。二時間遅れのウイグル時間もあるが北京時間が優先されているようだ。

翌日、カシュガルからパキスタンに抜けるカラコルムハイウエイで二〇〇km離れた「パミール高原の真珠」と言われるカラクリ湖に向かった。この地域全体に特有の背の高いポプラ並木を抜け、ウバール村というところでトイレ休憩、「すいませんが有料ですので一元払ってください」とのガイドさんの案内に思わず「これが本当の一見の客だ」と駄洒落が出る。快調だったのはこの辺まで、遠くに雪山が見え、近くに鉄分を含む赤い山が見え風景は楽しめるのだが、何せ車が遅い。このハイウエイには普通車60km、バスなど大型車40

㎞という妙な速度制限が課せられているからだ。理由を聞いても「自治区の偉い人が決めたことで分からない」と言う。結局二〇〇㎞のカラクリ湖までこの途中からの速度制限と三回の検問で時間を費やし五時間かかった。カラクリ湖とその手前にあるブロン湖はそれだけの時間をかけても充分行く価値のある景色を見せてくれたが……。カラクリ湖のある地点は標高三六〇〇mとかなり高いが、その湖面に雪を頂いたコングール峰とムスターク・アタ山という七七〇〇m級の山々が映る景色は神秘的だ。キルギス族のゲルでの昼食は簡単なチャーハンのようなものだったが旨かった。往きは良い良いとはいかなかったが帰りはもっと酷かった。ひたすら同じ道を戻るのだが、速度規制と検問に加えて二度、要人一行の車の隊列通過に三十分くらいずつ待機させられた。正直、検問態度は日本人観光客だろうがウイグル人に対するのと大きな違いはなく、極めて横柄で不愉快だが我慢するしかない。我慢できないトイレの方は待機中青空トイレで済ませたが、一見（元）の客より安くてきれいだ。不思議だったのは検問のやり方、厳しさは検問所によって全くまちまちなことだった。

翌日、カシュガルからホータンまで五二〇㎞を十二時間半ひた走った。ご苦労なことに途中の村への外国人の立ち入りは認められていないため、村に入らないよう公安車がべったり張り付いて先導していた。この日の検問は合計五か所、我々の会話に「これでは中国検問の旅だ」と思わず愚痴が出た。

次の日はホータン観光だが、ラクダに乗っての砂漠逍遥と白玉河の河原での白玉捜し、絨毯工場見物という公式日程より夕方フリーの時間にガイドさんが案内してくれた商店街散策が面白かった。大きな道路の下を横断するように地下商店街が発達していた。スマホの店や飲食店など大賑わいだったが、地上に上がって来ると砂嵐がはじまっていた。慌ててホテルに戻った。昼間は風がなかったのが、一日熱しられた蒸気が夕方になると風を惹き起こすもので、毎日この時間に砂嵐が発生するそう。この地域で一番恐ろしいのは本格的な砂嵐だ。寝ていてもベットの上にも砂が降ってくるそうだ。現にホテルの部屋の分厚いカーテンを開けるとびっしり閉まった窓の内側の桟にはかなり厚く細かい砂が堆積していた。オアシス都市と言ってもここは砂漠の中なのだ。

【2】

旅の六日目、いよいよタクラマカン砂漠縦断だ。「入ったら帰れない死の海」という意味で日本の国土にも匹敵するこの巨大な砂漠を南北突っ切る四二〇㎞の「砂漠公路」を含めクチャ市までの六五〇㎞の大移動だ。

ホータンを出て暫くして砂漠地帯に入る。よく写真などで見る砂丘が連なるというのではなく比較的平らで、砂の色も灰色だ。だから「月の砂漠」の童謡のイメージには程遠い。そのうちに道路の両サイドに植林された風景が見えてきた。この砂漠には二つの公路があるが、ほっとけばあっという間に砂で埋まってしまう。そこで道の両脇に植林をして飛砂を防ごうというのだ。砂漠の植林事業を教え実行した人は日本人の〝遠山正瑛〟という乾燥地開発研究者だ。彼は一九九一年以降多くのボランティアを引き連れて砂漠に四〇〇万本の苗木を植えた。驚くことにそれを彼は八〇~九三歳でなし遂げた。この偉業をすべての中国人は尊敬と感謝の念を込めて評価、遠山さんの銅像を建てた。生前に銅像の立ったのは毛沢東と遠山さんだけだ。「にいがた緑百年物語」という木を植える県民運動を主催している私としては見本とすべき事業だ。砂漠ではなかなか木は育ちにくい。一番砂漠に適しているのが「胡楊」で、この地域でも自生している。「胡楊は生きて千年枯れず、枯れて千年倒れず、倒れて千年腐らず」と言われる砂漠最強の木だが、植林しているのは次に強いと言われる「タマリスク」だ。水を求めて何処までも根を張るという。市街地では防砂効果が高く、日陰も造ってくれるポプラが多く、美しいポプラ並木をあちこちで見ることが出来る。ただ、最もシルクロードらしい風景だったポプラ並木を老人がロバ車で行き交う風景はもう見られない。ロバ車は小さな三輪自動車にとって代わられていた。

参加者の中に川柳を嗜んでおられる０さん夫婦がおられたが、駄洒落を頻発する私をその道の先輩と誤解されたらしく添削を依頼してきた。止せばよいのに少し手を入れた。うろ覚えながら「来てみれば　砂漠も我が家も　タマリスク」となったと思う。お金は溜まらず夫婦間の危機ばかり溜まるのを詠んだと言うが、全然そうは見えない仲睦まじさだ。

クチャ市に入る前にタリム河がある。バスを停め河川敷に降りて自生する胡楊に触れた。巨大な胡楊の樹は生きているのか、枯れてなお立っているのか分からなかったが、ずっとここに立っていたと思うと撫でる木の幹もシルクロードの歴史だ。

翌朝、クチャ観光に出ようとすると小雨が降っている。こんな年間降雨量数ミリという砂漠地帯でと思っていると「今年は気候が変で、四月以降もうこれで一〇回くらい雨が降っている」とのこと。クチャは紀元前から一二世紀くらいまで亀茲国というオアシス都市国家が栄えた処だ。九世紀頃までは仏教を大切に保護したことで、今でも多くの仏教遺跡が残っている。その代表がキジル千仏洞だ。畑やポプラ並木を抜けると山の壁四〇m位の高さに千仏洞が並ぶ。その麓には玄奘と共に経典の訳僧で有名なこの地出身の鳩摩羅什の大きな像が立っていた。小雨とはいえ傘を差しながら石窟を見て回った。全部で三五〇窟あるがそのうち「音楽窟」として亀茲楽を表現している特別窟38窟など七窟を案内してもらった。二十世紀の初めここを大々的に調査したドイツ探検隊の隊長ル・コックはラピスラズリーの藍の美しさと贅沢な使用に感嘆したと言う。その片鱗は少し感じられたが、それより「随分荒れているな」というのが正直な印象だ。赤色が黒っぽく変色していることもあるが、はがれた部分が多いのだ。説明ではル・コック隊が三〇五箱分も壁を剥いでベルリンに持ち帰ったことと、近年この地方を襲った地震によるそうだ。

敦煌・莫高窟やその近くの楡林窟に比べると石窟の構造（前室と後室に分離）も絵の感じも異なり（仏画は菱形の図案内に書かれている）、中国仏教の影響ではない印象だ。ル・コックは「インド・ペルシャ風だ」と言っているが、当時のウイグル人は仏教を信奉していたが、それはインドから伝わったものだろう。

そこから〝クズルガハ烽火台〟に行った。漢時代に匈奴の動きなど危急を知らせるために十五㎞毎に造られた烽火台で唯一残っているものだ。それだけでなくサソリに刺されて亡くなるという予言を受けて、王がこの烽火台の最上部に姫を隔離したが、リンゴに隠れて忍び込んだサソリに刺されて死んだという伝説も伝えている。ここで我々は伝説ならぬとんだハプニングに遭った。

この烽火台を見るため川底に造られた橋（潜水橋とか沈下橋という）を渡った時は川に水は流れていなかった。見物して四〇分後に戻るとさっき渡った橋は濁流の中にあった。既に雨は上がっていたが、上流に降った雨が砂漠地帯の恐ろしさで一挙に下ってきたのだ。対岸に来る車もバスも引っ返してゆく。迂回路はないという。渡るにはリスクがありすぎると判断、上流からの水量が減少するのを待つしかないという。二度目の青空トイレの体験も含めて待つこと三時間、しかし水量は一向減じる様子はない。「ここで徹夜か！」とチラッと頭をかすめる。「どうするんだ」という皆の目に「現在会社と相談、ここを渡れるボートの手配中です」と苦しそうに説明するガイドさん。その時、対岸に表れた一台の黒色の乗用車、迷うこともなく濁流に突っ込んできた。真ん中の一番流れの激しいところでスピードが緩む。窓から水が入るギリギリの線だ。思わず「危ない！」と叫んだが、車は再びスピードを取戻すと一気に渡った。渡りきった車の下半身から大量の水が落ちた。聞くとこの地域の住民家族だが、「経験からギリギリ渡れる」と判断したそう。そこでわれわれも「座高が高いから横転のリスクがある」という慎重論者もあったが、「乗用車が渡れたのだから」と判断して渡ることにする。濁流の圧力を感じながら運転手さんは冷静にバスを乗り入れる。ゆっくりだが負けない確実な速度で走らす。真ん中の最難関を渡った時と対岸に到着した時には大きな拍手が起こった。

大幅に遅れたが今日の最後の観光予定のスバシ故城に向かう。トルファンに行く夜行列車に乗る前のホテルでの夕食を弁当に変更しての対応だ。日が長いから出来たことだ。暫くするとOさんが添削依頼に来た。どう直したか正確には覚えていないが、出来た川柳は、「濁流に閉じ込められたは　クズルガハ（ぐずる河）」だ。

スバシ故城は、夕暮れの中でひっそりと佇んでいた。亀茲国時代最大の仏教寺院の跡地で、クチャ川をはさんで東西の寺区があるが公開されているのは西のみだ。玄奘も大唐西域記の中でこのアーシュチャリア寺のことに触れている。千数百年を経て土に戻ろうとする遺跡に薄い西日が差しはじめ、我々以外誰もいないこの遺跡の寂寥感がシルクロードの歴史の経過を余計感じさせた。

【3】

トルファンに行くため夜遅く乗った寝台車は、四人で一つのコンパートメントだ。が、以前河西回廊で乗ったものと同じくカーテンがなく、プライバシーゼロだ。十一時頃に消灯し、寝たかなと思う間もなく起こされ、まだ暗い五時半にトルファンに到着した。トルファンは内陸の盆地にある都市で、海抜マイナス一五〇mだから暑いことで有名。日中観光は控えなければならないのだが、今年は異常気象で幸いそれほどではない。

早速交河故城に向かった。名前の通り交差する二本の河に挟まれ南以外侵入が不可能という天然の要塞だ。紀元前二～五世紀に築かれたが現存しているのは唐代のものが殆ど。

建物を築き上げるというのではなく、建物の形に掘り込む方法でできた街だ。かなり多くの人が住んでいたと思われる。日本でもそうだが古城は往年の栄華が偲ばれロマンに溢れる。

次はトルファンの生命線ともいうべき地下水路「カレーズ」の見物だ。何故生命線かというとトルファンでは年間降水量十六㎜に対し三〇〇〇㎜も蒸発するからだ。水源は天山山脈の雪解け水だから本当に綺麗だ。「カレーズというだけあって枯れそうもないし、加齢臭もないね！」、出たのはこの程度の洒落だった。枯れたのはこちらのネタの方かもしれない。

トルファンを象徴するのは火焔山だ。長年の侵食で山の地肌が炎のように見えることと、この地域が五〇度を超える猛暑になることからついた名前だ。西遊記でも悟空と牛魔王の闘いで有名な場所だ。我々は異常気象のお蔭で三〇度くらいの気温の中で火焔山を見ることが出来たのだが、そのせいか山肌は赤くなく火焔の印象に乏しかった。四〇度を超えると陽炎で炎のように揺らぐのだそうだ。

火焔山の麓にあるのが高昌故城だ。玄奘がインドに経典を集めに行く際に立ち寄った高昌国の都城のあったところだ。交河故城の三倍の広大さだから、一万人以上の人は住んでいたのだろう。玄奘は引き止める熱心な仏教徒の王の要請を「帰りに必ず寄るので」と断ったが、十六年後に立ち寄ろうとした時には唐に滅ぼされて高昌国はなかった。広大な故城の中を数年前までは、ロバ車で観光していたようだが今はカートだ。便利だがシルクロードの写真にはなりにくい。都城の遺跡の向こうには火焔山が望める。西暦六二九年、原経典を求めて玄奘は「西域」行きを決心、しかし建国直後の唐からの許可は下りず、止む無く無断出国を覚悟したという。この厳しい気候・地理条件に加え当時の政治・治安状況を考えると、本当にすごい決断だ。安全のため西域の商人たちに交って旅したりしているが、追剥に合ったりもしている。信仰の力は本当にすごい。今車で辿ってみてもその至難さはすぐわかる。この西域往きの覚悟の履歴に「六二九年、玄奘は孫悟空と出逢い西域行きを決断する」と入れたらと冗談半分に思った。故城を渡る風はこの日は爽やかだった。玄奘が訪れた時は火焔山からの熱風が吹いていたのだろうか。帰りに館内のショップで俑を買った。それまでの土産店にはなく「用（俑）なしだ」などと言っていたが、ゲット出来て嬉しかった。買物のお礼にと出された甘いスイカは渇いた喉を潤して変らぬシルクロードの味がした。

　この日の夕食はウィグル人のぶどう農家だった。ぶどう棚の下でこの家族と懇談もした。ぶどう園を拡大するのに土地の取得は出来るのか聞いてみた。「出来るけれど指定される土地は選択の余地がないうえ、かなりひどい土地ばかり」という。四人の子供さんの将来のことも聞いてみた。どこの親も子供には同じ思いを持っている。食事の後には民族ダンスを娘さん二人と二人の男の子のうち何故かひとりだけ参加で披露してくれた。子供は何処でも可愛いい。今年からウィグル人の大学受験は中国語でしか受けられなくなったが、ウイグル人の未来が良いものであって欲しいと、踊りを見ながら秘かに願った。

　翌日は実質、旅の最終日だ。トルファンからウルムチを経由、郊外の南山牧場を観光後上海に飛び、翌日日本に帰国という旅程だ。朝出発しようとするとまだ小雨が降っていた。道路が濡れている。此処では珍しい風景なのだろうが、誰も傘をさしていない。嬉しいからだという。ウルムチに向かう途中で見た大規模風力発電は興味深かった。強風で有名なこの地域にオランダの企業と協同で造ったものだ。規模に圧倒されながら良く見ると半分くらいしか動いていない。聞けば中国の経済事情で需要が伸びていないことがあるが、最大の要因は需要地までの送電距離が遠すぎて採算がとれないのだそうだ。これも開発を急ぎ過ぎた失敗例なのだろう。

何度来ても大きすぎて中国の全容は掴めないし、どんどん変わっても行く。そして日本に倍するような五千年の長い歴史もある。その中でも私が最もロマンを感じてきたのが「シルクロード」だ。古くからあれだけ長い距離を結び、東西の文明が行き交った。色々な民も行き交った。ジンギスハーンやチムールの支配など沢山の血も流れた。それでも人々は隊商を組んで駱駝に揺られながら文明という物資を運んだ。人種のるつぼは異なる言葉を交わしながら繋がることで繁栄してきた。シルクロードに憧れてきたのは、人種や文化がるつぼのように交差しながらも、お互いを認める文化があったからだ。この地域が中国の支配下に入ったのは清国の時代でシルクロードの歴史から見れば最近のことだ。

そのシルクロードは、今や変革の嵐の中にあった。漢族の新疆地区への大量移住はその最大要因だ。街のいたるところで習近平とウイグルの人たちが談笑する大きなパネルと「富

強　民主　和諧　法治　愛国」などのスローガンが架かっていた。まるで実態がそうでないことを強調しているように見えて仕方なかった。「一帯一路」は新たなシルクロード建設との触れ込みだが、それはどんなシルクロードだろうか。人種のるつぼの交差は認められるのだろうか。シルクロードの全ての民のためのものだろうか。帰ってきてから検問やウイグル対策の状況等思い出しながら、こんなことを考えているうち、この随筆のタイトルは「シルクロードの夢は半ばで…」となった。抱き続けたシルクロードの夢は半ばまでしか見ていない心境なのだ。そこで川柳が一句出来た。

「夢半ば　醒めて　眺める　スローガン」

（平成三十年八月九日）

すごいトシヨリと一流の老人

七月で七十四歳になった。来年は後期高齢者だ。漢字転換が間違っても私の場合は「高貴高齢者はないだろ」。などと考えながら本屋を覗いて改めて驚いた。若者よりまだ高齢者の方が本を読むだろうという販売戦略なのか、やたらと「いかに老後を生きるか」など年寄り向けの本が並んでいる。書店の一番良い場所を占領している。

よく見ると、著者は女性が圧倒的に多い。篠田桃紅のように「一〇三歳になって分かったこと」というタイトルで書ける男性はまずいないのは仕方ないとして、八〇～九〇歳代でも瀬戸内寂聴、佐藤愛子、曽野綾子、橋田壽賀子、下重暁子など多彩だ。若手でも阿川佐和子などがいる。これに対して男性は五木寛之の健闘が目立つくらい。あとは故日野原重明の再販が並んでいる程度だ。「大往生」のベストセラーのある永六輔が存命なら健闘していただろう。

この中でもとくに多いのが曽野綾子だ。店頭に五～六冊並んでいて出版社も違う。「人生の引き際」「老いを生きる覚悟」「人間にとって病いとは何か」「納得して死ぬという人間の務めについて」「女も好きなことをして死ねばよい」「失敗という人生はない」「人生の値打ち」「死ねば宇宙の塵芥」と八冊続くから驚きだ。雑誌の連載をまとめて本にするのだろうと思うが、瀬戸内寂聴三冊（「死に支度」など）、佐藤愛子四冊（「老人力」「役に立たない人生相談」など）、下重暁子四冊（「暮らし自分流」など）、五木寛之二冊（「人生百年時代のこころと体の整え方」ほか）橋田壽賀子二冊（「安楽死で死なせてください」など）に比べても多い。果たしてこれらの中から、かつての「大河の一滴」（一九八九年　五木）のようなベストセラーがこの「老人本市場」（私の勝手な命名）に出るだろうか？

曽野の「夫の後始末」も昨年話題になったしかなり売れた。夫が亡くなった後、妻はどう後始末するのか、ちょっと気になったので調べようとして、間違って「夫の始末」で検索してしまった。すると田中澄江の本が出てきた。夫田中千禾夫との体験をベースにした自伝的小説だ。そこでアッと思った。最近起こった妻が若い愛人を使って夫を殺害するという殺人事件があったが、この妻が獄中で手記を書く時のタイトルはこれだなと……。

しかし、これらの本を買って読んだことはない。生きる参考にはなるだろうが、気にかけていたら息苦しいのではと思ってしまう。読んでないのでこれらの本が人生訓として役立っているのか、少しお節介が過ぎているのかは判断できない。そんな私が老人について書いた本を最近2冊も読んだ。山崎武也著「一流の老人」と池内紀著「すごいトシよりBOOK」という本だ。〝一流〟と〝すごい〟という言葉に惹かれたのだ。「一流とかすごい老人とはどんなのだろうか」と関心を抱いたからだ。

山崎さんは、ビジネスコンサルタントとして国際業務分野で幅広く活動されてきた方だが、茶道裏千家に造詣の深い方で八十三歳。老年期は人生という行路の最後、ここを清々しく「安全」で「安気」に過ごすにはどう考え、行動したら良いか、「一流」の老人を目指す意義をまとめられたのが本書だ。その中で山崎さんが勧められた生き方を幾つか列挙しよう。

世の中とはバランスよく付き合う　いつも身だしなみは清潔に　老人こそ秘かなおしゃれを　下品な人と付き合うと下品になる　子の面倒は死ぬまで見る　懐かしさを他人に押し付けない　利殖の話からは全力で逃げ出そう　倹約はしても交際費はけちらない　老後

の勉強はあくまで余技と心得る　葬式や墓は遺族に全権委任する　面倒を運動に替える
記憶力が悪くなるのも悪くない　芸術鑑賞では作品との共感をめざす　老人は一転び一巻の終わりと心得よ　人生への執着はほどほどに　人に尽くして心に満足を　老人の自慢は聞くに耐えない　一日一善を為し一日一悪を反省す。

さすが一流になるにはバーが高い。いずれも尤もで心がけたいものばかりだが、いくつかの指摘は私には無理と感じ「一流の老人」を目指すのは諦めることにした。それは、「パーティなどでも立食しないのが老人の矜持」とあるが、夕方のパーティでつまらない挨拶で待たされた挙句、空腹のまま笑顔で懇談するのは私にはかなり難しい。また「姿勢のいいのは七難隠す」と言われるが、妻に四六時中「姿勢が悪い」と叱られている私は既にこの点で失格だ。老人の恋は「忍びがたきを忍ぶもので、燃え盛ってはならない」と言われるが、その場になって見ないと自信はない。「部屋は物置ではない」という。これが一番出来ていないし、死ぬまで無理だろう。教養を感じさせる少しの本を書棚に入れ、空間を人切にした部屋にするには、殆どの本を処分しなくてはならない。

池内紀（やすし）さんは著名なドイツ文学者で優れたエッセイストである。この著書のタイトルは、ご自分が70歳になった時始めた老人観察や生活記録のメモ帳のタイトルで、ご自身の目標を表したものだ。だから「すごいトシヨリとはこういうトシヨリである」ということをまとめたものではなく、自分が老年期という下り坂を楽しく生きようとする日々の観察手帳。その中で老年期を楽しく元気に生きる発見をまとめたものである。

鴎外を少しかじっている私としては、鴎外の「椋鳥通信」（岩波文庫）の編注者として尊敬すると同時に、エスプリの効いたエッセイも存じ上げていたので、池内さんが目指すごいトシヨリって何だろうと思いながら読んだ。池内さんらしい鋭く少し毒が効いた観察内容を少し列挙する。

顔と同じく心も老けていることを素直に認める　七十を超えると老いが切実になるが、抗わず老いと付き合う　自分の主治医は自分　老いの特性は〝群れたがる〟にあるが、自立した個人として老いを迎えよう　老いると深海魚みたいに変形するが、見るのもいやと自分に疎遠になる　一般的に老人が不機嫌なのは新しい社会についてゆけず除け者にされ

るから　物にぶつかったり、カップを落としたり、メガネが無くなったり物は年寄りをからかう　老いの進行を的確に知る（「老化早見表」掲載）

お金に振り回されない「治療をしない」を含めた老いの病への対応を　テレビや家族、同僚、同窓から自立する　コンビニや郵便局に行くにもおしゃれを　少年時代読んだ本の再読の薦め　オムツはするべし、されど「人生は麗し」です　治療より介護の状態で死を待ちたい　望みは「自死」（自分の死を語りたい）

この観察記録を書きはじめた時、池内さんは77歳で死ぬという前提だったのだが、今年それを超えたので、今からは自分寿命を三年ごとに更新してゆくそう。「これまではどう生きてゆくかばかり考えてきたけれど、そろそろ自分の人生に自分でけりをつける終わり方があっても良いのではと思っている」と最後に記していた。「すごいトシヨリ」だけど、「変な年寄り」でもあるというのが私の読後感だ。

【2】

「老人本市場」の話は前回で終わりにしようと思ったが、いくつか心残りの話が残ったので、それらを集めてみた。と言ってもそれほどの話はない。

老人の生き方の薦めで、山崎さんと池内さんで全く異なったのが同窓会などへの出席の是非だ。山崎さんは、同じ出身で多くの思い出を共有した同士が老人になって集う時には、懐かしいという良い感情になれる機会であり、健康や病気、などの有益な情報に出会う場でもあるからとお勧めだ。一方池内さんは、年配者は話をねつ造するので、その話には「そうであった」に「そうであって欲しかった」という話が混じってくるので、そもそも年寄りの会は勧めない。組織で生きてきて退職後も群れたがるのは、自立できていない証拠、一人一人が自分の過去を背負い、老いを迎えるのが迎え方だという。同窓会の幹事などやっているのはもっての外ということになる。

池内さんの「老化早見表」には老化の程度を示す現象が三段階に整理され、自分の症状から老化状態が即わかるという。例えば「失名症」が「失語症」へ、話の「横取り症」が「べラベラ症」に発展するほか、ねつ造についても「過去すり替え症」が「過去捏造症」「記憶脱落症」へ発展、いずれも第一から第二段階への進展、そして第三段階の「忘却忘却症」

になるという。少し思い当るところがあった。

池内さんお薦めの中でもう一つ「え！」と思ったことがある。それは退職後の夫婦旅行のこと。それを願っている夫は多いが、妻の方は友達と行く方が良いと思っていると自覚すべし。夫婦旅行は基本的に家庭が移動しているだけなので話題が乏しい。だから目的の旅館に夕方何時頃に入るかだけを決めて夫婦別々に出発、ルートも別にすれば夕食時の話題は豊富になるし、旅自体が新鮮になるというのだ。夫婦は歳と共に寄り添い助け合うのかと思ったら、それぞれが自立して生きろと言うのだ。池内方式からすれば全然自立できていないが、読んでいて内心「悪くないかも」という気もしてきた。一度実践してみるか？

ついでに池内さんの「老人深海魚」説に触れよう。歳月も深い海に似て長生きすると過去の重荷で体が曲がったり、顔がゆがんだりするというのだ。その話を含む講演の後、池内さんに挨拶に来た女性は学生時代の「マドンナ」だった。かつての憧れのひとが「私、覚えていない？」「老けたでしょう。もう鏡見るのがイヤなの」と本人が言うように面影は一切なかった時、「歳月っていうのは、きついことをするな」と思ったそうだ。同じような経験は大抵している。私は少し違う経験をしている。同じくマドンナだった同級生に、男友達が「綺麗に歳を取ったね」というのに「若い時の面影はないけれど……」と言った積りで「見る影はないけれど…」と言ってしまった。当然大いなる顰蹙を買ったが、これも失語症のせいだろうか。面影と見る影では違いが大きいので要注意。

ここからの話は少し品がなくなることをお断りしておく。池内さんは著書で「シモ」の問題に触れオムツの薦めを書いていることは前に触れた。池内さんはシモの問題を目や歯と違い隠し事にして悩んでいる人が多いことについて、「永年使ってきたのだから故障するのも当然、その際は労わってあげるべき。僕はお世話になってきたのだからと思い、シモとかではなく名前をちゃんと付けています。アントンというのがしっくりしたのでそう呼んでいます。また行くの！　アントン、っていう具合に対話しながら用を足すのです。今日のアントンは何か元気がないな、などと言ったりもします。アントンの経歴書も書いてみました。若い時は元気だけど年を取ると元気でなくなる。元気な時は「張り切り大王」「モリモリ先生」「頑張り屋さん」「放蕩息子」、それが現在では「しょんぼりくん」「うなだれの君」「退役軍人」「オチビさん」なんて言われたりしている。シモをちゃんと格上げして一人前に扱ってやるのがいい」と書いている。その後には「教え子の女の子がオーストリア人と結婚して、日本に来ると夫婦で逢いに来るのですが、その建築家の旦那さんの名前がアントンっていうのです」。

池内さんが「オチビさん」と呼んでいるというのを読んで、ある日の母親との会話を思い出した。知事時代の途中から実家の近所の病院の介護病棟にまず親父が、それから暫くしてお袋が入院した。いずれも背骨の一部が潰れて歩行が不自由になったためだ。「夫婦部屋ですとお母さんがどうしてもお父さんの世話をされますので、別々にしました」という医師の配慮で両親は隣同士の入院生活を送ることになった。週末時折覗きにゆくと「デート」と称してお袋が親父の部屋に出掛けてお茶を一緒する。老夫婦にとって最後の至福の時間だったろう。そんなある時、デートの途中親父が部屋の簡易トイレで用を足そうとした。中々引っ張り出せずに苦闘しているのを眺めて、お袋が「ほんと、小ちゃなった」と言った。実感が籠っていた。私は思わず「お袋、何ということを言うんだ。男のプライドを傷つける発言だぞ」と反論、それにまた「だってそうなんだから」とお袋。私も負けじと「比較はお袋しか出来ないが、自分だってそんな役にも立たないでっかいおっぱいをぶら下げて腰が痛いなど言ってるじゃないか」と再反論。するとそれに対するお袋の反撃は凄かった。

「そのおっぱいを専ら吸ったのは誰だと思っているんだ」ときた。「親父より多かったかは俺は知らん……」。と私。ふと見ると、こんな二人のやり取りを便器に座って親父はニコニコ聴いていた。その好々爺振りに「親父もいい顔になったなあ」と感心した。

池内さんを見習って私も名前をつけて呼ぶことにした。アントンに負けない良い名前をと思案していると、ヘルシンキの大聖堂の前の土産屋さんで買った「ムーミン」が机の上で笑っていた。

「うん！ムーミンなんか私にふさわしい名前かも……」と思いそれに決めた。

（平成三十年十月二日）

大学行政への最後のボヤキ？

六〇年続いた大卒者の就職規制を二年後から行わないという経団連会長の記者会見は唐突な感じだった。何よりその意向と今後どうなるかが全く見えなかったからだ。その会見では、人手不足が深刻化する中で外資系やIT系企業などが申し合わせを守らず実質形骸化しているとして「一斉雇用する時代ではない。経団連がルールを設けることは辞めたい」ということだった。その後の報道等で経団連会長の本音が「ルールがなくては学生も混乱するだろうから、いるならば国がやるべきだ」ということだった。併せて大学に対し「もっとグローバル経済に対応出来る人材を育成してほしい。それには、少なくとも語学に加え、幅広い知識と、深い専門分野の知識を有していることが必要。それにはリベラルアーツなどにもっと取り組んでほしい」という強い要望を持っていることが分かった。

就活ルールについては、私が学長になった頃は「就職冬の時代」だったせいか、三年生の12月に就活はスタートしていた。就職が決まらない四年生が残っているのに、後輩の就活が始まっていた。卒業まで頑張らせようとしても、後輩が参入すると四年生には就活市場は実質閉ざされてしまう。「これは酷い！」と思ったので「三年生では仕上がっていない。卒業見込みも立っていない。三年生で就活スタートはおかしい。何よりも四年生が卒業してから始めるべき」と強く主張した。その後、同意見が増えて数年後に今の四年生は春からというルールとなった。企業に代って国がルールを創るというのは反対だ。国が規制して良いことがなかったというこれまでの経験もあるが、国が規制すると違反に対する罰則が必要となる。だからこれまで自主規制できたのではないかと思うからだ。それならいっそ大学側がルールを作ったらと思う。「三年生までの成績が出て、卒論の資格も得た。概ね仕上がったので就活を始めます」というわけだ。

だが、これは今の大学協会の幹部等には期待出来ないだろう。

大学教育への要望は当然だろう。企業としては役に立つ人材育成をして欲しいから。だから文科省では高等教育の目標に「多様な人材供給という社会のニーズに応える」を掲げている。私も学長時代に指摘のあった「リベラルアーツ」（幅広い一般教養を身に着ける学問）の充実などに取り組んだ。だが充分なカリキュラムを組むには教員数を増やさなければならず、僅かな国からの補助金でやっと運営している私大では難しい。文科省の設置基準の先生確保がぎりぎりで、定員割れになれば先生を減らさない限り赤字運営になる。こうした企業側のニーズに応える妙案は一つある。それは良い人材を求める企業がそのための支援、すなわち大学への寄附をすることだ。現状、大学への寄附は欧米に比べ日本では極めて少ない。

安倍総理は政権樹立以来「教育改革」を政策の目玉に据えてきた。そのため改革の嵐が大学に吹き荒れている。総理が言う「世界の競争に打ち勝つ大学」という目標を最初に見た時は「富国強兵を目指していた時代みたいだ」と思った。大学改革の嵐に振り回されないよう「何が本当に必要な改革か見定め、改革しすぎないようにしよう」、「やはり基本とすべきは、若者が夢を実現し、将来自立出来るようにすることだ」と目標を定め、大学改革に対応した。

もう一つ途中から心がけたことがある。それは「大学としての節度を持つ、だらしなくならない」ということだ。少子化の中で学生確保競争が激化し、そのため大学が入試のバーを下げがちだからだ。本学ではそれは絶対しないという考えだ。毎年春行っていた高校訪問で、知事時代県の教育長だったM私立校校長に「東京の私大で受験科目一つというところがあります。そうなると学生に勉強しろと言っても『受験科目はやっている』と言われて終わり。大学が学生確保のためだらしなくなると、高校に影響します」と言われたのがそのきっかけだ。

大学の合否判定において不祥事が起こっている。浪人や女子の合格率を意図的に抑えることは許されない。入試判定が公正であることは、大学の信頼に関わる最重要条件であると同時に、長年大学合格を目指して勉学に励んできた若者に対する教育機関としての向き合い方だ。

では現在の大学入試が公正かと言えば、制度自体が公正と言えないから悩ましい。入学試験を受けずに入学が認められる校長推薦制度などがあるからだ。一般入試受験との公正性を考えると、少なくとも一定レベル以上の学習能力がある学生の推薦が前提となる。だが、時折面接・小論文で引っ掛かり、差し戻させて貰うこともある。更に推薦合格が早々決まり、大学入学までの間の勉学が疎かになるという問題もある。そのため大学では入学前授業を行って学力の維持に努めている。

ＡＯ（アドミッション・オフィス）という入試制度がある。試験なしで入ってくる点では推薦と同様だ。ＡＯ入試は建学の精神に基く特徴のある大学を掲げる私立大学において、学生が大学で学びたいと考えていることと、大学の教育方針が一致している学生を採用する入試方法で、米国から入ってきたものだ。大学は自己の求める学生像など条件（ポリシー）を具体的に定め公表しておく。

私が学長に就任した時、大学ではこの方法を採用すべきか検討中であったが、検討の結果日本では定員割れの私大の学生確保のための「青田買い」に使われているのが実情と分かり踏み切らなかった。もっとも、本学では校長推薦に当たっての考慮項目にＡＯ要件が入っている。むしろ二科目選択だった試験科目を三科目きちんと課すようにした。本来のＡＯ入試が実施され、もっと幅広い観点で入学審査が行われ、多様な人材が入学してくることが望まれるが、公平性とのバランスをどう取るかは課題。現在文科省では「高大接続」の一環としての大学受験制度の抜本的な見直しを行っている。その中で、「本格的ＡＯ入試の導入」も挙げられている。併せて正解のない問題出題や記述式試験の導入などが検討されているが、「理想的すぎる。実施が困難だろう」と感じた。多面的に能力を判定するのは、正論だが、現実には、学生確保で汲々としている大学にも高校にもそれを実施する余裕はなく、高大接続・新たな大学受験制度への移行は、文科省の予定通り二年後に実施出来るだろうか。

大学が抱えている課題を要約すると①十八歳人口の減少で学生の確保競争が一段と激化②私立大学の半分近くが既に定員割れが深刻となっており、これら大学では既にそれが死活問題になっている③これに対しこれまで文科省では対応方針も対策も打ち出さず、自然淘汰に任せているように見える④この間の文科省の主要施策は、大学改革や地域貢献に絡む補助金を取り合いさせるものに集中してきた⑤本年に入って漸く、財政指標の悪化先に対し改善勧告（早期改善勧告）を働きかけ改善しない場合には、補助金カットするなどの措置を執る方針を出してきている。

しかし早期改善勧告は、かつて不良資産を抱えた銀行に対し行われ、むしろ早期致死措置になった。同じ結果になることが十分予想される。かつて、ある教育研修会で講演した下村文科大臣に「少子化時代、大学が多すぎる。このままだと地方の小規模大学から窮地に陥る。どう対応される考えか」という質問が出た。それに対する大臣の答えは「欧州や中国、韓国などに比べ日本の進学率は五〇%と低いうえ、社会人入学はこれからだろう。そうなれば大学は足りないくらいだ」と言うものだった。「明日死ぬかもしれないというのに、十年後に貴方は必要だと言われても……納得いかない」と反論されていた。

今の文科省を中心とした高等教育行政には、現状の課題に対する答となる政策がないうえ、適切な対応方針も出せないでいる。官邸はじめ多方面から口出しされる文科省が大変なことは理解するが、「そうだったら大学を競争させて役所の権限を強化することばかりせず、資金的支援だけして後は大学に任せてくれ」と言いたくなる。現に一度文科省の事務次官に直接「細かい補助金事業はもうやめて欲しい。文科省が行政効果を上げたいというなら、補助金だけ配って何もしないのが最善でしょう」と申し上げたことがある。次官はきょとんとしていたが……。

ここまで書いてはっと思った。「そうだ！　もう現役引退したのに、いつまでもぶつぶつ言っているのはみっともない。これでやめにしよう」と決めた。ただ一つ引っかかっているることがある。それは専門職大学の件に関してだ。

専門学校業界挙げて政治力を発揮して、悲願の四年制大学化を強引に進めて昨年実現させたが、本件の検討が始まったばかりの頃開催された私大協総会で、K理事（同問題検討会の副座長を務めていた）が説明したところ、そうでなくても学生確保に苦心している地方の小規模大学から反対意見が相次いだ。するとK理事は抑え込むように「この件は、総理官邸からの指示事項であり、どう進めるかは議論対象だが、制度自体の実施は決まっている」と発言して議論を打ち切ったのだ。

あれはその後に起こった「森友や加計問題」で言われている〝忖度〟だったのだろうか。確認したかった。

（平成三十年十一月十二日）

我が思い出の愛唱歌

フランスの「国民的歌手」と言われたシャルル・アズナブールが一〇月初めに亡くなった。九十三歳の高齢だったが、九月半ばに来日し東京、大阪でコンサートを開いたばかりだったから、ちょっと驚いた。カナダに旅行に行っていて帰りのモントリオールの空港の売店で、アズナブールが表紙の雑誌がずらっと並んでいて気が付いた。

彼の歌を聴き始めたのは大学に入って直ぐの頃だった。パリで新たに人気が出てきたアズナブールやマシアス、アダモなどのレコードが日本でも発売され出したのだ。アズナブールがピアフの運転手をしていて見いだされたのは有名な話。以来五〇年以上が経ったが、アズナブールは折にふれ聴いてきた。大好きな「ラ・ボエーム」をはじめ「イザベル」「君は美しすぎた」「帰り来ぬ青春」「まるで病のように」「コメディアン」などの歌が次々に思い出される。大学で第二外国語にフランス語を選んだが、授業で習うよりシャンソンからの方が覚えられた。今でもフランス語の歌詞が出てくる。

知事退任して二年くらいした時、娘と妻の伴奏で私が主にシャンソンを歌うというディナーショーのようなイベントを行った。二八〇人くらいの前でディナーの後で歌ったのだ。知事の間忙しかったうえ娘たちが海外に居てちゃんとした還暦のお祝いをしなかったことの穴埋めというのがその趣旨だったが、付き合わされた大勢の方々には迷惑だろうと思っている。もっともその時はこれが歌手デビューとなって講演と同じくらい公演の依頼が来るかもくらいに思っていたのだが、結果は行きつけのスナックの開店三〇周年のパーティで一度頼まれただけだった。この時、レパートリーに入れようとしたのがアズナブールの「ラ・ボエーム」だった。加藤登紀子など何人かの日本人歌手が日本語歌詞で歌い始めていたのでトライしたのだが、メロディに言葉を合せるのが難しく、伴奏の娘からは許可が出なかった。「パパ、お金を頂いて聞いてもらうということがどういう事か考えて」と引導を渡された。

その頃ヒットしていたマシアスの「恋心」「思い出のソレンツァラ」や、アダモの「サントワマミ」「雪が降る」などは愛唱歌となったが、アズナブールの歌は「ラ・マンマ」くらいで殆どは愛聴歌だった。一つの曲の中に人生のドラマが謳われているので、歌いこなすのが難しいうえ詞と曲の組み合わせも高度だったからだ。こうして敢え無く歌手デビューは頓挫した。シャンソンではピアフの「愛の賛歌」、モンタンの「枯葉」のほか「聞かせてよ愛の言葉」「ロマンス」「パリの空の下」「幸福を売る男」「パダンパダン」「小雨降る径」などの名曲と言われたもののほか、「行かないで」や「別離＝わかれ」など語り的なシャンソンも愛唱した。

愛唱歌と言えばシャンソンのずっと前、小学生の頃から好きな童謡や唱歌を歌っていた。一番好きでよく歌っていたのは「浜辺の歌」だ。何といってもメロデイが美しい。「朧月夜」「里の秋」「故郷」「早春譜」など誰もが良く歌う歌の他では「赤い靴」「砂山」がある。この二曲は共にマイナーのメロディが心に合った。特に「砂山」は新潟市に来た時、地元の要望を受けて白秋が作詞、中山晋平と山田耕筰が作曲したが、いずれも名曲だ。ご当地童謡なら私の故郷・柏崎の海岸が題材となった「浜千鳥」も挙げなくてはならない。変わったところで「鎌倉」がある。お袋の愛唱歌だった影響だが、「七里が浜の磯伝い……」の詞と曲は歌いやすく情景が浮かび歌って気持ち良い。だが、この歌が本当は八番まである鎌倉観光紹介の歌の一番だとはずっと知らなかった。二番を歌おうと思って歌詞を調べて初めて知った。可笑しかったのは「シャボン玉」だ。ずっと「屋根まで飛んで壊れて消えた。風風吹くな……」というのは台風の歌かと思っていたと小澤昭一さんが何かに書いていたが、私もそう思っていた。後で野口雨情が幼くして子供さんを無くした悲しみを込めて作った歌だと知って早とちりしていた自分を恥じた。その雨情の人生をその歌とともに童謡漫談として舞台に乗せた芸人が近藤志げるさんだ。近藤さんは西條八十も舞台に上げているが、娘のふたば子さんのエピソードは今も残っている。ふたば子さんは、父と同じ道を歩み、父の思い出を本にしているが、中国で迎えた終戦時のエピソードを近藤さんは歌と共に語っていた。ふたば子さんが敗戦で自殺を考えた時、聴こえてきたのが外で遊ぶ子供たちの歌声だったが、それは父八十が創った「お山の大将」だった。その歌声を聴いてふたば子さんは生きようと思ったのだ。この歌は自分がガキ大将だった遠い昔を思い出させる。短調と長調の切り替わりが明確な歌だ。近藤さんには知事時代、県の正月番組に池辺晋一郎さんと共に出てもらった。駄じゃれとクラシックの逸話でぐんぐん話す池辺さんに一歩も引かず、最後近藤さんはアコーディオンを弾いて「今日も暮れゆく……」と「異国の丘」を歌った。白秋の「ゆりかごのうた」「からたちの花」「この道」「待ちぼうけ」や、八十の「かなりあ」「鞠と殿さま」などが童謡らしく比較的明るい歌なのに対し、雨情の詩の歌は「十五夜お月さん」「あの町この町」「こがね虫」「青い目の人形」「雨降りお月さん」などいずれもどこか寂しさが漂っている。多分に雨情の人生が投影しているのだろう。だから子供心にも惹かれた。雨情といえば船頭小唄がある。「どうせ二人はこの世では花の咲かない枯れすすき……」、雨情はどんな気持ちでこれを作詞したのだろう。

一番歌詞の意味が解らなかった歌が「故郷を離るる歌」だ。ドイツ民謡に日本語歌詞がぴったりしていないからだ。「そののさーゆー　うりなーでし　こおかきねーのちぐさ」と聞える歌詞は、幼かった私には「園の小百合　撫子　垣根の千草」とは聞えず、大きくなるまで奇妙な歌だった。「早春賦」を作詞した吉丸一昌の訳詞と言うが、元のドイツ語の歌詞は恋人を諦めて淋しく旅発つ前夜を歌った「最後の夜」という歌で、それを故郷との別れに替えたものだ。早春賦は歌詞と曲がピッタリなのに「どうして？」と思うが、この歌詞にはもう一つ疑問がある。それは「思えば涙、膝をひたす……」という歌詞の意味だ。涙が川のようになって膝まで浸すわけがないのにと思ったが、故郷を出た私には気持ちがぴったりするのでよく歌った。

中学生になって加わった愛唱歌にロシア民謡がある。ダークダックスやボニージャックスが盛んに紹介していたし、歌声喫茶ブームでも広がっていった。「カチューシャ」「トロイカ」の大ヒット曲以外でも「灯」「一週間」「小さなぐみの木」「カリンカ」「黒い瞳」「アムール川のさざ波」「リンゴの花咲く頃」「鶴」などきりがない。「灯」は中学校の学芸会で、同級生のK君と二人で二重唱をした。〝灯〟と言えばちょっと忘れられない思い出がある。大学生の時、家庭教師で東中野のTさん宅（後日結婚式の仲人をして頂く）に毎週通っていた。

四年生の秋、卒論だけが残っていた。その卒論が遅れ気味で焦っていた。そんな折、東中野に行く途中、乗り換えの新宿駅構内でばったり高校の同級生の妹さんに遇った。比較的家が近く知っていた。彼女は高校卒業後新宿のデパートに務めていた。お茶を飲みながら互いの近況報告をしているうち、私の卒論の原稿用紙への清書を手伝って貰うことになった。そして、無事単位を取ることが出来たお礼にと「何か希望がありますか」と聴くと「一度歌声喫茶に行ってみたかったの」とのこと。それで新宿の歌声喫茶「灯」に行った。小さな歌詞をまとめた灯の歌詞本は有名だった。それを見ながらステージのリーダーについて歌った。そのうちリーダーがマイクをもって会場内を廻り、所々でお客に歌わせた。そして私にもマイクが廻ってきた。何の歌だったか忘れたが最後の学生生活を惜しむように歌った。閉店になって帰ろうとするとさっきのリーダーが来て「内で働かないか！」と言った。しかしもう就職先は決まっていた。今でもロシア民謡を歌うとその時のことを思い出す。

最も愛唱したロシア民謡は「モスクワ郊外の夕べ」だ。ロシア人も大好きな美しい曲だし、モスクワの郊外の夕暮れ時の情景が歌われていて、それまでのロシア民謡にはない新しさが感じられる。この歌にまつわる感動的逸話がある。日本を代表する建築設計家である黒川紀章氏がまだ東大の学生の時、ソ連の主催でレーニングラードで開かれた「世界学生建築家会議」に参加した。その時黒川さんは英語通訳を務めたロシア人女学生と恋に落ちた。しかし、帰国後の黒川さんの手紙に彼女から返事はなかった。

それから四〇年以上が経過した時、ＮＨＫ／ＢＳ「世界わが心の旅」という番組がその後を追った。諦めかけた時奇跡的に探し当てた彼女は、年月の経過をほんの少し感じさせる程度で殆ど昔のままの美しさでアパートで黒川氏を迎えた。彼女の説明では同じ境遇の同僚が返事を書いたことで当局に目を付けられたため自粛せざるを得なかった由。

部屋のピアノの上にはあの会議の時の二人の写真が飾られていた。そして彼女がピアノを弾きながら訊いた。「あの会議の合間に、あなたに教えてあげたこの歌を覚えている？」。それが〝モスクワ郊外の夕べ〟だった。

人は皆思い出の歌を持っている。この歌でこんな素敵な思い出を持つことになった黒川氏をとても羨ましく思った。この番組は、これまで見たＴＶ番組の中でも立原摂子のテーマ音楽ともども最も好きな番組だ。時の経過が、人と人の巡り合いが、人々の深い心の襞に思い出という何にも代えがたい宝を刻んでくれるからだ。愛唱歌も同じように思い出を刻んでくれる。

まだたくさんの愛唱歌があるが、いずれ書こう。

（平成三十年十二月二十五日）

平成から令和に思うこと

〝令和〟がスタートして一か月半が経った。ようやく少し馴染んできた。スタートした五月初にはテレビや新聞では盛んに〝平成〟を振り返り〝令和〟を展望する特集が組まれた。地元のテレビ局や新聞から私のところにも取材があった。考えてみれば三〇年のうち十二年、知事を務めたからだろう。そう思ったら私なりに平成を総括するべきと思いまとめてみた。

①米ソ対立という冷戦構造は崩壊したが、テロの蔓延や米中対立という新たな覇権争い（結構深刻で長引きそう）が生じ、非核化の停滞も含め世界平和の確立には程遠い。

②世界経済はグローバル化とEUなどブロック化が進展したが、それ以上にGAFAなどによるインターネット経済への転換が進み（第三次産業革命）、ネット販売やキャッシュレスの広がりは、人々の生活に革命的影響を及ぼしている。

③国内的には55年政治体制は完全に崩壊、小選挙区制への移行による政権交代が起こったが、自公体制による政権奪回、その後の保守化と野党の分裂により、権力の集中が進ん

でいる。

④戦争に参加ないし巻き込まれることはなかったが、集団的自衛権の解釈変更をはじめ「九条の特別な国」から普通の国への転換が進み、憲法改正の動きが初めて具体化している。

⑤国内経済はバブル崩壊後成長率が大幅に鈍化、デフレからの脱却を目指して政府・日銀一体で超金融緩和を柱とする「アベノミクス」政策が執られているが、六年目にして未達成。株価の回復や失業率など一部に効果ありとの指摘もあるが、反面財政赤字の累積、マイナス金利の弊害、人口減少と東京一極集中、地方経済の衰退など副作用が見られている。

明治維新以降の近代日本が目指した国家目標は「殖産興業」による「富国強兵」。それにより欧米によるアジアの植民地化から逃れようとしたことは、当時としては正しい選択だっただろう。それがやがて列強の仲間入りをして支配側に回り、その目標の達成のため太平洋戦争まで起こしたのは、どう考えても間違っていた。日清・日露の二つの勝利が軍事政治体制を生み、太平洋戦争に突き進んだのだが、なぜ勝ち目のない大戦をしかけたかと疑問は残る。

敗戦後は「経済大国」を目指すことにより「富国」路線を継続した。目標のかなりは高度成長を経て達成されたが、平成に入ってバブル経済崩壊後はそれもうまくゆかなくなり、日本は世界におけるプレゼンスを近年低下させている。GDPの大きさでは米中に次ぐ三位だが、一人当たりGDPでは二十六位にまで低下している。今後世界に先駆けて高齢化が進み、労働人口が確実に減少してゆくので、この傾向は一層拍車がかかるだろう。そう考えると〝令和〟の時代は、平成と同じように「経済大国による富国」を目指すことは難しいだろう。勿論、経済成長を目指すなと言っているのではなくて、難しいと言っているのだ。困難なものを目指すのは賢い国家の選択だろうか。

経済成長は「働く人の数、投資された資金の量、それに労働の生産性」で決まるわけだから、常に技術革新を中心に生産性の向上は追求するべきだし、それによって必要となる設備投資は積極的に行うべきである。それでも働く人の数が着実に減少してゆくこれからの時代には、それほど高い成長は望めないだろう。

〝令和〟の名付け親である中西進さん（京都市立藝術大学名誉教授）は、令和の意味を語っておられる。「平和であった平成の次の時代はそれをさらに推し進めて〝麗しく平和〟な時代であって欲しいと願い、麗しいを意味する〝令〟を入れた」と述べておられる。〝Beautiful Harmony〟とも言っておられる。よくわかる説明だ。

大戦で多くの死者を出した〝昭和〟への反省と悔恨から始まった戦後の昭和、そして平成の30年、この後もそれを引き継がなくてはならないが、平成よりさらに一歩進んだ平和の希求として〝麗しく〟あるべきだというのだ。そして中西さんは「明治の前半まで日本が持っていた賢く誇りを持った小国であろうとした考えを忘れ、大国だとおごりを持ってしまった。今、もう一度小国主義の議論をすべき。小国は真珠のような国、どこにあっても光り輝く国です。平和憲法にもそうした輝きがあります」と述べている。傾聴すべき示唆だと思う。万葉集に由来する初の国産元号ということにのみ価値を置かれていることに違和感を感じて、中西さんは表に出て解説を始められたように思える。でも現政権等には真珠になる考えはないだろう。

「令和」の時代には人口減少、低成長、地球環境の限界、米中の覇権争いなど、この時代を規制する種々の条件が既に見込まれているが、一番大きな要素はＡＩだろう。ＡＩについては、現在様々な影響が予想され「第四次産業革命」をもたらすとして話題となってきている。とくに二〇～三〇年後には現在の職業の半分がＡＩロボットに取って代わられる、二〇四五年には人工知能が人間の知能を上回る「シンギュラリティ」が生じるだろうなどと関心を呼んでいるほか、ＡＩロボット軍による戦争についての国際的ルール作りなどの議論が始まっている。もう一つはＡＩがもたらす医学的進歩でＡＩ診断、ＡＩロボットによる外科手術やナノテク治療等により寿命一〇〇歳時代をさらに伸ばすとみられている。これが人間の人生設計だけでなく、資本主義を枠組みとしてきた社会システムそのものにも影響するだろうとみられている。

〝ＧＡＦＡ〟による第三次産業革命を遥かに上回る影響が予想されている。そうであるならば、ＡＩ技術の開発・応用については、営利目的の企業ベースではなく人類共通の技術として、開発、利用について管理すべきではないかと私は主張しているのだが現状残念ながら少数意見のようだ。

社会システムそのものが大きく変わるかもしれない令和は平成以上に激動の時代になるだろう。しかしそれを見届けることは私には出来ない。AIロボットにより人々が失業するのか、労働から解放されるのか、両極端の議論がされているが、そんな時代日本はどんな国を目指すべきなのだろう。「富国」ということが「豊かな国」を意味し、「豊かさ」がこれまでは経済的な豊かさを意味していたから「経済大国」を目指してきたというなら、それが困難な令和は何をもって豊かな国を創るべきなのか。

一番の問題は、AI時代の本当のところはわからないことだ。何故ならAI技術の進歩がもたらすであろう生産性の向上の大きさ自体不明だし、それによって経済成長がどう変わるか、ロボット企業が生み出す利益から支払われる税を財源とするベーシックインカム（基本所持BI）のレベルも不透明、さらにはカナダのある都市でのBI実験では、失業（労働から解放）した人たちの多くは、BI所得に満足せず人間でなくては出来ない分野での起業を企てようとした、と報告されている。

万一うまくAI効果で成長率が高まるとしても、もう一つのこの時代の困難な課題、「地球環境上の制限」から、多資源消費型の成長を追い求める社会システムは無理となるだろう。なかなか変動要因が大きく、読めない時代だ。ＡＩロボットを支配した少数の人と失業した人々の間には今以上の大きな格差が生じるとも予想されている。令和が〝冷和〟になる危険性がそこにある。一番大切なことは「お互いが助け合う豊かで優しい心」のように思えてならない。そしてそれはこれまでのいつの時代でもそうだったはずだ。

（令和元年六月七日）

●トリセツの取扱方？

今、私は二冊の本を前に「なるほどなあ！」となっている。「妻のトリセツ」（黒川伊保子著）と「女の取扱説明書」（姫野友美著）だ。

取扱説明書を省略して〝トリセツ〟と表現するのは、西野カナの「トリセツ」という歌で一挙に広がったようだ。昨年末の紅白でも歌われたそうだが、歌詞をみると妻になる女性が夫になる男性に自分の扱い方を説明している内容だ。

〝一点物なので返品交換は受けません　急に不機嫌になることがあります　理由を聞いても答えないくせに放っとくと怒ります　そんな時はとことん付き合ってあげましょう　何でも無い日のちょこっとしたプレゼントが効果的です　でも短くても下手でも手紙が一番嬉しいものよ　たまには旅行にも連れてって　記念日にはオシャレなデートを　広い心と深い愛で全部受け止めて　これからもどうぞよろしくね　こんな私だけど笑って許してねずっと大切にしてね　永久保証の私だから〟

この歌詞を見て思ったのは「これは二十八年前日銀支店長の時私が書いた〝品質保証書〟とそっくりだ」ということと、「このトリセツをちゃんと実行するのは難しいだろうなあ」だった。

〝品質保証書〟は、「晴雨計その後」の七回目に二十八年前のものと現在のものを並べて載せてあるが、新潟の友人K氏が四〇歳で挙げた結婚式での私の祝辞代わりに行った余興だ。

〝この度は当社の製品をお買い上げくださり誠に有難うございます　少し型は古いですが当社で厳重なる品質検査を行った結果、十分新婚生活に耐えうることが判明しましたのでここに品質を保証いたします　何分型が古くしばらく本格使用しておりませんので動かなくなることがあるかもしれません　その際には叩いたり蹴ったりせず、優しくなでてお酒の一杯も上げてくだされば機嫌を直してまた動き出します　なお、お買い上げ後重大なる欠陥が判明した場合でも、返品には応じかねますので念のため申し添えます〟と書いて印を押捺した保証書を新婦に手渡したのだ。

今は〝トリセツ〟ブームだ。冒頭挙げた「妻のトリセツ」は、夫が知らない妻の気持ちや行動が解ると言うのでベストセラーとして話題になった。同じ著者に「定年夫婦のトリセツ」もある。定年後、女のテリトリーである家庭に夫は入るが、そこは男社会のルールは全く通用しない処、さあどうするべきかが書かれている。もう一冊の「女の取扱説明書」は、心療内科医が医師としての経験から得た知見をまとめた女性全般のトリセツ本であるが、思い当たることも多く、大いに参考になる。目から鱗だったのは両者が共に指摘しているのが「女性と男性ではそもそも脳が異なるから思考が全く違う」ということだ。そのことは後述する。その前にトリセツ本が沢山あるのに驚いた。「パパのための娘のトリセツ」、「草食系男子の取り扱い説明書」、「こじらせ男子の取扱説明書」、「モラ夫のトリセツ」などまである。「出産・育児ママのトリセツ」という本の解説には「子供が出来て妻が別人になりましたという貴方へ」とあった。

「女の取扱説明書」には、女性特有の言動や感情の表れとして次のようなものが挙げられていた。

◆話を聞いてほしいだけなのか、アドバイスを求めているのかわからない
◆昔のことを細かく覚えていて「あの時何もしてくれなかった」などと怒る
◆突然怒ったり泣いたりするが、その原因がわからない
◆予定がころころ変わって計画通りに進まない
◆買っても買っても着る服がないと言う
◆どんなに早くから準備しても最後は間に合わなくなる
◆いくら家事を手伝っても「ちゃんとやっていない」と怒る
◆男の趣味や夢を理解しない。馬鹿にしたり子ども扱いする
◆メイクや髪型の変化に気が付かないと機嫌が悪くなる
◆記念日をやたらと大切にする、メールのレスが少しでも遅いと怒る　など。

男性ならこの殆どに身に覚えがあるだろう。その原因について著者は「女性は共感脳で男性は問題解決脳で、男女で考えが全く違う。そのことを理解すれば、対応は間違わなくなる」としている。

具体的には、表面上は質問をしているようでも真相は自分のために確認作業をしている

だけで、基本的にはアドバイスはいらない。男性は問題を解決しようと考え意見を言うが、共感を求める女性には何の意味もない。また、男と女では感情を記憶する場所が異なり、男の記憶はザルを通過するようなのに対し、女性の記憶はバケツに溜まるようなもの。だから一挙に記憶として甦る。女性の愚痴が始まったらバケツ一杯分の愚痴が続くので、BGMと心得聞き流した方がよい、女性はメールを送ったのにおいとかれると悪い事ばかり考え込むので、仕事だと思ってすぐ返事をするのが良い、などだ。

「妻のトリセツ」はこの男女の脳の違いに加え、保護本能の母性と狩りが役割だった男性の記憶の仕方、視野の違いなども含め、最も身近な夫婦という男女間で生ずるトラブルについて、主として夫の立場でどうやって避けるかアドバイスしている。冒頭、夫の側の離婚原因のうち、「妻からの精神的虐待」が二〇〇〇年度は第六位だったのが、二〇一七年度には第2位に急上昇しているという指摘には驚いた。「いきなり切れる　何をしても怒る無視する」など「妻が怖い」というのだ。そういう夫が増えていることに対し、妻の行動、思考を正しく理解し、地雷を踏まないよう対応するコツをアドバイスしているのだ。

例えば、

◆女性は自分の身を守らないと子供を守れないので、危険回避のトリガーを発動し易いが、夫には厳しく、子供やペットには優しいのは母性本能の特性

◆特に周産期（妊娠・出産）と授乳期はそれが強く、この時の記憶は生涯忘れない

◆妻が求めているのは問題解決の答えではなく、夫からのねぎらいと共感

◆買い物は直感で選びたいのが妻、夫は有効な情報提供をしようと種々比較検討してアドバイスするが妻には参考にされない

◆妻は掃除、洗濯、ゴミ捨て、料理、生活用品の用意（ex 洗剤やトイレットペーパーを切らさない）など見えない膨大な家事に忙殺されている。家事に男性脳は向かないが、それでも「お米を切らさない」「洗面所の鏡を綺麗にキープする」「寝る前米を研いで炊飯器に掛ける」など項目を決めて参加するとよい

◆女性脳は夫に対する不満を一滴ずつコップに貯めてゆき溢れると一挙に切れるので、その前に言い訳せずに素直に謝るのが良策

◆夫が一生懸命皿洗い、掃除をしても「裏に汚れが残っている」「隅のゴミが取れていない」と文句を言われる。これは右脳と左脳を繋ぐ神経繊維の束である脳梁が女性の方

が太く連携が良いため、目の前のものが非常によく見えるのに対し、男性脳は奥行認識や空間認知力が高く遠くや全体は良く見えるが、目の前の観察力は低い。だから妻が髪型を変えても気が付かない

◆夫が気付かないうちに妻を傷つけている代表的な言葉は「言ってくれればやったのに」だ。言わなくても察して欲しいのが女性脳。このほか妻が絶望する夫のセリフとして「だったらやらなくていいよ」「つまりこういうことだろう」など。時折、使っているなあ

毎晩の食器洗いと日曜日ごとの掃除、ゴミ出しは私の家事分担と思ってやっているが、褒められたことはない。むしろ前述通り指摘を良く受ける。ズボンやネクタイの微かなシミ（私には見えない）を見つけるのは何故かと思っていたので、これも納得だ。さらに不思議なのは、着ている本人があまり覚えていないのに、私の季節ごとの衣服を覚えていて、衣替えの度に着る服の組み合わせを現物を見ないで指摘してくるのも、女性脳と視線の違うせいなのだろうか。まだ他に男が不用意に地雷を踏んできたことに気付かされる事例と対応が満載だ。一読をお勧めする。

長年、「私の生涯学習の研究テーマの一つに〝女性は何故鬼婆化するか〟がある」と言ってきた。しかもその答えとしては女性ホルモンの低下によると思っていたのだが、これを読んでわが信念は大いに揺らいだ。不満の記憶が蓄積されてそれが一気に爆発するのだかららしい堪らない。

読み終えてハタと思った。これは妻の特性を正しく理解し、地雷を踏まないように男側が賢く対応するのに大いに参考になる。しかしそれでは妻は女性の本性のまま暮らすのに対し、夫は気を使ってウロウロするだけじゃないか。逆に「夫のトリセツ」なる本があって、妻もそれを読んで相互理解を深めるべきだろう。と思って探したら「仕事も家庭もうまくいく夫のトリセツ」（芦沢多美著）というのが見つかった。これも読んでみるか。

私が思案しているのは、これらトリセツ本の取扱だ。そっと妻の机の上に置くかどうかだ。そうこう迷っている時、いきなり言われた。「本読んだのだったら少しは扱い方上達してよ！」。カバーがついているので安心して机の上に置いてたのを見られていたのだ。

ああ、そうだ。一番大切なことを書き漏らしていた。
　著者によれば妻がガミガミ言うのは、まだあなたと一緒にいたいという証拠。
　だから言わなくなった時が本当に怖いのだそうだ。
（令和元年七月三十日）

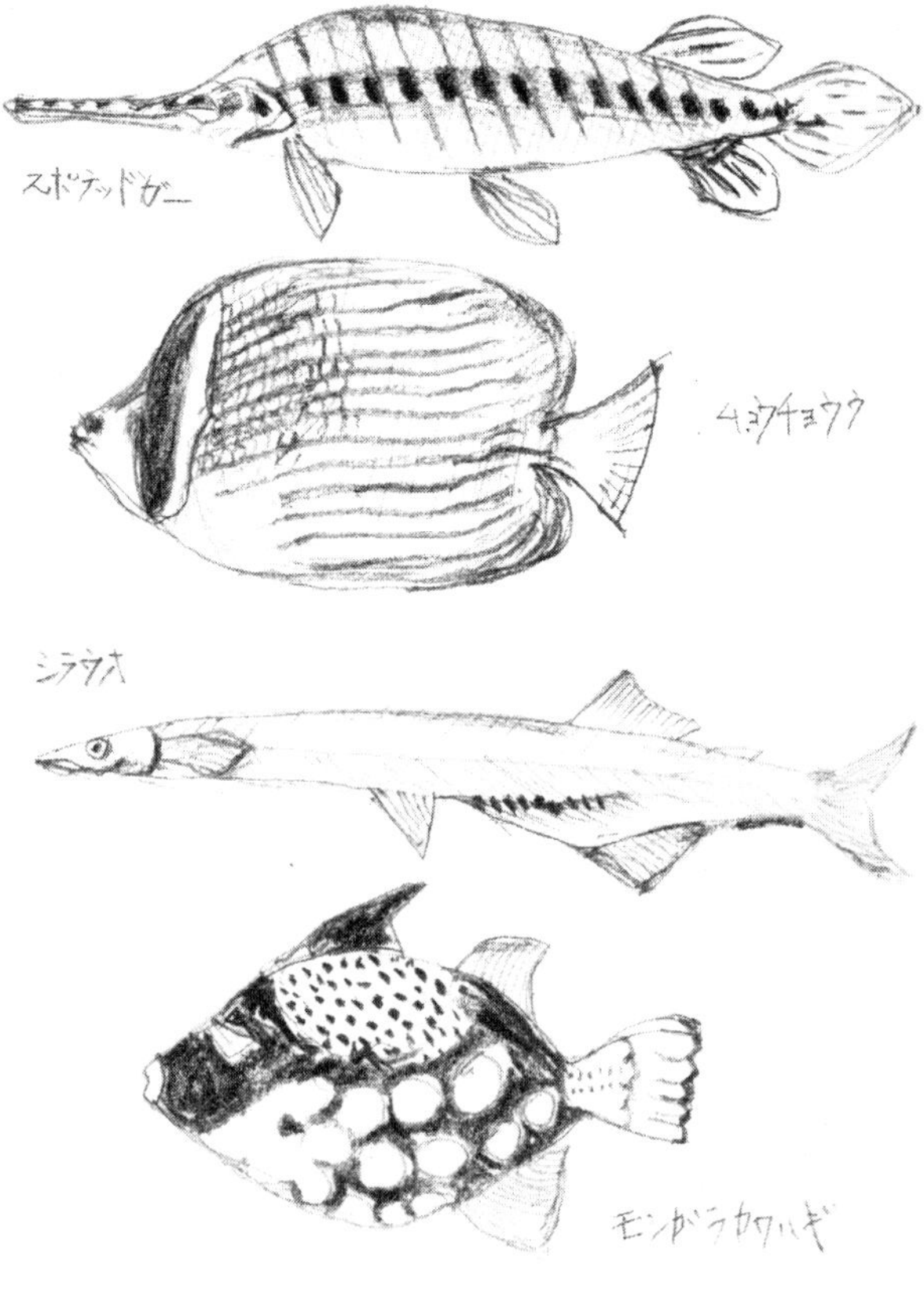

女の一生、男の一生

「女の一生」と言えば、ほとんどの人がモーパッサンの小説家、杉村春子が演じた森本薫の戯曲を思い浮かべるだろう。

モーパッサンの「女の一生」は一八九三年の小説。何不自由なく育った貴族の娘ジャンヌが、憧れを持って美青年のジュリアンと結婚するが、その夫の浮気に裏切られ、頼った母親にも過去に不義があったことを知り、一人息子を溺愛する。しかし育った息子はジャンヌのもとを去り、金を無心するようになり、挙句は女との間に生まれた子供を押し付けてくるが、最後は息子も戻ってくる、という。今も変わらぬ女性の苦労ネタ勢揃いのストーリー。それでも最後は「人生も捨てたものじゃない」というのだから女性は強い。日本では一九二八年栗島すみ子主演以来繰り返し映画化されてきた。

森本薫の「女の一生」は、太平洋戦争末期、東京空襲を避けながら一九四五年四月に杉村春子主演で上演されたのが始まり。森本が恋人であった杉村のためその人生を踏まえて書いたもの。戦争孤児となった〝布引けい〟は、不思議な縁で拾われた堤家で女中として働く。清国との貿易で財を為した同家は、稼業を引き継いだ女当主〝しず〟は時代の荒波を生きていたが、〝けい〟の闊達な気性を見込んで長男伸太郎と結婚させ家業を継がせる。〝けい〟は二男栄二に想いを寄せていたのだが、その気持ちを断ち切り、世話になった堤家の嫁となり、学者肌で商売に向かない夫に代わって稼業に励む。だが、かえって二人の距離は離れついには夫も娘も去ってしまう。やがて戦争の時代になり、東京空襲で堤家も〝けい〟も全てを失う。その焼跡に立つ〝けい〟のもとに戦地から栄二が帰ってくる……。

日露戦争の戦勝に沸き立つところから始まり、太平洋戦争敗戦で全てを失ったところで芝居は終わる。激動の半世紀を生きた女のドラマだ。この芝居にも有名な台詞がある。〝けい〟が自分の人生を振り返りながら語るシーンだ。「誰が選んだものでもない、自分で歩き出した道ですもの。間違いと知ったら自分でそうでないようにしなくっちゃ」。森本は戯曲を書きあげて間もなく三十四歳の若さで病死したが、この芝居は杉村によって九四七回演じられた。早逝した恋人が残した戯曲を必死に守り通したのだろう。その後を継いだ平淑恵によっても二六九回上演され、現在は三代目の山本郁子が継いでいる。山本は新潟出身だ。学生時代杉村の女の一生を見て、立ち上がれないほど感動し、「私の人生の先生は杉村さんだ」と思い、文学座を志望したと語っている。この芝居を作り上げてきたのが演出の戌井市郎だ。久保田万太郎から早くに引き継いで、森本亡き後杉村とこの芝居を仕上げてきたが、その演出も数年前三代目の鵜山仁に代わった。敗戦直前から74年演じ続けられてきたこの芝居の背後にも多くの人々の人生があった。

このほかにも「女の一生」はある。古くは山本有三が朝日新聞に連載(一九三二年)した小説。物語は大正二年主人公が東京の女学校に入って上京したところから始まり、恋愛・結婚・出産等の人生の出来事が描かれている。遠藤周作にも同名の小説がある。しかも「一部キクの場合」と「二部サチ子の場合」の二部構成だ。キクとサチ子の生きた時代は幕末から明治と太平洋戦時下と異なるが、舞台はいずれも長崎。キリシタン弾圧で流刑人になった若者にひたむきな想いを寄せるキク、特攻隊員として聖書の教えとの矛盾に悩みながら出撃する恋人との別れ、そして被曝した町で生きるサチ子、二人の女性の人生が長崎を舞台に描かれている。瀬戸内晴美には責任編集で「女の一生〜人物近代女性史」全8巻がある。本を見ていないので何とも言えないが、「恋と芸術への情念」「火と燃えた女流文学」などの巻タイトルと並んで「明治に開花した才媛たち」などとあるから、明治以降の女性人物史だろう。

瀬戸内氏には晴美、寂聴時代を通じて沢山の小説があるが、出家以降は元気で長生きされている人生経験を踏まえた説法が、多くの人に支持されている。人生相談の名手である。その瀬戸内さんを師と仰ぎ人生相談に励んできたという詩人伊藤比呂美さんにも「女の一生」という本がある。半年くらい前、朝のラジオ番組で、作家の高橋源一郎氏がこの本を紹介していた。買って読み始めたところ、本学の社会人向けの講座の「異文化塾　アメリカ」の講師で来られた。

伊藤さんは、私より一回り若いから六〇数年の人生だが、モーパッサンも真っ青の凄まじい人生を歩んできた。大学卒業後、妻子ある男性と不倫、その後結婚するが一か月で離婚、やがて再婚し二人の娘を出産、落ち着きかけたと思ったら三十五歳で良き理解者でもあった夫と二度目の離婚、気鬱と薬物依存でボロボロになるが二十八歳年上の英国人画家に惚れ、三人目の子供を産み、彼の住むカリフオルニアに渡る。その後両親と連れ合いの介護、看取りで日本とアメリカを行き来する生活を送っているうちに孤独になる。

この間、こうした人生を詩人として赤裸々に表現した詩集を出して注目され、萩原朔太郎賞などいくつもの賞を受賞。伊藤さんの「女の一生」は、ある一人の女性の人生を描いたものではない。一〇歳の子どもから八〇歳のおばあちゃんまで、あらゆる年齢の女性からの人生相談を並べたものだ。だから順番に読むと「女の一生」を知ることになる。

そこには「なぜ親の言うことをきかないといけないんですか」（一〇歳）に始まり、「クラスにいじわるな子がいて、私を無視します」（十三歳）、「夫が浮気をしているみたいです。嫉妬に悶えています」（二十七歳）、「つい叩いてしまいます。寝ている子を見ていて、ごめんね、と心の底から思うのに、また朝になると同じ事の繰り返し」（三十一歳）、「別れなくてはならないのにずるずるひきずっています」（四十三歳）、「鏡を見ると老けてるのにゾットします」（五十六歳）、「ひどい母でした。それでも介護をしなくちゃいけないのか」（五〇歳）、「むなしくてたまりません」（五二歳）、「この歳になったらもうおしゃれもへったくれもない」（七十七歳）、「認知症になるのではという恐怖が四六時中頭から離れません」（七〇歳）、「母を送りました。何故もっと親身の介護出来なかったろうと今になって後悔しています」（六十一歳）など女性の訴えが続く。

こう見ると女性は一生悩みと向き合っているように思え、思わず「ご苦労さん」と言いたくなるが、逆の「男の一生」はどうだろうと思ってしまう。この本の中には少し男性からの相談もあるが、一般的に人生相談と占いは圧倒的に女性だ。問題解決脳の男は自分で解決してしまうが、共感脳の女性は共感を求めて投書するのだろうか。

それにしても、「ここまで人生経験を重ねてきて、大抵の人生相談に応じる自信がついた」と本人が語るように、その回答はユニークかつ目からうろこだ。ひとつだけ紹介しよう。「母親がジャニーズにハマって、家じゅうがポスターだらけ」(二十三歳)の投書に対する回答。「お母さんはハマりやすい性格とお見受けします。以前にもいろんなものにハマってきたのではありませんか。多分俳優とか歌手とか若くていい男が多かったのではないですか。もしそうならば、お母さんの欲望処理能力は実に高い。パートナーに対する支配欲、息子に対する支配欲をきっちり抑えて生きている。酒や薬物やギャンブルなどでなく実害のなさそうなものにハマるところにお母さんの地に足の着いた逞しさが見て取れます。ほっときましょう。実はわたしも一時若い時の岡田准一にハマって、仕事場など彼のポスターだらけになっていました……」。「説得力あるなあ」と感心した。

わが身に照らして気になるものがあった。それは「父が気難しくなって困っています」（六十四歳）との相談に対する回答。「これがパートナーならばと、喧嘩を吹っかけてやるのが刺激にもなって一番良いのだが、父ならば放っておくしかない。そこが娘の限界と思います。……中略……年取った人たちの気難しさは、思春期の人たちの爆発するような気難しさ、更年期の人たちのむやみと攻撃的になってるような気難しさとは違います。ずっと男でやってきた人間が、ふと『自分が無力であることに、自分が社会や家族に何の意味も影響力も持ってないことに、気付いてしまった』ような気難しさです……」。最近私自身が感じていたことへの答えを見た気がした。

捜したら「男の一生」は遠藤周作にあった。秀吉に仕えた前野長康（将右衛門）の生涯を描いたものだ。秀吉が天下人に上り詰める戦において次々手柄をたて、十一万石の大名にまで出世したが、秀次付きの家老となり謀反の罪で秀次が自害を命じられた際、これを弁護したため連座、自害の悲運に散った武士の生涯を描いたものだ。「路傍の石」（山本有三）、

「次郎物語」（下村胡人）、「あすなろ物語」（井上靖）、「人生劇場」（尾崎士郎）、「青春の門」（五木寛之）なども「男の一生」と言ってよい小説だろう、などと考えながら七十五歳まできた自分の人生を振り返ってみたが、とても小説にはならないなあと思いながら、その平凡さに何処かホッとした。

（令和元年十月二十九日）

カメジローという男

「米軍（アメリカ）が最も恐れた男　カメジロー不屈の生涯」という映画を見た。「大変面白かった」が、何よりも「痛快だった」。

戦後米軍占領下の沖縄で、敢然とその占領政策に抵抗し、本土復帰に命を懸けた男のドキュメンタリー映画だ。二年前「米軍が最も恐れた男～その名はカメジロー」が上映された。本作はその二作目。監督は佐古忠彦氏、ＴＢＳの筑紫哲也のニュース番組でキャスターを務めていた人だ。前作が評判を呼んだことから、ＴＢＳに残された映像と、二三〇冊に上る日記を読み解いて二作目を作り上げたのだ。

カメジローこと瀬長亀次郎の名前は記憶にあったが、ここまで筋を通し米軍に抵抗した男だったとは知らなかった。その人生は正に〝不屈の闘い〟。叩かれても叩かれても立ち上がり抵抗するカメジロー、何処か愛嬌のある顔ながら、眼光鋭く歯に衣を着せず鋭く迫る舌鋒は、人びとから喝采を浴びた。彼が演説会を開けばいつも5～10万人の大衆が集まった。

米軍の圧倒的支配下、土地を接収された沖縄の人々がじっと耐えている時に「土地を返せ」と一人叫んで闘ったのだ。この大衆の大きな支持こそ米軍が何より恐れたものだ。そしてその履歴は。

真に米国民政府への抵抗そのものであった。一九五二年の第一回立法院議員総選挙で最高得票当選したが、この選挙後開かれた琉球政府創立式典で一人宣誓を拒否したため、米国民政府から以後好ましからざる人物と認定され、一九五四年十月沖縄から退去命令を受けた人民党員を匿った容疑で逮捕され、懲役二年の判決刑で投獄された。宮古島の収容所に送られながら、奇跡的に一九五六年四月人々の歓呼に迎えられて出獄、十二月の那覇市長選に出馬、当選した。しかし反米を公然と主張するカメジローに米国民政府は、管理する琉球銀行に那覇市への補助金と融資打ち切り、預金凍結措置を命じたため、市政運営は困難を極めた。これに対し多くの市民が自主納税で応援、九十七％に達した納税率で危機を脱したうえ、その後米国民政府が琉球民主党に七度に亘り出させた不信任案をことごとく不発に終わらせた。一九五七年高等弁務官は布令を改定（通称瀬長布令）し、カメジローの被選挙権を剥奪した。市長在任は一年に満たなかったが、米国民政府との攻防は沖縄県民、那覇市民の大きな支持を受けた。その後、繰り返しパスポートの発給と瀬長布令の撤回を要求し続け、一〇年後の一九六七年、大衆を敵に回すことは占領政策上むしろマイナスと考えた米国民政府は方針転換、漸く瀬長布令を廃止、被選挙権が復活した。一九七〇年の国政参加選挙では沖縄人民党公認で当選、佐藤首相に「核抜き本土並み」沖縄返還を鋭く迫る。一九八六年の衆議院議員選挙まで七期連続当選を果たすし、一九九〇年政治活動から引退している。

不屈の精神で闘い続けた人生だ。その演説は多くの人に勇気を与え、その人柄のせいか基地推進の経済界の人にも亀次郎ファンが多くいた。映画の中でも幾つか感動的場面があった。

◆一九五〇年群島知事選挙に出馬、首里中学校校庭の立会演説会でのカメジローの演説。「この瀬長一人が叫んだならば、50m先まで聞こえます。ここに集まった人々が声を揃えて叫んだならば全那覇市民にまで聞こえます。沖縄七〇万県民が声を揃えて叫んだならば、太平洋の荒波を超えてワシントン政府を動かすことが出来ます」

◆沢山の追っかけがいたカメジローの立会演説だが、特に次の演説は人々に勇気を与えた。

「一握りの砂も一滴の水も全部私たちのものだ。地球の裏側から来たアメリカはぬするれいびんど……泥棒だ。だから皆で団結して負けないようにしよう」

「あきらめちゃならん。戦に負けたのは仕方がない。負けたんだから財産も焼かれた。しかし、これは間違いなんだ。戦争したのは誰か。東京の日本政府だ。我々はやっていない。私たちから奪うのは間違いだ」

――この演説を聴いた聴衆の反応を記憶していた人がいた。「いい勉強になりおったよ。勇気出るって。戦争に負けて親もみな殺されて皆泣いていたからね。前に進むようにって。この演説が米軍に射殺された天国のお父さんもお母さんも喜ぶんだよって」

◆一九七一年12月国会は、戦後初めて沖縄の国会議員が登壇した記念すべき議会だったが、カメジローはその前月「核抜き本土並み」を保障しないまま沖縄返還協定を衆院特別委員会で強行採決、本会議でも採決した自民党佐藤栄作総理に迫った。

「今国会冒頭の所信表明演説での沖縄問題に対する総理の結語を聴いていると、返還が目的ではなくて、基地の維持が目的である。ですからこの協定は、けっして沖縄県民が26年間血の叫びで要求した返還協定ではない。この沖縄の大地は、再び戦場となることを拒否する。基地となることを拒否する」

このカメジローの演説から更に四十八年が経った。しかし沖縄の基地の現状は何も変っていない。海兵隊のグアム移転や基地の一部返還はあるが、世界一危険という普天間基地の辺野古沖海上へ移転させるのが唯一の基地対策だ。でも沖縄の人たちは望んでいない。沖縄の人々が望んでいるのは強制収容された自らの土地と基地のない沖縄そのものの返還だ。しかし政府も本土の多くの国民も「日米安保のためには、沖縄に基地負担をお願いするしかない」と考えているか、もしくは無関心だ。本当に沖縄に米軍基地がないと、海兵隊がいないと抑止力上問題なのか。日米安全保障と沖縄の米軍基地は本当に一体なのか。それはどの国からの侵略に対するものなのか。サンフランシスコ条約による戦後復帰後、本土の米軍基地はどんどん返還されたが、沖縄だけは逆だった。以前見た別のドキュメンタリー映画では、ベトナム戦争の訓練で、ベトコンに扮した沖縄の農民を米兵が森の中で狩り出すシーンがありショックを受けた。この映画を見て、返還前の27年間はかなり酷い統制が行われていたことが想定された。もう一度沖縄について原点に戻って考えなくてはと思った。今、カメジローはいない。でも近年の選挙のたびに出される沖縄の民意は、「基地ノー」だ。「カメジローなら今どんな演説をするだろうか……」と想定していたら、前回の映画に挿入された沖縄の女性コーラスグループ〝ネーネーズ〟の「教えてよ　亀次郎！」の歌詞が浮かんできた。

〝うんじゅが情きさ　命どう宝さ　我した想いゆ　届きていたぼり
それは昔、昔、その昔　えらいえらい人がいて
島のため、人のため　尽くした
あなたなら　どうする　海の向こう　教えてよ亀次郎〟

（令和元年十一月二十六日）

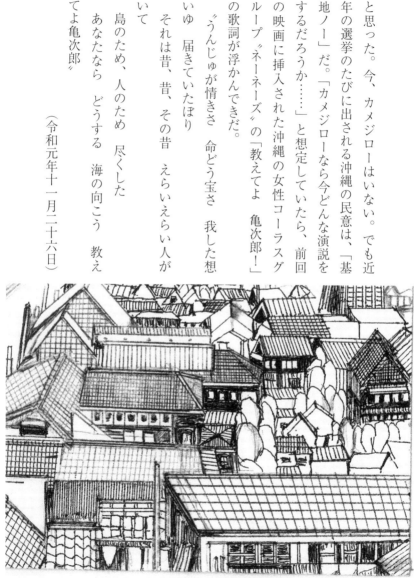

一人の少女の訴え

早いもので令和元年も師走一週間を残すだけとなった。二十八日に恒例の「第九」を歌って、年末年始は富士山を見ながらのんびり過ごす予定だ。

振りかえって本年を総括すれば、世界も日本も私の大嫌いなリーダーたちが声高に「自国の利害」を叫びながら、せこい小競り合いに明け暮れた一年だった。救いは国連のグテーレス事務総長が気候変動問題に極めて熱心であることと、十六歳のスウェーデンの少女グレタ・トゥーンベリさんが、これまでになく激しく危機感溢れる気候変動演説を行ったこと、それにより世界の多くの都市で若者が立ち上がったことだ。

「大人はお金と永遠の経済成長というおとぎ話を追い求め対策を怠ってきた。結果が降りかかる子供たちはあなた方の裏切りに気付き始めている。将来世代の目はあなた方を見ている。もしわれわれを失望させる道を選べば絶対に許さない。この問題から逃がさない。あなた方が好むと好まざるとに関わらず世界は目覚め、変化はやってくる」と国連での演説は激しかった。そして「世界のリーダーたちは口を開けば経済成長がどうとか利益がどうとか金の話ばかりしている」と指摘した件では私も胸がすーとした。

スペイン・マドリードで開かれたCOP25（第二十五回国連気候変動枠組条約国会議）でも「世界のリーダーたちは地球の危機を理解せず、私たちの訴えを無視し続けている」「我々はそれをこれ以上許してはならない」と激しく非難した。彼女の演説の前では、小泉環境大臣も影が薄い。そして世界の主な都市では多くの若者が参加し、COP25の閣僚会議での真剣な議論を要求した抗議デモが打たれた。しかし共同コミュニケを巡っては、パリ協定に追加措置を求める沈みゆく南太平洋の国々などの悲鳴は、米・中などの大国にかき消されそうになったが、さすがに若者たちの声を少しでも反映しようとした議長国チリの踏ん張りで、異例の会期延長に依る議論で、更なる努力を求める表現は何とか残った。この間、石炭火力増設非難を浴びながら、一連の議論から日本は蚊帳の外に居続けた（ように見えた）。

本年あれだけ異常気象に世界中が襲われたにもかかわらず、この少女が指摘するように世界の大国リーダーたちの反応は鈍く冷たい。彼女に対しても「誰か変な大人に洗脳されているのだろう」と言った反応が多いが、米国トランプ大統領は、グレタさんに対して「明るく素晴らしい未来を楽しみにしている幸せな少女」という皮肉とも取れる感想をツイッターしただけだ。そもそもパリ協定から離脱したトランプ大統領は、気候変動という科学者の指摘を信じていないうえ、不参加の理由を聞かれ「コストが高すぎる」と漏らしていた。

より関心を引いたのはロシアのプーチン大統領のコメントだ。「私はグレタさんのスピーチの賞賛に共感できない。環境問題を含めた今日の深刻な問題に注意を傾けるのは正しいが、子供や一〇代の若者を自身の利益のために利用するのは非難に値する。現代の世界が複雑で多様であることを誰もグレタに教えていない。グレタは優しくて誠実な少女だと確信しているが、大人は未成年者が極端な状況に陥らないように全力を尽くすべきだ」というもの。このプーチンの反応に対する評価はグレタに反論したい人々の中で「最もまとも」と評価が高い。多くの大人がこの小生意気な小娘の発言を面白くないと思っている証左でもある。だがそれに対するグレタの反応は「情報が少ない少女の意見などと私を批判するのではなく、科学が指摘していることに耳を傾けて欲しいと言っていることを理解して下さい」と鋭い。ついでに私もコメントすれば「プーチンに権力を守ることより大切なことが大統領にあることを誰も教えなかったのか」だ。そんなことを考えていたら、トランプ大統領が「ゆでガエル」に、グレタが「ジャンヌダルク」に見えてきた。

確かに国連の演説あたりからグレタの表情は厳しく、言葉も先鋭化している。この激しさは彼女がアスペルガー症候群であることに起因している。そのことをグレタ自身が公表している。それには、対人関係がぎこちない、暗黙のルールが理解できない、興味の対照が独特である、などの症状の一方、周りの空気に左右されず集中し一途の行動をしたり、発言をしたりする特性がある。彼女自身「私にとって、殆どのことが白黒どちらかなのです」「私がアスペルガーでなかったらこの運動は出来なかったろう」と述べている。そして、独特のこだわりと集中力を持つこの病の人からは、アインシュタイン、エジソン、ビル・ゲイツ、スピルバーグなど多くの天才がでており、「アスペルガーは病気ではなくギフトだ」とさえ言われている。

「未来への金曜日」の座り込みをグレタは一人で始めたが、この気候変動抗議デモは、今世界の若者を動かし始めている。

これに対しても「世代分断をしようというのか」と反発する大人が多いようだが、七十五歳の私はグレタの運動に賛同していて、分断の危機など感じていない。何よりグレタと同じ意見を多くの科学者が述べている。「いくら警告しても世界のリーダーはまともな対応をしない」と。グレタは気候変動問題を最もストレートに捉えているのだろう。

本年地球に関する重要な報告がいくつか出された。国連の新たな報告では、海水温度の上昇が加速しており、「産業革命以前と比較して二〇五〇年の気温を一・五度の上昇に止めようと言うパリ協定の達成はこのままでは困難」としている。世界がいかに複雑で多様であろうと、この問題をどう解決するかは、国益などを超えた人類の最重要課題でなければならない。その正確な判断も出来ないリーダーに人類の命を預けることの危機感をグレタは強く抱き始めたのだろう。

この百年、永年かかって貯め込んだ地球の化石燃料をあっという間に使い果たし、温暖化現象を招いた近年の人類の罪は重い。

人口問題では、二〇五〇年の人口予想93億人が地球上の食料の生産限度でもあり、人口の限界でもあると言われ、これ以上には増えないと思っていたが、本年二一〇〇年一一〇億人という予想が出された。しかもその増加の殆どが砂漠化の進展で食料増産に全く適さないアフリカで起こるとの予想だ。そうなれば人々は食料を求めてアフリカからの難民が大量に世界に向かうことが想定される。ホモサピエンスの増加が七〇億人超えた途端、他の絶滅危惧種の動物たちの絶滅を加速しているという報告もされた。地球のキャパの限界が見えてきたということだ。こんな報告を見てもグレタの演説を無視するリーダーたちにはもう何の期待もするまいと思った。

そして同時に重要なことに気付いた。プーチンの反応は気候変動問題だけではないということだ。核廃絶でも軍縮でも同じ「世界は複雑だ。単純に廃絶できないのが現状だ」と言う。核保有国の優位な地位を守ろうとしているだけの理屈にしか聞こえない。軍縮どころか増強が加速していることについても「抑止力の強化無くして平和は維持できない」という。誰に対する抑止力か。相手も同じことを言って増強し合っている。軍拡に大金を使い、その結果の財政赤字を後世につけ回ししようと言うのだから、我々は酷い無責任世代だ。

中でも日本の財政赤字は酷過ぎる。私の嫌いな「アベノミクス」に騙されながら、来年度予算は更に増加だ。どうやってこの借金を返すのだろう。もう一度戦争でもしてハイパーインフレでも興そうと言うのだろうか。

更に私が老い先短い中で気にしているのが原発によって生じた高レベル放射性廃棄物の保管処理だ。知事時代、プルサーマル受け入れの際、三十年かけて処理施設を建設してほしいと申し入れたが、半分の月日が経ったが何の進展もない。受け入れ場所の日途は全く立っていない。総理はじめ政府に真剣さは感じられない。自分の任期中に解決しようと言う意欲はあるのだろうか。

後世に残すものが温暖化した地球と、放射能のゴミと借金とは、本当に情けない。グレタの演説をＴＶで見る度に私はうなだれてしまう。

でも私が今やれることが一つだけあった。木を植えることだ。それには理事長を務めている「にいがた緑の百年物語委員会」の木を植える県民運動を盛んにすることだ。沢山木を植えて緑溢れる故郷を二十二世紀の子供たちにプレゼントするのだ。ささやかだが地球を守るためになる。九〇歳まで生きて毎年一本、合計十六本の木を植えて、自分の呼吸分が地球に負荷を掛けないようにしてあの世に行きたいと思い、「卒寿の森」運動に取り組む決心をした。

一人の少女、グレタの運動は遠い日本の一人の老人にももっとしっかり生きるようにという刺激を与えてくれたようだ。

（令和元年十二月二十六日）

家を畳む

年が明けて早いものでひと月が経とうとしている。TVの正月番組が「いよいよオリパラの年です」と声高に叫んでも、ちっともそんな気にならない。同じオリンピックを迎えるのに、どうしてこんなにも前回と気持ちが違うのだろう。年齢もあるだろうが、何か乗れないものがある。もともと、「新銀行東京」等の失政で行き詰まった石原都政が目くらましに登場させたようで気に入らなかったが、廃炉を含め震災復興が思うように進まない現状を見ると「税金の投入順序が違うだろう」と叫びたくなる。桜なんか見てる余裕はない。

「今年は良い美術展がないなあ」とぼやきながら、新年恒例の大学のゼミの会に出て、その足で東京から新潟に戻った。その新年会最大の話題が〝夜中、何回トイレに行くか〟だったのは少し情けなかったが、「正月に一本くらい」と思って新潟に戻ってから観た今年最初の映画「ある船頭の話」は良かった。オダギリジョーの初長編監督作品ということと、阿賀町・旧津川町沿いの阿賀野川がロケ地ということもあって選んだ。

間もなく川に橋が架かり、その役を終えようとしている渡しの老船頭と乗船客のやり取りから、自然と共に生きてきた人たちの生活が変わってゆく時代を描いたものだが、川を漂流していた少女を救い上げてからはミステリーがかってゆく。これ以上映画の内容には触れないが、十一年ぶりに主演を演じた柄本明の好演と、クリストファードイルが撮影監督を務めた阿賀野川の美しいシーンは特筆すべきだろう。夕暮れ真っ赤に染まった川面を音もなく進む渡し船は美しい。これも文明の進化と共に失われた故郷の懐かしい光景だと思うと老船頭ともども愛しい。

昨年十二月に柏崎の実家を始末した。この家は私が小学校三年生の時、同じ町内の借家から約七〇m位の処に引越した家で、親父としては鉄道マンの安月給で購入した自家だった。同じ町内だったのは、実家から遠くない処でという母方の祖母の強い要請があったからだ。母親の実家から五軒、借家ながら大きな家でおまわりさんを下宿させていたのからみれば、平屋のいかにもぼろ屋だった（かなり経ってから二階建てに立て直したが……）。

ここで両親と兄弟妹三人の戦後何処にでもあった家族は寄り添って生きていた。三人の子供が大学進学希望を持っていると分かると、母も保険の外交員として働き始めた。それでも二男の私と妹の進学はなかなか認められず、私は国立、妹は短大という条件が付いた（妹は実際には短大から四年制に編入）。それでも進学できたのは、奨学金と高度成長のお蔭だった。

家の前が少し空地になっていてそこに鶏小屋があった。交代で卵を集めに行くのが朝の日課だった。冬はそこに大きなかまくらを造って遊んだ。玄関の横の部屋が勉強部屋だったが、親父の古い座卓のような机に手製の足をつけて、椅子向きに高くしたのが私の勉強机（不思議と兄の勉強している姿は記憶にない）だったが、冬はすきま風がひどく毛布を巻いていた。

親父はこの家から国鉄長岡駅の客貨車区に通っていたが、毎朝同じ時刻に出て同じ時刻に帰ってきた。これに異変が起こるのは豪雪等により国鉄に異常事態が発生した時だ。38豪雪の時は一週間帰ってこなかった。鉄道事故が発生した時もそうだ。事故処理に当たっていたのだろう。事故を報道するラジオの前で母が正座してうな垂れていた姿は忘れない。

後から思えば「国鉄一家」の良き時代だった。

一番印象深いのは小五年頃のある冬の夜の記憶だ。冬凍てつくと道路はピカピカになりよく滑る。そうなると「下駄スキー」という下駄の裏に鉄の刃（と言っても平たい）を打っただけのものを履いて道路を滑るのだ。だから正確には「下駄スケート」だ。

その夜は深々と音もなく雪が降っていた。誰も通らない家の前の道路でひとしきりスケートを楽しんで、ふと見上げた電柱の裸電球に照らされた景色は幻想的だった。狭く区切られた電球の明かりの中に空から音もなく雪が舞い降りてくる。じっと見上げていたら、自分が空に舞い上がってゆく錯覚に襲われた。途端に頭をよぎったのは「私って何だろう。私の将来はどんななのだろう。どう生きてゆくのだろうか」などの想いが次々と頭に浮かんできた。


あれから六十数年が経ち私は今七十五歳、人生の殆どは見えた。母が九十八歳で亡くなった時、「七回忌が終わるまで家はそのまま置いといて！」と言っていたハワイ在住の妹も「もういい」と言ってきた。形式名義人の私としても「頃合いだな」と思い、昨年夏地元の不動産屋に買い手探しを依頼した。「田舎の小規模住宅の買い手探しほど難しいものはない。」

と言われていたが、すぐに電話があり「買い手が付きました。お隣りさんです」とのこと。余りに簡単だったので力が抜けた。男手ではどうしようもないので、妹が来て片づけをしてくれた。着物をはじめ処分に困るものも多かったが、何とか片付き十二月初めに無事引き渡した。ガランとした家の写真を撮り、最後に玄関の鍵を掛けた時は、さすがにジーンときた。少年時代との決別だった。

嬉しいことがあった。お袋さんが木の箱に私たち三人の子供の頃の記録を残しておいてくれたのだ。大学の卒業証書は額に入って神棚の隣に飾られていたが、小中高の卒業証書と表彰状、そして通信簿、他に色紙若干、若い時の自分たちの写真のほか私たちの子供の時、私が送った孫たちの写真などだ。

色紙には倍賞千恵子さんと大学の恩師宮崎義一先生の色紙があった。倍賞さんはＴＢＳディレクターになった兄と仕事上の関係があり、柏崎にお忍びで魚を食べに来たことがあったので、その時書いて貰ったものだろう。宮崎先生の色紙は卒業時に頂いたものだ。「行き詰まれ！　打破れ！　行き詰まれ！　そして　打破れ！　宮崎義一」と懐かしい先生の字で書かれていた。

通信簿は懐かしい。小学校一年の通信簿の担任欄には二人の先生の名前がある。「二十四の瞳」の小石先生のようだった。樋口先生の印は一学期しかない。お産で休まれたのだが、復帰された記憶がない。何十年も経った同級会で「あの時は淋しくて女の子だけでこっそり先生に逢いに行った」との告白。二年生の時も佐藤先生が樋口先生の代りに来られていた。佐藤先生は九十三歳で今もご健在、昨年十二月生涯学習の講演に柏崎に行ったら、先生が聴きに来られていた。七十五歳の私が小学二年生の時の担任の先生の前で講演するということになったが、なかなかない事だろう。小学校時代は家族的雰囲気の中で、兄弟のように仲良く過ごしていた。その感じが通信簿にも出ていた。「友達を良くまとめている」というコメントのほか、ノンビリやっていたらしく「もう少しテキパキ行動されたい」「言葉の語尾をはっきりと」などの注文も見える。やや苦手の科目が家庭科だったのは分かるが、後で大好きになる音楽も小学時代の評価はいまいちだった。

小学五〜六年の時の中村先生と、中学二〜三年の時の西本先生には大きな影響を受けたが、通信簿にも全人格的教育に心掛けられた両先生のコメントには愛情がにじみ出ている。読み返して印象深かったのは高校二年の時の高木先生のコメントだ。先生は漱石の研究家であったが、「文科系の才智です。他のメンバーと比べて最も文科的です」とあった。しかしその後私はT大の文学部受験に失敗し、横浜国大の経済学部をセカンドチョイスした。

私が「文科的」であった証拠も出てきた。英協「大学受験科実践コース会員指導票」国語というものだ。記憶によれば、受験生向けの添削模擬テストで、二時間で問題を解いて送ると添削して返してくれるもので、何故か日本史の橋本先生に誘われてその試験を受けた。橋本先生は「熱血！　ガリ版日本史」で有名な先生、自分で作ったガリ版で授業を進めるのだが、情熱溢れる授業は往々にして次の授業の先生が来るまで続いた。先生の日本史のお蔭で有名私大に多くが合格した。私の兄もその一人、早稲田の仏文に合格、TBSへという人生が開けた。自分のポケットマネーで会員になっておられたのか、先生は難関大学志望の生徒を選んでその都度受けさせていたのだ。そして奇跡が起こった。

添削されて返ってきた指導票には92点、1／6243とあった。それを伝えた時先生は嬉しそうな悪そうな表情をされていたのを良く覚えている。渡された賞状もトロフィーも会員である「橋本桂一」の名があった。今回、あの木の箱の傍にかなり錆びていたが先生の名前の入ったトロフィーも置かれていた。

「家を畳む」ことは「途中で人生を畳むこと」だと思った。そう遠くない時期に「人生自体を畳む」ことになるが、どう畳むか、しんしんと降る雪の夜裸電球の下でもう一度考えたい。

（令和二年一月三十一日）

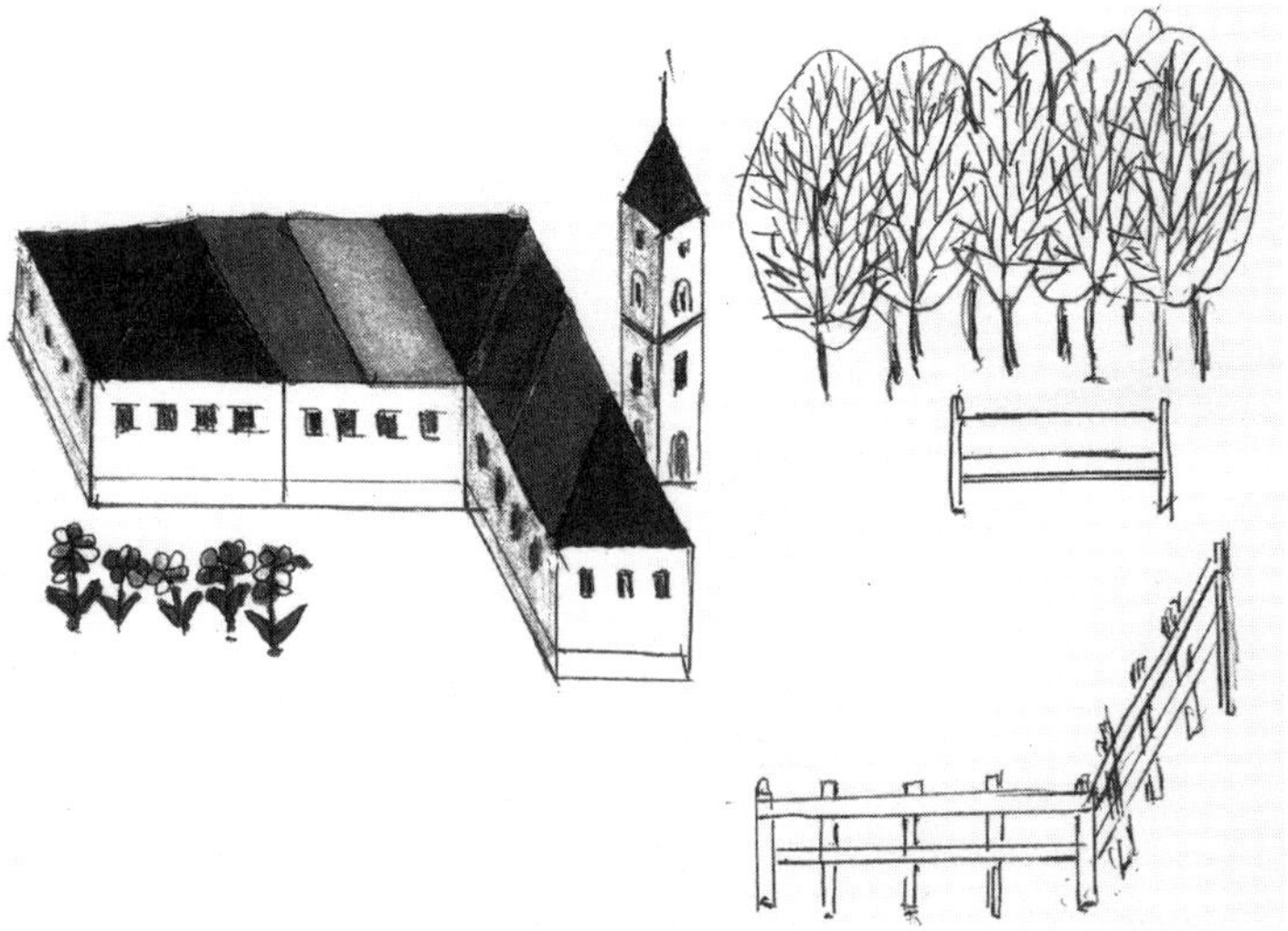

人類滅亡のシナリオと携帯の電話帳

次のエッセイのテーマは何にしようか考え、「マイフエバリットソング&ラストソング」と「私の将来」というタイトルを考え、ラストソングの方を書きはじめた。それは三月十四日に新発田市文化団体連合会から依頼された文化講演会のタイトルでもあった。その背景には昨年同連合会から頼まれた生涯学習の講演の後の懇親会で、高齢化による機能劣化対策の話として菅原洋一さんから伝授して貰った発声法の話を「初恋」を歌いながらしたのが印象に残ったようで、今回の講演依頼に当たっては「第一部はお任せしますが、二部では平山さんと一緒に三~四曲一緒に歌うコーナーにしたい」との希望が出された。そこで「歌から学んだ生涯学習」という副題を付けて「マイフエバリットソング&ラストソング」というタイトルで講演することにし、我が人生で巡り合った歌とそれにまつわる忘れられない話を幾つか連ねるストーリーを創り始めた。そしてこの講演の反響を中心にエッセイを書こうと予定した。実はこの講演に来られる方々には「貴方が最も愛唱した歌と人生の最後に歌いたい歌は何ですか」というアンケートをお願いしていた。一緒に歌いたいという候補曲に「さくら貝の歌」「忘れな草を貴方に」などが挙げられていたので、参加者年齢はほぼ私と同じくらいと考え、「人生最初の歌は、鐘の鳴る丘、さくらんぼ大将、ジロリンタン物語など戦後ラジオから流れた子供向けドラマのテーマソングでした」から始り、「青春時代には失恋の心を癒してくれた宵待草などの抒情歌の数々」、などと筋立てをしていた。ところが二月二十九日の総理のイベント自粛、小中高休校要請が出されたのを受けて、この講演会は中止となってしまった。

正直がっかりした。自分の人生を愛唱歌で振り返り、そこから学んだ宝もののような体験を、同じ時代を生きてきた皆に語りたかった。しかし今回の新型コロナウイルスがWHOによりパンデミックとされれば仕方ない。

それにしても国家総動員法じゃあるまいし、卒業の別れをするいと間もなく全国一律休校措置というのは如何か、イベント休止には諦めが悪い。

人類がかかる感染症の半分は他の動物からうつされたものだが、それと同じくらい人類から他の動物にもうつしているという。今回の感染症は蝙蝠と言われているがどうだろう。鼠が媒介と言われていたペストについて最近ミジラミが真犯人との報告が出されている。症状が出ていなくても他人に感染させてしまうので始末が悪い。感染症の恐ろしさで思い出したのが、数年前旅行で訪れたアイスランド・レイキャビクで見た黒死病の展示だ。飛込んできた〝Black Death〟の単語は衝撃的だった。十四世紀猛威を振るったペスト（黒死病）は致死率六～九割と非常に高く、内出血で紫色になって死ぬことからこの名がついた。当時世界の人口は四億五〇〇〇万人、それがペストで一億人死んだ。流行の中心となったヨーロッパでは三分の一の人口減が生じたのだから、正に人類絶滅の危機の恐怖だったろう。

しかし、ハーバード大の中世史研究家のマイケル・マコーミック氏は、人類史上最大の危機は五三六年だったという報告を科学誌「サイエンス」にしている。

その年、アイスランドで火山が噴火、火山灰が大気を覆い、十八ヵ月間世界は霧に包まれた。その影響で気温は一・五～二・五度も地球規模で低下、干ばつや飢饉が大規模に発生、人類は生き延びるのに困難をきたしたが、五四一年のペストの大流行がそれに追い打ちを掛けた。その結果、東ローマ帝国の人口の半分近くが命を落し、ユスティニアヌスの東ローマ帝国の滅亡が早まったという。

こんなことを考えていて思い出して探し出してきたのが「人類滅亡ハンドブック」なる本。著者はアローク・ジャーというジャーナリスト、作家でテレビニュースの科学記者も務めている人。宗教上の終末思想も含めて、人々は昔から地球ないし人類滅亡におののいてきた。その可能性を科学的に考察したのが本著、目次に掲げられた滅亡シナリオの多さにまず驚いた。挙げてみよう。

大絶滅（生命自体が原因）、パンデミック（豚・鳥インフルエンザ）、核兵器戦争、相互確証破壊（ＭＡＤ）、テロリズム、薬物による幸福、人口爆発、人口減のデス・スパイラル、サイバー戦争、バイオテクノロジーの暴走、ナノテクノロジーの暴走、人工超知性、超人間主義、ハチの大量死、外来侵入種、地球の砂漠化、地球規模の食糧危機、水争奪戦争、資源の枯渇、環境崩壊、海面上昇、メキシコ湾流の遮断、全球凍結、化学汚染、オゾン層の破壊、小惑星の衝突、超火山、メガ津波、酸素欠乏、地磁気の逆転、スーパーストーム、太陽嵐、ポールシフト、死の宇宙塵、暴走するブラックホール、宇宙ガンマ線、真空崩壊、太陽の衝突、科学者のつくりだすブラックホール、敵意のある異星人、太陽の死、銀河の衝突、時間の終わり、ストレンジレット、遺伝子超人、劣性学、有機細胞の崩壊、情報の

絶滅、未知の未知

次にこれだけある人類絶滅メニューのうち、正確にそのリスクを理解しているものが少ないことに驚いた。加えて現在最大の課題となっているパンデミックについても、気候変動や人口爆発、食糧問題、核兵器の脅威など、意識していなかったことにも気づかされた。

あれだけ頻繁にインフルエンザの大流行を経験しながら、流行性感冒、すなわち流行り風邪としか思っていない。しかし、本著のパンデミックの項に記述されていた王立ロンドン医科歯科大学ジョン・オックスフォード教授の「インフルエンザは二〇世紀最大の大量破壊兵器でした。なにしろナチスドイツよりも、原爆よりも、第一次世界大戦よりも多くの死者を出しているのです」。さらに「ウイルスは我々の世界で最大の〝バイオテロリスト〟です。公衆衛生のための努力は、これからもますます広げてゆくべきでしょう。いつ新たなウイルスが出現し、一九一八年の大流行以上に素早く、簡単に我々を参らせてしまったとしても、まったく不思議はない」という指摘は衝撃だった。

一九一八年、第一次大戦の末期に世界にあっという間に広がったスペイン風邪は、五〇〇〇万人から一億人の死者を出したという。場合によっては人類史上最大の死者を出したパンデミックだったかもしれない。この大流行でアポリエール、クリムト、エゴン・シーレ、マックス・ウエーバー、村山槐多、島村抱月、辰野金吾（日銀本館の設計者）など多くの才能が失われた。

今回の新型コロナウイルスが、本著の指摘のような感染症でないことを祈るばかりだが、併せて指摘されていた「その原因が鳥と豚が保有しているウイルスに依る可能性が極めて高いのだから、発生する前からそれらウイルスの研究をもっとしておくべき」との指摘も大いに傾聴すべきだろう。

そしてこのハンドブックで挙げられた人類滅亡シナリオのうち地球物理学的要因や大規模災害（温暖化が原因の分は除外だが……）による不可避のものは仕方ないとして、核兵器や原発、ＡＩロボ戦争など人類の文明が行きすぎた結果起こる滅亡だけは避けたいと熱望している。

カミュの「ペスト」が急に売れだし、書店では品切れという。しっかりしない政府より七〇年前に書かれた本のほうが頼りになるのかもしれない。

こんなことを考えているうち、私と同じ糖尿病持ちのＴのことが想い出された。慎重な性格だから家に閉じこもっているだろうが大丈夫か心配になって電話してみた。閉じこもってはいたが元気だった。ただ、そのためにくくった携帯の電話帳には、番号だけが残った友の名がやけに目について仕方なかった。

掛けることのない電話番号、でも消去する気にはなれない。いずれ自分の番号もそんな存在になるのだが……。そう思いながら電話帳を眺めていたら、パンデミックも人類滅亡もどうでもよくなってしまった。

（令和二年三月二十六日）

私の将来 ― 繋がるということ

私の未来はもう多くはない。過去、現在、未来という時系列的でいう未来は残り寿命と同義だからだ。でもその具体的生き方を表す将来となると微妙だ。残りの時間をどう過ごすかで違ってくるからだ。時間的長さではなくその中身だからだ。多少の趣味を楽しみながら穏やかに一日一日を過ごす人生の送り方が多い。以前触れた八十歳から中国の砂漠に木を植え始め、九十三歳までに四〇〇万本植えた遠山正瑛さんのような最後の人生の送り方は例外だろう。三六五日中三〇〇日砂漠にテントを張って、一日一〇時間ポプラの苗木をひたすら植え続けたというからすごい。「四〇〇〇万本、世界で一番木を植えた男」宮脇昭さんも九十歳過ぎて車いすながら元気で植樹イベントに出ておられる。

残された私の未来をどんな将来図で埋めようかは決めていない。気力、体力、財力、知力などに左右されるだろうが、何より大切なのは将来への〝夢〟を描くだけの精神の若さを持っているかだ。ほっておけば楽な方に流れたがる自分の性格はよく知っている。このエッセイでも学長として卒業生に伝えた言葉をまとめた際に紹介したが、サミュエル・ウルマンの「青春とは」の言葉は、今私の人生の最終段階で私自身に問いかけてくる。

（略）

歳を重ねただけでは　人は老いない　夢を失ったとき　はじめて老いる

そうなのだ、いくら短くても未知の人生なのだ。夢を持ってそれに挑戦する勇気、感動する心、子供のような好奇心が何歳であろうと大切なのだ。そこではっと思った。

孫のことだ。母親である娘が海外に仕事で出かけたため、三月上旬・四歳半の男の子を預かって二週間ほど一緒に過ごした時のことが思い浮かんだ。我が平山家唯一の大事な孫なのだが、この歳で孫と遊ぶことになろうとは思ってもいなかった。この上ない至福のひと時だったが、男の子の結構激しい遊びについてゆくのは、体力的に結構大変だ。それ以上に同じレベルで遊び相手になれる精神的若さ、とくに新鮮で柔軟な空想力がないとダメなことを悟らされた。

市の運営する「子ども広場」に連れてゆき隅の椅子に座って本でも読んで二～三時間見ていれば保護者の役割りは果たせると思っていたら、この感染症騒ぎで広場は閉鎖していた。それで家で相対で遊ぶことになったのだが、とにかく元気が良い。こっちはソファに座って絵本でも読んで済まそうかと思うが、二冊くらい読めばもうじっとしていない。「大パパ（我が家ではおじいちゃんとは言わせない）おうちごっこしようよ」とくる。部屋にある色々な物を組み合わせて自分の家を造る。「車で本屋さんとスーパーに行こう」となり、部屋を運転する格好で動き回る。「本とCDを買ってスーパーではパンと野菜を買うよ」となる。そして口からは次々と創作ストーリーが続く。負けじとこちらも参加する。「イチゴケーキも買おうよ！」。するとそばから妻が「糖尿病なのに！」と現実的な批判を入れる。

子供の遊びの世界に戻ろうと「今日は郵便配達やさんごっこをしよう」と言えば、嬉しそうに「いいねー」とくる。絵を描いてもそうだ。落書き帳を一冊与えるとあっという間に書き潰す。それも独り言を言いながら考える様子はなく、いきなり鉛筆で線を引いて色をつけてゆく。聞けばワニだったりキリンだったり、はたまたマンションだったり水族館だったりする。ストーリを話しながら迷いなく書き続けるのには正直驚く。何処にこれだけの想像力が秘められているのかと不思議に思ってしまう。これほどだったか、やはり娘もその頃には休みなくしゃべっていた時期があった。

おうちづくりでも孫に負けじと「ここには屋根をかけ、車庫も用意しよう。ワンちゃんは玄関でどう」と提案すると、また「いいねー」が来る。極めつけは「大パパの家は新潟だよ。ぼくの家はオーストラリア」といきなりなる。四歳半の少年の世界を一緒に暫く遊泳した気分は爽快だった。

父が亡くなった時、母は病院だったし、兄と妹はパリとホノルル在住だったので、葬儀までは父の遺体と私は葬儀会場の一室で夜を明かした。夜中から雪が降りだした。そばでいつもと表情はあまり変わらないが、口を利かなくなった父が横たわっている。私は音のない世界で思い出せるだけの父とのことを遡って頭に思い浮かべてみた。ワイズミューラーのターザン映画に連れて行って貰ったこと、小六の時、町内運動会の親子リレーで一等になったこと、郡市中学校野球大会の決勝で敗れた時、私以上に悔しがっていたこと、T大受験に失敗した時「浪人してもいいぞ」と言ってくれたこと、など……。子供の頃の思い出が圧倒的に多かった。そして「親父さんにそっくりになってきたねー」と言われるようになってきたことも思い出す。

そうしているうちに思い当った。「こうやって父から、ずっと繋がってきたんだ」と……。生きた時代も育った家庭も受けた教育も違うが、父たちはそれを宿命として受け入れ、伝えたのだ。私もそれを受けて繋がってきたし、そうやって「生かされてきた」のだ。私たち夫婦も二人の娘に伝え、さらに孫に伝えてゆくのだ。孫から先どう伝わるかは不明だが、繋がってゆくのが人の営みなのだ。出来れば多くの曾孫に伝わることを願うが、それは孫の運命次第だ。繋がっていると思えば孫のこれからの人生も私の将来ともいえる。

だったらサボらないで真剣に一緒に遊ぼう。少しでも今から繋がりを増やしておこうと思った。見ることは出来ないが、「沢山繋がった私の将来」を孫が自然に受け入れて歩んでくれたらどんなに嬉しいか、「後よろしくな。大パパも残り将来を一生懸命生きるから見てろよ」と心の中で叫んでみた。「九十歳で孫はやっと二十歳か」と思うと「長生きしなくちゃ」とつくづく思う。父の遺体と一緒に過ごした翌朝は、真っ青な冬の青空が広がっていた。新雪を踏み分けながら、朝食を買いに近くのコンビニに行った。真っ白な米山が輝いていた。忘れられない時間だった。いずれ娘や孫とも同じような時間を持つのかもしれない。その時は口を利かぬ存在になっている私の傍らで繋がっていることを感じてくれるだろうか……。

藤沢周平の小説に「三屋清左衛門残日録」がある。彼の代表作だ。東北の小藩の用人を辞し息子に家督を譲った清左衛門の隠居生活を描いた小説、だから人生の残りの日々の記録という意味で「残日録」というタイトルをつけたと思っていたが、お家騒動、権力争いに巻き込まれたりで隠居にしては忙しい。時代小説だからそうなのだろうが、その意味が「日残リテ昏ルルニ未ダ遠シ」であると記されていた。

私にはどんな「残日録」があるのだろう。「時は確実で残酷」だ。二十九年前の「晴雨計」の最終回、四年前「晴雨計その後」の最終回、いずれも四月の桜吹雪の頃だった。「ユーフオリア」(至福)というタイトルどうり春の宵のんびり家路を辿ろうかという雰囲気だったが、今春は桜が咲くのも随分早いが、コロナ騒ぎの真っ只中での春だ。歳を追うごとにむしろユーフオリアは遠ざかってゆく。

あと何回桜を見ることになるかわからないが、桜吹雪の春の宵が本当のユーフオリアになることを祈ろう。

(令和二年四月三日)

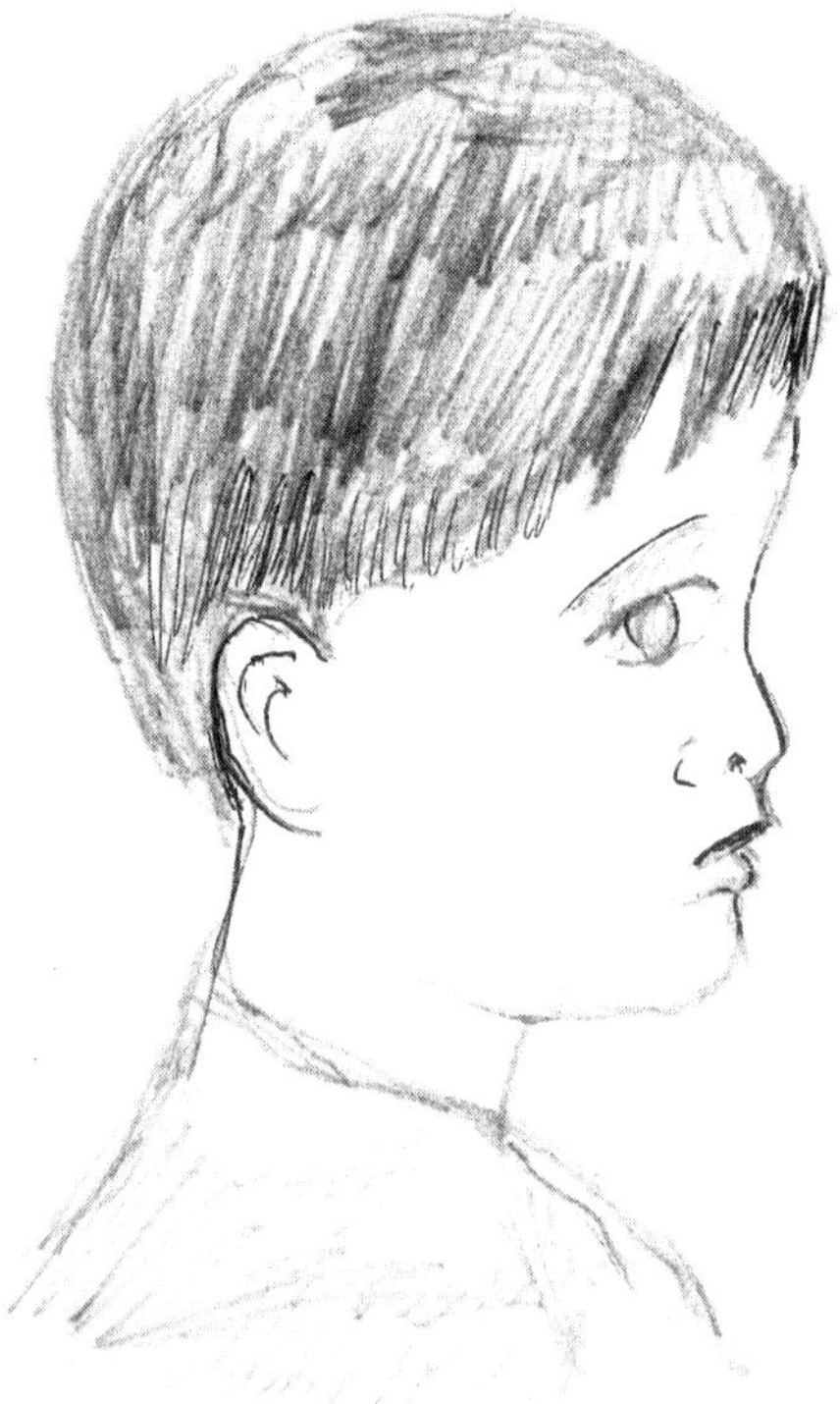

ひつじ雲

終電車を楽しもう ― ウイルスと共生しながら

九十六歳の佐藤愛子さんが「気が付けば終着駅」という本を昨年暮れに出された。終着駅と言ってもそこで佐藤さんがどのくらい滞在されるかはわからない。

そんな歳まではとても無理と思っている私としては、今月七十六歳の誕生日を迎えて一息ついている。終着駅ではないとしても〝終電車〟に乗ったなという心境でいる。この終電車は終着駅まで幾つ駅があるかわからないが、ともかくこの「終電車の旅を楽しもう」と思っている。

それには、まず当面の新型コロナウイルスを乗り越えなくてはならないが、この感染症はなかなか収まらない。そんな折、「アフターコロナ」の議論が喧しいので、何か考えるのに役立つ本はないかと本屋に立ち寄った。しかし、沢山並んだ感染症関係の本の中から選んだのは、イタリアのベストセラー作家（大学では素粒子物理学専攻）パオロ・ジョルダーノの「コロナ時代の僕ら」という本だった。前回の会報エッセイで「人類はもっと謙虚に生きるべき」と書いたが、コロナ騒動を考える視点や感性に共通するものを感じたからだ。彼の指摘を要約してみよう。

「今回の新型ウイルス流行の背景にある考察は、いつでも有効。何故なら今起こっていることは偶発事故や単なる災いでもないし、少しも新しいことでもない。過去にもあったし、これからも起きる……。

これからウイルスが感染させられる感受性人口は、コロナウイルスにとってみればまだ七十五億人近くもいる。

この感受性人口を七十五億個のビリヤードの玉に例えると、台上の玉の群れに感染した玉がひとつ飛び込んできて、ふたつの玉にぶつかって止まる。弾かれたふたつの玉はそれぞれふたつの玉にぶつかって止まる。この連鎖が永遠に続いて感染は広がる。この時ふたつの玉にぶつかって止まるとしたのはこのウイルスのRo（アールノート、感染力を表す）が二ということ。これでは感染者は増加する。減少させるには一以下にしなくてはならない。増加する人類にウィルスは引っ越してきているから、異常気象と同じように新型の感染症が頻発するようになったと考えるべき。だから皆でビリヤード台上の玉を減らしてアールノートを引き下げても、それは当面のウイルス対策にすぎない、根本的には元のウイルスが穏やかに住み続けられる環境を取り戻すことが必要なのだ」。

この指摘を踏まえるとこれまでのような限りない経済発展追及は、異常気象と感染症多発を併発するが、この二つの禍で多くの死者を出すことを覚悟するのか、全く新しい価値観に転換し、地球環境と他の生物と共生するライフスタイルに切り替えるのか、これが「アフターコロナ」の最大の課題ということではないだろうか。そしてそれにはジョルダーノも言っていたように「地球全体でライフスタイル転換をする必要がある」のだ。

ここまで考えてきて、この時代大転換を担う世界の主要国のリーダーの顔を思い起こした。そして「彼らじゃ大転換は無理だな。私が生きている間乗る終電車は、ウイルスと災害に見舞われ続ける旅になるのだろうな」と覚悟した。

それでも人生最後の旅だ。どう楽しむか今から考えることにしよう。

（令和二年七月三一日）

奮戦中 ― 孫につなぐ

前のエッセイに「人間は親から子・孫へと繋がり生かされている」、だから「これからは、孫に出来るだけ繋いでゆこう」と書いた。その後この作業は比較的順調にいっている。

8月幼稚園の誕生会で「将来チェリストになりたい」と言って母親を喜ばせた孫だが、自己紹介メモには「好きな遊び」に「お家ごっこ」とあった。これは私と二人でやるオリジナルの遊びだ。

部屋にあるクッションなどで好きな間仕切りをし、「今日は本屋さん」など決めて勝手にストーリー展開をして遊ぶ。最近ではストーリーは殆ど孫任せ。子供の想像力の豊かさには驚かされる。一番多いのは二人での「お絵かき」だ。動物、魚、昆虫のほか恐竜も好きだ。私の知り合いの絵本画家松岡達英さん（長岡）の「アマガエル」シリーズも大好きだ。松岡さんのショップに一度連れて行ったが、それからはもうお友達気分だ。絵を描く時、線に全く迷いがないのには驚く。頭の中に絵は浮かんでいるようだ。こっちは「オーパパ、ダンゴ虫描いて」と指示されたものを描く。何時間も集中して描いているところを見ると、絵が好きな私とつながっているように感じる。

歌も好きだ。遊びながらいつも歌う。繋がっているかなと思うのは替え歌が好きなこと。聴いていると勝手に歌詞を替えて歌っている。「トンボのメガネは真っ黒メガネ夜のお空を飛んだから……」には感心した。今一番の二人のヒット曲は「線路は続くよ」だ。汽車ゴッコをしていてふと思い出して歌ったら、気に入ったようだ。


そうした中ふと気がついたら、孫に繋ぐのに色々教えている積りが、実は教わっている。五歳になったばかりの孫は質問王だ。毎日質問攻めだ。

ティラノサウルスより強い恐竜は？　トリケラトプスは肉食か？　ヒラメとカレイの違いは？　イルカとシャチはどちらが賢いか？　など次々と聞かれる。マンボウが他の魚の病気を治すので「海の病院船」と言われているのも質問から学んだ。そのマンボウが一回に卵を三億個も産むのに成魚になるのは二〜三匹で、後はアジやイワシなどの餌になるのには驚いた。そのマンボウの主食はクラゲ、そのお蔭で人間は海水浴が出来る。

自然界の生態系は本当に良く出来ていると感心させられる。でもそれは今や崩壊の危機に晒されている。動物は必要な分しか狩りをしないが、人間は儲かれば無くなるまで略奪するからだ。孫から教わることは本当に多い。

繋ぐと言えば、安倍政権が突如崩壊したが、菅政権に引き継がれた。私は「アベノミクス始め引き継がない方が良いものが一杯あるのに……」と思いながら「これからは孫には繋ぐものとそうでないものを見分けなくてはと」と思った。

（令和二年九月二十五日）

ある敬愛すべき人の死

コロナ禍が治まらない東京の今年の夏は、何時になく暑かった。その夏の終りの八月十八日、突然二つ年上の兄が逝った。

お盆の頃、持病の糖尿病を悪化させ、血糖値の急上昇から緊急入院し、集中治療室に入ったと兄嫁から連絡が入った。「保証はできません」と病院が言うほど緊迫した状況だったが、面会謝絶ということで上京は見合わせた。その後、奇跡的に持ち直し「今日退院」という連絡を受け喜んでいたすぐ後に「トイレに行く途中で倒れた」という連絡が入った。心筋梗塞だった。余りのあっけなさに言葉もなかった。七十八歳だったから今時では早すぎる死だった。然し、その人生は「自分の信念を貫いたものだったから、満足しているだろう」と言い聞かせ納得しようと思っている。

兄は幼いころから文学少年だった。運動は苦手、その分文章を書くのは小さい時から上手かったし、羨ましいくらい美しい字を書いた。お互い自分の方が男前だと思っていたが、客観的に見ても我々兄弟はよく似ていた。よく見れば兄は母似、私は父似なのだが、それでも良く似ていた。その上、隣の部屋にいた母がよく間違えるくらい声も似ていた。兄は本をよく読み、詩を書いたりしていたが、学校の勉強は嫌いだった。その兄が珍しく一生懸命取り組んだのが、このエッセイでも以前触れたが高校での橋本桂一先生の「日本史」だった。後で解ったのだがそこには遠大な目的大学受験があった。

大学受験に当たって兄は、早稲田大のフランス文学科を目指していた。そこしか目指さなかった。そして英語・国語に次ぐ三科目目に日本史を選んだが、それが正に合否の決め手として重要だったのだ。しかしそれも「TBSに就職してTVドラマ制作の仕事をする」という最終目的のための中間目標でしかないことを四年後に知った。そしてその信念通り兄は進んでいった。さすが就職に際しては休学もしていてあまり勉強をしていないことを知っていた母が心配して、遠い親戚の池島信平さん（文芸春秋社長）に頼みに連れて行ったけれど、「僕はTBSに行きたいので……」と言って母を困らせた。

兄の人生で少し目算が違ったとすれば、駆け出しの頃はドラマ制作のフロアー・ディレクターとして修業をしていたが、一人前のディレクターになる時にはドラマ担当ではなくエンターテイメント担当の部に配属されたことだ。「ドラマのTBS」と言われていたTV

局を選んだのだが、担当したのは「東芝日曜劇場」ではなく「ドリフターズの全員集合」だった。でもこの番組は子供たちの絶対的人気に支えられて、TBSの大ヒット番組となった。「全員集合」に続いて「わくわく動物ランド」「ギミア・ぶれいく」などの担当プロデューサーとして活躍した。後半次第に視聴率を気にしなくてはならないことをぼやいていたが、やりたいことをやり通した現役人生だったろう。

退職後は、以前から憧れていた「パリ生活」を実行し、エンジョイしていた。奥さんもフランス料理の研究家として水を得た魚のようだった。一〇年余のパリ生活中にBS／TBSからの委託で「パリからの手紙」という番組を制作した。フランス全土を訪ね歩き、風光と料理の紹介をする番組であったが、画面の上品さ、美しさなど極めて良質に仕上がっていた。毎回出てくるフランスからの手紙文も洒落ていた。紹介される料理に奥さんも出ていたが、食事場面で映る手は本人だった。私は改めて兄のプロとしての才能を評価した。少し早い逝去だけれど「やむを得ないか」と思っている。それは兄が相当な〝食道楽〟だったからだ。「糖尿病だろう。大丈夫か」と言っても「数値はそんなに悪くない」と気にしていなかった。尊敬もし親しくもしていた小林亜星さんがそのお仲間だったようだ。亡くなる直前にも電話してきて「村上の〝鮭の酒びたし〟を送ってくれないか。お茶漬けと一緒に食べると絶品なんだ」と言ってきていた。「老人ホームに入ることになっても、絶対食事の旨い処じゃなきゃ」と言っていた。「あれだけ美食していたら健康に良いわけない」と思わざるを得ないが、今は「あれだけうまいもの食べたのだから思い残すことはないだろう」と思っている。

生前奥さんに「俺の人生で一番の幸運はお前に出会ったことだ」と言っていたようだし、それも含め兄の人生は、正に信念を貫いたものだった。マスコミ志望で受験した一期校を失敗し、二期校の経済学部に入り、第一希望の大手商社ではなく日銀に就職、故郷の新潟支店長になった因縁で皆に押し出されて希望でなかった政治家（知事）になった私の人生は、兄のそれとは真逆だった。だからいつも内心羨ましく思っていた。

兄の信念の源は小学生の夏休みに通った「子どものための演劇教室」だ。そこで地元紙の記者をしながらアマチュア演劇団を主宰していた小熊哲哉氏と出会った。彼が率いた「柏崎演劇研究会」はアマチュア演劇の全国大会で何度も最優秀賞を獲得し、世界大会にも選ばれた。兄がやり残したとすれば、多分小熊さんのようにシナリオを書きたかったことだろう。

この演劇教室の卒業生たちは、中学校に進んで驚くべきパフォーマンスを行った。兄が通っていた柏崎市立第三中学校には、戦後まもないこの時期としては考えられない管弦楽団があった。ガマさんの愛称で親しまれた渡辺先生の指導だった。兄たちはこの管弦楽と組んでイプセンの戯曲（グリーク作曲）の「ペールギュント」を公演したのだ。兄は主役のペールギュントを演じていた。小学六年生だった私はただびっくりしてその芝居と演奏を眺めていた。中学生には奇跡のような出来事だった。ソルヴェイグの歌など今でも鮮明に憶えている。

二歳半しか違わなかったが、いつもずっと年上に感じるほど兄は早熟だった。読む本も聴く音楽もかなり先をいつも行っていた。その兄を追いかけ色々影響を受けた。シャンソン好きなどはそのひとつだ。見た目、私とは全く異なる人生を送った兄だが、私は秘かに敬愛していた。ちょっとだらしなく、面倒くさがりで、長男らしいことはちっともしなかったけれど、優しく温和だった兄の逝去に対し、ここに深く哀悼を捧げると共に、兄弟だったことに心から感謝したい。合掌。

（令和二年十一月五日）

ひつじ雲

ニーバーの祈りに込めるもの ―― 令和三年

新しい年が明けた。令和三年だ。年号が改まってからまともな年はなかった。今年こそ令和らしい年にと願うばかりだが、コロナ禍は猛威が続いたまま年越ししており、ワクチンが普及する夏前までは少くとも収まらないだろうと見られるから、本年も前半は緊張を強いられるだろう。新年に当たり私は「本年中にマスクの着用やディスタンス保持不要、更にはハグもOKになること」を秘かに初詣の願に掛けた。手洗いは続けた方が良いけれど、他のことは必要なくなる方が良い。とくに感動した時、自然に出る握手やハグは感情表現として取り戻したいと願っている。

新しい年を迎えて気分を一新しようと色々考えていたら、ふと昨年聞いて気になっていたCMが浮かんできた。それは草刈正雄が朗読するある滋養酒のCMで、我々には懐かしいラジオ体操の歌の歌詞だ。「新しい朝が来た　希望の朝だ　喜びに胸を開け　大空仰げ……」。聞いた途端メロディと共に子供の頃夏休みの朝通ったラジオ体操が思い浮かんだ。夏の早朝の爽やかな空気と戦後の貧しかったけれど平和を取戻し希望に満ちた空気に溢れていた。あれから七〇年近くが経ったが、今あの日の空気は流れていない。

この歌と対のように更に「朝だ　朝だよ　朝陽《ひ》が昇る　空に真っ赤な陽が昇る　みんな元気で元気で起きよ……」（「朝だ元気で」）と「朝は何処から来るかしら　あの山超えて雲超えて　光の国から来るかしら　いえいえそうではありません　それは希望の家庭から朝はくるくる……」（朝は何処から）の二つの歌も思い出した。前者は戦前戦意高揚の「国民歌謡」として作られたものを戦後少し歌詞を変えたもの、後者は戦後広く国民から募集した歌詞に橋本国彦が曲をつけたものだ。最初のラジオ体操の歌は実は戦前からあったが、これは戦後藤浦洸作詞、藤山一郎作曲で作られた三代目の歌だ。確かに「朝」は希望に満ちたこの時代を象徴するのに最もピッタリの言葉だ。だからこんなに「朝」が歌詞に出てくる歌が歌われたのだろう。では今、私たちは何を謳えば良いのだろう。これと同じピッタリくる歌はないけれど、いつの時代でも若者に一番必要なのは希望だろう。持ちにくい時代ではあっても、気持は持ちようだ。身近なところにささやかでもよいから希望を見出し、今年の目標にして欲しい。「コロナの向こうに希望を！」と言いたい。そんな時、私が大事にしている「ニーバーの祈り」も併せて思い出して欲しい。

〝神よ　変えることのできるものについて、それを変えるだけの勇気を我に与えたまえ。変えることのできないものについては、それを受け入れるだけの冷静さを与えたまえ。そして、変えることのできるものと、変えることのできないものとを、識別する知恵を与えたまえ〟

（令和二年一二月二二日）

※ニーバーの祈り
二〇世紀アメリカの
神学者ラインホルド
・ニーバーの言葉。

もう一つの絶滅危惧種

大学の社会人向け講座の講師をずっと担当しているが、今期は「マイフエバリットソングス&ラストソング」という少し風変わりな講座を開講している。七月で喜寿を迎える私が「とんがり帽子」（鐘の鳴る丘）以降愛唱してきた歌とそれにまつわるエピソードを思い出しながら、自分の生きた時代を振り返ってみようという狙いだ。二年前に「私の愛唱歌」というエッセイを書いたのがきっかけで、講座ならぬ高座にかける積りで構想を練っていた。昨年11月柿崎での講演依頼に「歌から学んだ私の生涯学習」と題し行ったところ、予想外に好評で再演申し込みが2件来たことに意を強くして社会人向けの講座に踏み切ったのだ。

もの心ついて歌い出してから社会人になるまでを対象にした「エールで始まった歌人生」、次いで「戦前から受け継いだ童謡・唱歌の意義」「抒情歌の系譜」「私が大事にしてきた戦争をしないための歌」の四回構成だ。愛唱歌と思われる歌を書きだしたら約三〇〇曲になった。その過程で二〇台前半の失恋の折、盛んに歌っていた三橋美智也の「石狩川悲歌」が突然思い浮かんできたり、石原裕次郎の「別離（ラズルカ）」と寅さんシリーズ十六話で使われたきりだったが、渥美清を偲ぶ会で倍賞千恵子がアカペラで歌ったという「さくらのバラード」という二曲が新たに愛唱歌に加わったりした。

愛唱歌というのは、育った時代を色濃く反映する。一〇年違えば愛唱歌は大きく異なる。講座で取り上げる歌を案内に列挙したわけではないが、そのことを察知してか講座参加者の殆どは私と同じ七〇歳台だ。「歌は世につれ世は歌につれ」なのだ。一回九〇分の講義中に次々歌を取り上げ、それにまつわる思い出など話し歌っているのだが、同世代だから話はすぐ通じる。共通の愛唱歌を持っているということは同じ時代の空気を吸ってきたということだ。

そんな中でも明治後半から大正・昭和の戦前に生まれ、戦後も歌い継がれてきた童謡・唱歌は、世代間をつなぐ共通の歌だと思っていた。「朧月夜」「故郷」「紅葉」などの唱歌、「赤い靴」「砂山」「この道」「早春賦」「かなりあ」などの文芸童謡、「里の秋」「みかんの花咲く丘」「ぞうさん」などの戦後生まれまで次々と思い浮かぶ。思い浮かぶままこちらも書き出したら一五八曲になった。そこでこのリストを周りの人たちに配って「題名を見て歌い出しが思い出されるものに丸をつけてください」とお願いしてみた。それをまとめてみて驚いた。年代が若くなるにつれて知ってい曲数が階段を下るように減少してゆくのだ。我々にとって馴染みの「赤い靴」も「砂山」も「花嫁人形」も若者は聞いたことがないのだ。その最大の原因は童謡・唱歌を一番覚える場である小中の音楽の教科書からどんどん消えたからだ。最早童謡・唱歌は絶滅危惧種なのだ。教科書から消えていった理由はいくつかある。「言葉が古くて今の子供にはわからない」「歌詞が不適切だ（「赤い靴」の〝異人さんに連れられて〟など）などが圧倒的だ。こうした動きは戦後しばらくしてからずっと続いているが、気がかりなのは代わりに教科書で取り上げられた新たな歌が歌い継がれているかということだ。勿論、「歌は世につれ」だから次々変わっていって良いのかもしれないが、なんだか気持ちが収まらない。正直「良い歌が沢山あるのに勿体ないなあ」と思っている。そしてふと思った。「童謡・唱歌はニーバの祈り（以前本欄で触れた）で言えば変革すべきか残すべきかどちらなのだろう」と……。

暫くそのことを考えていたら更に思いついた。「さんまや他にも沢山絶滅危惧種がある」と……。「電車の中で文庫本を読む人」「元旦の朝、家族に年頭の訓示を垂れるお父さん」（一度やって見たかったなあ）「筆でラブレターの返事をくれる女性」（貰いたかったなあ）など……。そこでふとまた逆に絶滅種になって欲しいものもあるだろうと発想転換した途端、ドカッと浮かんできた。北朝鮮、非人道国家、難民、核兵器、民族紛争、異常気候、原発廃棄物、海洋プラスチックごみ、麻薬汚染、貧困と飢餓それによる子供の人身売買……。幾らでもあることに怖くなった。これら皆人間が生み出したものだ……。

（令和三年六月）

あとがき

古稀をきっかけに書き始めたエッセイを、喜寿の誕生日過ぎに本にして出版出来たことは、思っていた以上に嬉しい事だった。七十歳台前半の生きた私の証しだ。ここまで生きてきて、いろいろな出来事に出逢ったが、楽しい事ばかりではなかった。むしろ辛い事や悲しい事の方が遥かに多かっただろう。でも「人間は忘れながら生きてゆくんだなあ」と今つくづく感じている。そんな中から想い出しながら書いてみたが、楽しかったことは比較的覚えていて、その時発した駄洒落まで思い出されたのには我ながら驚いた。それも併せて書き残した。そんなことでこのエッセイの執筆は結構楽しかった。

このようにその時々の楽しかったこと、可笑しかったことなどをテーマに書いてきたが、時には腹立つことも取り上げた。だがその殆んどは〝アベノミクス〟など政治ないし権力批判だった。今ふり返って読むと、〝負け犬の遠吠え〟みたいなのでこの本にはあまり収録しなかった。ただ「年取ると世の中の不条理、特に権力を笠に上から目線で見る奴に腹が立つようになって、自然に野党化する」ことも自覚した。

出版に当たっては、創藝社の吉木稔朗社長、相田勲会長を始め同社の関めぐみさんに大変お世話になった。また、新潟国際情報大学で執筆過程で私のワープロ原稿を縦書きにしてくれた同大時代の同僚小林欣子さん、エッセイを新潟県生涯学習協会の会長（私のこと）ブログ欄にアップし、出版を熱心に奨めてくれた高橋文子さん、そして私の拙いエッセイを古稀の書き始めから詠み続け、時折感想を寄せて励ましてくれた友人たちにも感謝申し上げたい。

此処に綴った私の七〇歳台前半分の中の出来事とその想いはあくまで私個人のもの。それにどの位共感があるかは読み手に委ねることだが、出版にこぎつけた途端、我が人生で出逢ったすべての人に感謝する気持ちになったことは、正直本当に嬉しい事だった……。

令和３年初夏
平山征夫

【参考文献出典】

『トリセツ』JASRAC 211-3265-8
『女の取扱説明書』ＳＢクリエイティブ
『一流の老人』幻冬舎
『米軍が最も恐れた男～その名は、カメジロー』ＴＢＳテレビ
『妻のトリセツ』講談社
『すごいトシヨリＢＯＯＫ　トシをとると楽しみがふえる』毎日新聞出版
『女の一生』岩波書店

平山　征夫（ひらやま・いくお）●プロフィール

1944年　新潟県柏崎市生

<著者経歴>
1963年　新潟県立柏崎高等学校卒業
1967年　横浜国立大学経済学部卒業
1967年　日本銀行入行
1989年　日本銀行新潟支店長
1992年　日本銀行仙台支店長
1992年　第54代新潟県知事（公選制で7人目）に就任
1996年　任期満了に伴う新潟県知事選挙で再選
2000年　任期満了に伴う新潟県知事選挙で3選
2004年　新潟県知事を退任
2005年　長岡技術科学大学特任教授（地域政策論）
2008年　新潟国際情報大学学長に就任
2014年　旭日重光章受章
2018年　新潟国際情報大学学長退任　顧問就任

<主な著書>
『私はこんな知事になりたかった』(2009年、朝日新聞出版)

平山征夫回顧録『終列車 出発す！』しゃべっちょ古稀からの独り言

2021年11月30日　初刷発行

著　者　平山征夫
発行人　相田勲
発行所　株式会社 創藝社
〒162－0806 東京都新宿区榎町75番地 APビル5F
電話(050)3697－3347　FAX(03)4243－3760
印　刷　株式会社ユニバーサル企画
デザイン　合同会社スマイルファクトリー

※落丁・乱丁はお取り替えいたします。
※定価はカバーに表示してあります。

ISBN978-4－88144－260－9　C0036